Astrid Frank

Unsichtbare Wunden

Astrid Frank

Unsichtbare Wunden

Urachhaus

Das Gedicht »Memento« auf S. 119 stammt aus:
Mascha Kaléko, *Verse für Zeitgenossen*.
Erschienen 1958 im Rowohlt Verlag, Reinbek.

Zusatzmaterialien unter
www.unsichtbare-wunden.de
www.urachhaus.de

ISBN 978-3-8251-5175-1

Erschienen im Verlag Urachhaus
www.urachhaus.de

Umschlaggestaltung: Rothfos & Gabler, Hamburg
Umschlagabbildung: © Ebru Sidar / Trevillion Images
Gesamtherstellung: CPI books GmbH, Leck

Wer die Wahrheit nicht weiß, der ist bloß ein Dummkopf.
Aber wer sie weiß und sie eine Lüge nennt,
der ist ein Verbrecher!

Bertolt Brecht: *Leben des Galilei*

Dienstag, 03.09.2013

Liebes Tagebuch,

wie schreibt man in ein Tagebuch? Ich weiß es nicht. Du liegst auf meinem Schoß und fühlst dich gut an. Dein Einband ist aus dickem, weichem, schwarzem Samt, der mal heller und mal dunkler aussieht – je nachdem, in welche Richtung man darüberstreicht. Das Wort Secrets *prangt in silbernen Lettern auf der Vorderseite. Und du hast sogar eine kleine Schnalle, in die man ein Schloss einhängen kann.*
»Für deine Geheimnisse«, hat Papa gesagt, als ich dich aus dem Geschenkpapier gewickelt habe.
»Ich habe doch gar keine Geheimnisse«, habe ich geantwortet.
»Noch nicht«, hat Papa gesagt. »Aber mit 13 bekommt man welche.«

Heute ist mein 13. Geburtstag. Ich bin jetzt ein Teenager. Und Teenager haben Geheimnisse. Denkt zumindest mein Vater. Vermutlich meint er, dass ich jetzt anfange, mich für Jungs zu interessieren, und etwas brauche, wo ich mir heimlich meinen Liebeskummer von der Seele schreiben kann. Na ja, wir werden sehen. Bis jetzt ist Anton der einzige Junge, für den ich mich interessiere. Und Liebeskummer werde ich seinetwegen ganz bestimmt nicht bekommen.
Der heutige Tag war jedenfalls komplett kummerfrei. Und dazu noch ganz ohne Geheimnisse: Ich war mit Manu, Charlie und Vera im Kino und anschließend Pizza essen. Ich habe Anton gefragt, ob er mitkommen will, aber er wollte nicht.

Angeblich weil er keinen Bock darauf hatte, als einziger Mann mit uns Weibern eine Liebesschnulze zu sehen. Ich weiß natürlich, dass das nicht stimmt und er das nur gesagt hat, damit ich nicht zwischen den Stühlen sitze, falls Manu und Vera dumme Sprüche über ihn reißen. Aber erstens glaube ich, dass Manu und Vera das nicht gemacht hätten, weil sie das nur in der Schule machen, wo die anderen dabei sind und ihnen für einen coolen Spruch applaudieren, und zweitens hätte ich mir gewünscht, dass Manu, Vera und Charlie Anton mal so mitkriegen, wie ich ihn erlebe, wenn wir nicht in der Schule sind. Anton kann nämlich echt witzig sein. Nur in der Schule zeigt er das irgendwie nicht so. Ich finde es jedenfalls schade, dass ich diesen Geburtstag ohne Anton feiern musste. Aber wir holen das irgendwie nach.

Außer dir, mein liebes Tagebuch, habe ich noch türkisfarbene Gardinen für mein Zimmer bekommen, eine neue Weidedecke für Elrond, einen richtig tollen Trensenzaum, der am Stirnriemen mit jeder Menge glitzernder Steinchen besetzt ist, die wie Sterne funkeln, und neue Reitstiefel, denn die alten waren zu klein geworden. Ich kann es kaum erwarten, Elrond mit dem neuen Trensenzaum zu sehen! Manu hat mir die gleiche Haarspange geschenkt, die ich bei ihr immer so bewundere, von Charlie habe ich ein Pferdebuch bekommen, Anton hat mir erwärmbare Hausschuhe besorgt, weil ich mich immer über kalte Füße beklage, und Vera hat mir pinkfarbenes Lipgloss geschenkt. Bis auf das Lipgloss, mit dem ich irgendwie nichts anfangen kann, habe ich mich über alle Geschenke riesig gefreut. Aber natürlich habe ich Vera auch gesagt, dass ich mich total freue. Ich will ja nicht, dass sie traurig ist.

Morgen fängt die Schule an. Ich bin dann schon in der 7. Klasse! Hört sich gut an, finde ich. Und ich freu mich darauf, nach den langen Sommerferien alle meine Klassenkameraden wiederzusehen.

Bis morgen, liebes Tagebuch, schlaf gut.

Deine Anna

Die Welt ist viel zu gefährlich, um darin zu leben –
nicht wegen der Menschen, die Böses tun,
sondern wegen der Menschen,
die daneben stehen und sie gewähren lassen.

Albert Einstein

Mittwoch, 15.04.2015

»Es tut mir leid, es tut mir so schrecklich leid! Es ging alles so furchtbar schnell! Das Pferd lief direkt auf die Straße … ich habe auf die Bremse getreten und das Lenkrad herumgerissen … Das Pferd bäumte sich auf und … sie … sie rutschte aus dem Sattel … und … sie fiel mir mitten vor die Kühlerhaube … ich … mein Gott …« Die Frau schlug sich die Hände vor den Mund.

»Beruhigen Sie sich, bitte.« Polizeimeister Ahlvers legte tröstend eine Hand auf den Arm der Frau.

»Ja … ja … ich habe einen Sohn im gleichen Alter, ich …«

»Es war nicht Ihre Schuld. Der Notarzt wird sich gleich um Sie kümmern. Bitte beruhigen Sie sich jetzt.«

Der junge Uniformierte wandte sich ab. Er konnte die Verzweiflung der Frau nicht länger ertragen. Er konnte das alles nicht länger ertragen.

Das Opfer lag noch auf der Straße. Unter dem weißen Tuch, das er über das Mädchen gebreitet hatte, zeichnete sich der schmale Körper ab. Der junge Polizist würde den Anblick des kindlichen Gesichts, die vor Schreck geweiteten Augen nie mehr vergessen können. Aus dem linken Ohr war Blut gequollen. Und ein Bein lag merkwürdig verdreht da. Ansonsten hatte der Körper erstaunlich unversehrt ausgesehen. Himmel! Sie war so jung. So unglaublich jung!

»Mein Gott, wie schrecklich!« Es brach einfach so aus ihm heraus.

»Ja, nicht wahr? Es gibt Tage, an denen hasse ich meinen Job.« Der ältere Kollege tauchte wie aus dem Nichts neben Ahlvers auf.

»Sie sieht so jung aus …«

»Anna Martin. Sie ist 14. Wir haben ihren Schülerausweis, ihre Krankenversichertenkarte und ihr Handy in der Reitjacke gefunden.«

»Was für ein schreckliches Unglück. Die armen Eltern.« Polizeimeister Ahlvers schüttelte fassungslos den Kopf.

»Irgendjemand muss sie informieren«, sagte der ältere Kollege.

Das *Irgendjemand* in dem Satz ließ Ahlvers aufhorchen. »Ich … ich habe so etwas noch nie gemacht«, stotterte er. Das hatte ihm noch gefehlt, dass er als das Küken der Truppe den verhasstesten Job aufs Auge gedrückt bekam.

»Keine Sorge. Es wird sich schon einer finden, der dich begleitet.« Der ältere Kollege klopfte dem jüngeren aufmunternd auf die Schulter, bevor er sich abwandte, um sich auf seine eigenen Aufgaben zu konzentrieren.

Ahlvers' Blick fiel auf das Pferd, das von Polizeimeister Möckel festgehalten wurde, damit es nicht doch noch abhaute, bevor der angeforderte Pferdetransporter eintraf. Ein Schimmel. Er hatte keine Ahnung von Pferden, aber die Weißen waren Schimmel, das zumindest wusste er. Wenn das Pferd doch nur reden könnte. Vielleicht könnte es ihnen sagen, was genau passiert war. Aber es konnte nicht reden. Es bäumte sich auf, es wieherte, es schlug mit dem Kopf, aber es sprach kein verständliches Wort. Und es würde ihm nicht dabei helfen, den Eltern die schrecklichste Nachricht zu überbringen, die Eltern überhaupt nur erhalten konnten: die Nachricht, dass ihr Kind soeben bei einem grauenvollen Unfall ihr Leben verloren hatte.

Mittwoch, 04.09.2013

Liebes Tagebuch,

heute war der erste Schultag nach den Sommerferien. Es hat echt Spaß gemacht, alle wiederzusehen. Wir haben uns umarmt, auch die Jungs, und es gab richtig viel zu erzählen. Ich habe von Papas und meinem Urlaub auf Mauritius erzählt. Ich glaube, die anderen waren ein bisschen neidisch, und das hat mir leidgetan. Ich will nicht, dass sie denken, ich würde angeben oder so. Zumal wir ja immer nur für eine Woche wegfahren, weil Papa nicht so lange Urlaub machen kann und ich Elrond nicht so lange alleinlassen will.

Weil Frau König weg ist, haben wir jetzt eine neue Klassenlehrerin, Frau Heintze. Und ein Mädchen ist auch neu hinzugezogen. Sie heißt Nina. Ich glaube, sie ist ganz okay. Frau Heintze fand ich ein bisschen komisch, aber vielleicht muss ich mich auch nur erst daran gewöhnen, dass Frau König nicht mehr da ist.

Nach der Schule bin ich sofort zu Elrond in den Stall gefahren. Ich wollte unbedingt wissen, wie er mit dem neuen Trensenzaum aussieht. Und es ist noch viel cooler, als ich es mir vorgestellt hatte. Wir sind lange ausgeritten. Es war traumhaft ruhig im Wald, die Sonne hat witzige Muster auf den Boden gezeichnet, und Elrond ist einfach das beste Pferd der Welt! Nichts bringt ihn aus der Ruhe. Nicht das Eichhörnchen, das vor uns den Baumstamm hochgehuscht ist, nicht die ersten herunter-

fallenden Blätter, nicht die aufsteigenden Vögel, nicht einmal der frei laufende Hund, der wild kläffend auf uns zugerannt ist. Und jetzt, liebes Tagebuch, kommt mein erstes Geheimnis. Ja, mir ist aufgefallen, dass es tatsächlich Dinge gibt, die ich niemandem erzählen möchte, weil ich Angst hätte, ausgelacht zu werden. Ich weiß, es klingt bescheuert, aber als ich so mit Elrond den Weg entlanggeritten bin, flog eine ganze Weile ein kleiner Schmetterling neben uns her, und ich bin mir sicher, dass er von Mama geschickt war, denn ich hatte gerade ganz fest an sie gedacht und sie hat Schmetterlinge immer so geliebt. Die meiste Zeit komme ich ja ganz gut damit klar, dass sie nicht mehr da ist. Ich habe mich in den letzten fünf Jahren wohl irgendwie daran gewöhnt, ohne sie zurechtzukommen. Aber manchmal, wenn ich ganz besonders glücklich oder ganz besonders traurig bin, dann fehlt sie mir doch. Dann habe ich das Gefühl, sie sitzt da irgendwo auf ihrer Wolke und sieht zu mir runter. Und genau dieses Gefühl hatte ich gerade, als der Schmetterling auftauchte. Ich habe mir so gewünscht, dass Mama mich und Elrond sehen könnte, dass sie wüsste, wie glücklich ich bin und wie gut es mir geht. Und genau in diesem Augenblick kam der Schmetterling, flatterte mit seinen zitronengelben Flügeln vor mir her, als brächte er mir eine Nachricht von Mama: Ich bin bei dir, mein Schatz, ich bin immer bei dir und wache über dich als dein Schutzengel. Genau das hat sie nämlich damals immer zu mir gesagt, wenn wir sie im Hospiz besucht haben.
Aber so etwas Abgedrehtes kann ich keinem erzählen! Nicht einmal Manu. Sonst halten mich noch alle für bekloppt!

Mittwoch, 15.04.2015

Simon Martin saß auf Annas Bett und hörte im Erdgeschoss die Haustür ins Schloss fallen. Die Polizisten waren endlich gegangen. Er war allein. Den Besuch eines Polizeipsychologen hatte er vehement abgelehnt. Und auf die Frage des jungen Polizeimeisters, ob er jemanden habe, der sich um ihn kümmern könne, hatte er eiskalt gelogen. Er hatte behauptet, er habe eine Schwester, die nicht weit entfernt wohne und die er anrufen würde, sobald die Herren Polizisten gegangen wären.

Dabei hatte er gar keine Schwester. Er hatte nie eine gehabt. Und auch keinen Bruder. Seine Eltern waren längst tot, er hatte keine Cousine und keinen Cousin, er hatte keine Ehefrau – und jetzt hatte er auch keine Tochter mehr. Er hatte niemanden. Er war allein.

Und genau das wollte er jetzt auch sein. Die bloße Vorstellung, in dieser Situation dümmliche Psychologenphrasen ertragen zu müssen, sorgte dafür, dass ihm der kalte Schweiß ausbrach. Und ehrlich gesagt, hatte er das Gefühl gehabt, dieser junge Ahlvers war froh gewesen, so schnell wie möglich von ihm wegzukommen. Als wären Leid und Unglück ansteckend.

Simon Martin hob den Kopf und blickte sich um. Es war, als sähe er das Zimmer seiner Tochter zum ersten Mal. Nie zuvor waren ihm die Dinge, die Annas Zimmer zu ihrem machten, es unverwechselbar werden ließen, so bewusst gewesen wie jetzt: die Fotowand über dem Schreibtisch mit zig Bildern von Elrond. Fotos seiner verstorbenen Frau, Annas Mutter. Fotos von Anton. Fotos, die Manu und Anna zeigten – eins davon am Tag ihrer Einschulung. Die beiden Mädchen Arm in Arm, strahlend, obwohl sie sich gerade erst kennengelernt hatten. Fotos von ihrem letzten gemeinsamen Urlaub auf Mauritius.

Darunter der Schreibtisch. Aufgeräumt. Links ein Stapel Bücher, rechts Schulunterlagen. In der Mitte eine durchsichtige Plastikunterlage, auf der ein in schwarzen Samt gebundenes Buch lag.

Das Bett, auf dem er saß. Mit einer türkisblauen Tagesdecke und einem halben Dutzend Kuscheltieren, die ordentlich nebeneinander aufgereiht an der Wand lehnten.

Der alte Holzfußboden mit dem ebenfalls türkisfarbenen Teppich. Die türkisen Gardinen. Die hellgrau gestrichene Wand. Das überquellende Bücherregal. Der große weiße Kleiderschrank mit dem in Hellgrau gehaltenen Blumenmuster auf den Schiebetüren. Vielleicht das einzige Indiz dafür, dass er in einem Mädchenzimmer saß. Kein Poster einer Boygroup, nichts Rosafarbenes, nirgends Porzellanfigürchen oder ähnlicher Krimskrams. Alles klar und strukturiert.

Simon Martin blickte aus dem Fenster. Von hier aus konnte er den Fliederbaum im Garten sehen, der um diese Jahreszeit Blüten trug.

Frühling.

Anna liebte den Frühling. Nein, falsch. Anna hatte den Frühling geliebt. Als sie noch lebte. Jetzt war sie tot. Herr Martin versuchte den Satz zu begreifen, den er in seinem Kopf hin und her wälzte, seit der Polizist ihn ausgesprochen hatte: »Es tut mir sehr leid, Herr Martin, aber ich muss Ihnen mitteilen, dass Ihre Tochter soeben bei einem Verkehrsunfall ums Leben gekommen ist.«

Er verstand den Satz nicht. Er war leer. Eine Worthülse. Bedeutungslos. Egal, wie oft er ihn wiederholte. Gleich würde die Tür aufgehen und Anna würde hereinkommen. Seine kleine Prinzessin.

Sie würde ihn anlächeln und dabei ihre makellosen weißen Zähne zeigen. Ihr brauner Pferdeschwanz, den sie beim Reiten immer trug, würde auf und ab wippen und sie würde ihn überrascht fragen, was er in ihrem Zimmer machte. Nicht vorwurfsvoll, nein, es würde Anna nichts ausmachen, dass er hier saß. Sie wäre nur überrascht, ihn hier vorzufinden und nicht in seinem Arbeitszimmer.

»Sie wollte wohl die Bundesstraße überqueren, und dabei muss ihr Pferd durchgegangen sein. Die Frau am Steuer des VW hatte keine Chance, ihr Fahrzeug rechtzeitig zum Stehen zu bringen.«

Bundesstraße? Anna ritt nie über die Bundesstraße, die durch den Wald führte! Das hatte sie ihm fest versprochen! Und Elrond sollte durchgegangen sein? Elrond war noch nie durchgegangen! Nicht einmal, als er von diesem Hund angegriffen und verletzt worden war! Nein, das alles konnte nicht wahr sein. Er träumte nur irgendeinen blöden Albtraum, aus dem er gleich erwachen würde.

Schwerfällig erhob sich Simon Martin von der Bettkante. Seine Beine schienen zu schwach, um seinen Körper zu tragen. Er schwankte wie ein Verdurstender in der Wüste auf den Schreibtisch zu und stützte sich atemlos auf die Tischplatte. Sein gesenkter Blick fiel auf das schwarze Buch. SECRETS stand dort in silbernen erhabenen Buchstaben. Geheimnisse. Soweit er wusste, hatte Anna keine Geheimnisse vor ihm gehabt. Und wenn doch, so war das ihr gutes Recht. Er hatte ihr das Tagebuch zu ihrem 13. Geburtstag geschenkt, weil er sich wünschte, dass sie einen Ort für ihre Gefühle und Gedanken hatte, die sie nicht mit ihm oder einer ihrer Freundinnen teilen konnte oder wollte. Ja, wenn ihre Mutter noch da gewesen wäre … Aber sie war nicht da. Und er konnte sie auch nicht ersetzen. Er konnte seiner Tochter, in der allmählich die Frau erwachte, keine Mutter sein. Er konnte sich nur darum bemühen, ihr ein guter Vater zu sein. Anna hatte gelacht und gesagt, sie habe keine Geheimnisse. Aber das war mehr als eineinhalb Jahre her. 19 Monate waren eine lange Zeit. In 19 Monaten konnte eine Menge passieren. Erst recht im Leben eines Teenagers.

Simon Martin klappte den Buchdeckel um und ließ die Seiten durch seine Finger gleiten. Das Buch war fast voll. Nur die hintersten Blätter waren noch unschuldig weiß. Die meisten Seiten jedoch waren mit Annas akkurater kleiner Handschrift gefüllt. Ein kurzes Lächeln huschte über Simon Martins Gesicht. Er hatte nie einen Blick in dieses Buch geworfen. Nie! Selbst dann nicht, wenn Anna es einmal aus Versehen auf dem Küchentisch oder dem Wohnzimmertisch hatte liegen lassen. Er war neugierig gewesen, oh ja! Aber er hatte sich fest geschworen, Anna zu vertrauen und ihr Vertrauen in ihn niemals zu missbrauchen.

Ein ungewöhnliches Geräusch ließ Simon Martin aufhorchen. Zunächst wusste er nicht, woher es kam. Es war nichts, was ihm vertraut vorkam. Doch dann erkannte er, was er da hörte: Elrond. Die Polizei hatte ihm das Pferd gebracht, das bei dem Unfall unverletzt geblieben war. Sie hatten keine Ahnung gehabt, wo sie es sonst hinbringen sollten. Sie konnten ja nicht wissen, dass Elrond normalerweise etwa zwei Kilometer entfernt auf Lenis Pferdehof untergebracht war. Deshalb stand der Wallach nun in dem kleinen Stall neben dem Haus, in dem er seit seiner Ankunft und seinen ersten Wochen bei ihnen vor mehr als fünf Jahren nicht mehr gewesen war. Und Simon Martin war froh gewesen, als sie ihm gesagt hatten, sie hätten das Pferd in den Stall gebracht. Er hatte jetzt keine Kraft, sich um Elrond zu kümmern. Er hatte für überhaupt nichts Kraft.

Doch jetzt wieherte Elrond, als ginge es um sein Leben. Noch nie hatte er ein Pferd so wiehern hören. Es klang so aufgebracht, so verängstigt. Es war mehr ein Schreien als ein Wiehern. Und hörte er da nicht auch das dumpfe Schlagen von Hufen gegen Holz? Simon Martin seufzte. Er musste nach Elrond sehen. Er konnte ihn nicht einfach allein in dem dunklen, unbekannten Stall lassen. Ohne Einstreu, ohne Hafer, ohne Wasser. Das hätte Anna ihm nie verziehen. Und außerdem war da jemand, ein Lebewesen, das den gleichen Schmerz fühlte wie er, das einen Verlust erfahren hatte, den es zu verarbeiten suchte. Simon Martin seufzte noch einmal und machte sich auf den Weg zum Stall. Es musste ja weitergehen. Das Leben musste irgendwie weitergehen. Es machte nicht plötzlich halt – auch wenn es sich so anfühlte.

Montag, 09.09.2013

Liebes Tagebuch!

Manchmal gibt es echt glückliche Zufälle im Leben. Heute haben wir festgestellt, dass Nina ganz in Manus Nähe wohnt. Das ist natürlich genial, denn so konnten wir nach der Schule zu dritt zu Manu gehen, die ja nicht weit von der Schule entfernt wohnt. Wir haben uns Miracoli gekocht und Hausaufgaben zusammen gemacht. Das war echt witzig, und wir haben so viel gelacht, dass mir jetzt noch der Bauch wehtut. Trotzdem weiß ich nicht so genau, wie ich Nina finden soll. Es hat zwar Spaß gemacht, mit ihr und Manu rumzublödeln, und sie ist ziemlich cool und kann lustige Geschichten aus ihrer alten Schule erzählen. Aber ich habe mich auch tierisch über sie geärgert, als sie einen blöden Spruch über Antons Brille gemacht hat. Ich meine, wie kommt sie dazu? Sie ist gerade mal den fünften Tag an unserer Schule und redet den anderen schon nach dem Mund?

Frau Heintze fand ich heute eigentlich ganz in Ordnung. Sie ist irgendwie lockerer, als Frau König es war. Selbst als die Jungs im Unterricht Quatsch gemacht haben, hat sie nicht viel dazu gesagt. Allerdings hätte ich mir schon gewünscht, dass sie sich einmischt, als Paul Anton die Brille weggenommen hat und damit durchs Klassenzimmer gerannt ist. Der arme Anton konnte nichts mehr sehen und ist wie ein aufgescheuchtes blindes Huhn hinter Paul hergestolpert. Beinahe wäre er dabei über Jonathans wie zufällig ausgestrecktes Bein gefallen und voll mit dem Kopf gegen eine Tischkante geknallt. Alle haben sich schlappgelacht, aber ich fand das gar nicht mehr witzig. Und weil Frau Heintze nichts gesagt hat, bin ich aufgestanden und habe diesem Schwachsinn ein Ende gemacht, indem ich Paul Antons Brille abgenommen und sie Anton zurückgegeben habe. Ich weiß nicht, warum Frau Heintze nichts gesagt hat. Vielleicht hat sie es nicht mitgekriegt? Sie hat nämlich gerade die Hausaufgaben für morgen an die Tafel geschrieben. Oder dachte sie, das sei nur Spaß? Sie kennt uns ja noch nicht so gut und kann deshalb nicht wissen, dass Anton immer und immer wieder für die Scherze der anderen herhalten muss. Frau König hätte den Jungs das jedenfalls nicht durchgehen lassen. Da bin ich mir sicher.

Aber richtig sauer war ich, als Nina bei Manu immer noch voll über Anton abgelästert hat und sich gar nicht mehr darüber einkriegen konnte, wie lustig das gewesen sei, als Paul Anton die Brille abgenommen hat. Aber na ja, sie kann ja genauso wenig wie Frau Heintze wissen, dass es nicht mehr soooo witzig ist, wenn jeden Tag der Gleiche für die Unterhaltung der anderen zuständig ist. Und als ich ihr gesagt habe, dass es reicht und sie jetzt mal aufhören kann, über Anton herzuziehen, weil er mein Freund ist, da hat sie auch direkt aufgehört. Also Schwamm drüber. Denn ansonsten ist sie echt nett.

Nach den Hausaufgaben wollten Manu und Nina unbedingt an der Playsi Karaoke singen, doch ich bin lieber zu Elrond gefahren. Auf diesen Karaokemist stehe ich sowieso nicht so, und im Moment ist das Wetter noch so schön, dass ich am liebsten von morgens bis abends mit Elrond durch den Wald reiten würde. Aber morgen wollen wir nach der Schule wieder zusammen zu Manu fahren, und ich merke, dass ich mich schon darauf freue!

Donnerstag, 16.04.2015

Als Frau Heintze das Klassenzimmer betrat, wurde es augenblicklich still. Das lag natürlich nicht an Frau Heintze, die normalerweise mehrere Minuten brauchte, um sich ein Mindestmaß an Aufmerksamkeit ihrer Schüler zu sichern – es lag vielmehr an dem unglaublich dicken und zugleich unglaublich großen Mann, der hinter ihr herwatschelte.

Anton fragte sich nicht zum ersten Mal, ob Herr Vogt tatsächlich aufgrund seiner beruflichen Fähigkeiten oder vielleicht mehr aufgrund seiner beeindruckenden Körperfülle, die ihn mit einer Aura der Macht und Autorität umgab, die Position des Schuldirektors erhalten hatte. Zumal er auch noch, wie immer, von Kopf bis Fuß in Schwarz gekleidet war.

Obwohl normalerweise allein der wiegende Gang des Mannes und sein Schnaufen bei jeder kleinsten Bewegung ausgereicht hätten, um bei allen ungezügelte Lachkrämpfe hervorzurufen, hätte es niemals einer der über 1000 Schüler dieser Schule gewagt, über Herrn Vogt auch nur heimlich zu schmunzeln.

Frau Heintze sah heute blass aus, fand Anton. Herrn Vogts Gesicht war dafür ungewöhnlich rot. Sofort streckten sich alle seine Mitschüler, nahmen regelrecht Haltung an, wappneten sich für die Neuigkeiten, die jetzt kommen würden. Waren es gute oder schlechte Nachrichten, hatte irgendjemand von ihnen was wirklich Schlimmes ausgefressen – oder gab es Unterrichtsausfall? Schulfrei?

Anton ließ den Blick über die gestrafften Rücken seiner

Klassenkameraden schweifen. Er hatte vier Jahre gebraucht, um von der ersten Reihe in die letzte zu gelangen: In der fünften Klasse, der ersten auf der weiterführenden Schule, hatte er ganz vorne direkt am Lehrerpult gesessen. Wegen seiner Augen. Damit er lesen konnte, was auf der Tafel geschrieben stand. Hinter sich 29 Augenpaare, die ihn durchbohrten. 29 mit Spucke durchtränkte Papierkügelchen, die er in jeder Fünfminutenpause abbekam. Nein, es waren nur 28 gewesen – Anna hatte nie mitgemacht.

In der sechsten Klasse saß er in der zweiten Reihe. Das war fast noch schlimmer gewesen, denn nun merkten die Lehrer nicht, wenn er unter dem Tisch getreten wurde, bis er an den Schienbeinen keine einzige Stelle mehr hatte, die nicht blau unterlaufen war. An der Anzahl der Blicke in seinem Rücken und an der Menge der nassen Papierkügelchen änderte sich hingegen nicht wirklich was.

In der siebten Klasse durfte er in die dritte Reihe umziehen, nachdem er mehrmals versichert hatte, dass er auch von dort alles gut sehen konnte. Ab da war es langsam bergauf gegangen. Er hatte sich zwar am Anfang das eine oder andere Mal in Kaugummi gesetzt, das auf seinem Stuhl klebte, und sich so manche Jeans damit ruiniert, aber er hatte mit der Zeit gelernt, morgens und nach der großen Pause seinen Platz zu inspizieren, bevor er sich hinsetzte.

Und nun, in der achten Klasse, hatte er sein Ziel, in der letzten Reihe zu sitzen, endlich erreicht. Hier hatte er nur noch die Wand hinter sich, spürte keine unangenehmen Blicke im Rücken und hatte nicht das Gefühl, ständig auf einen Angriff gefasst sein zu müssen, auf den er sich nicht vorbereiten konnte, weil die Feinde von hinten kamen. Und er würde alles dafür tun, um diesen Platz bis zu seinem allerletzten Schultag zu behalten. Von hier aus hatte er alles im Blick. Auch die leeren Stühle, wenn jemand fehlte.

Heute waren alle da. Alle außer Anna. Er hatte gestern Abend nach dem Training eigentlich noch bei ihr vorbeischauen wollen, es dann aber nicht mehr geschafft und ihr nur noch eine Nachricht auf ihr iPhone geschickt, auf die er mal wieder keine Antwort erhalten hatte. Vielleicht war sie krank? Oder tat zumindest so, damit sie nicht zur Schule musste? Heute würde er auf jeden Fall bei ihr vorbeischauen, nahm Anton sich vor. Er musste ihr ja unbedingt von Herrn Vogts Auftritt in der Klasse berichten und von der bedeutsamen Nachricht, die der Direktor ihnen gleich verkünden würde.

Aber erst einmal räusperte Herr Vogt sich. Minutenlang, wie es Anton schien. Und Frau Heintzes Lippen zitterten, als würde sie jeden Augenblick anfangen zu heulen. Allmählich beschlich Anton ein ungutes Gefühl. Da stimmte was nicht. Hier kam nichts, was man sich in den nächsten Tagen lachend weitererzählen würde.

»Ähem … liebe Kinder …«

Hatte der sie noch alle? Der Direktor war dafür bekannt, gleich auf den Punkt zu kommen. Rumstottern und Ansprachen wie »liebe Kinder« gehörten wahrhaftig nicht zu den Eigenschaften, für die Herr Vogt bekannt war.

»Frau Heintze hat mich gebeten, sie zu begleiten und zu unterstützen. Ich habe leider die traurige Aufgabe, euch mitzuteilen, dass eure hoch geschätzte Klassenkameradin und beliebte Freundin …«, Antons Blick war starr auf den einzigen leeren Stuhl gerichtet, »… Anna Martin gestern bei einem Verkehrsunfall …«

»Reitunfall!«, unterbrach ihn Frau Heintze.

»Ich dachte, es wäre ein Verkehrsunfall gewesen?«, wandte sich Herr Vogt an die Lehrerin.

Frau Heintze schüttelte stumm den Kopf.

»Na ja, ist ja auch egal …«

Anton spürte, wie ihm übel wurde. Wie auch immer Herr Vogt seinen Satz beenden würde, er wusste, dass es alles andere als egal war.

»… dass Anna Martin gestern bei einem *Reit*unfall ums Leben gekommen ist.«

Eine gefühlte Ewigkeit blieb alles mucksmäuschenstill. Es war, als wäre die Zeit stehen geblieben. Niemand rührte sich. Dann schrie Manu als Erste auf und hielt sich erschrocken die Hand vor den Mund.

Scheinheilige Schlampe, dachte Anton und wunderte sich gleichzeitig darüber, dass er in diesem Augenblick so etwas denken konnte.

Allmählich kam Bewegung in seine Mitschüler. Die Mädchen begannen, wie auf Kommando zu weinen. Einige der Jungen drehten sich verstohlen zu Anton um, der immer noch auf den leeren Platz in der ersten Reihe starrte.

»Natürlich ist unter diesen Umständen heute kein Unterricht möglich«, fuhr Herr Vogt fort und erstickte die drohende Hysterie allein durch die Kraft seiner Stimme im Keim. »Unsere Religionslehrerin, Frau …« Er wandte sich hilfesuchend an Frau Heintze.

»Frau Körner.«

»Frau Körner wird gleich zu euch kommen und gemeinsam mit Frau Heintze für euch da sein. Nutzt die Gelegenheit zum Gespräch!« Die letzten Worte musste Herr Vogt nun doch schreien, um sich verständlich zu machen, denn jetzt war das blanke Chaos ausgebrochen. Keiner blickte mehr nach vorn oder hörte auf das, was der Direktor sagte. Alle redeten durcheinander, warfen sich entsetzte Blicke zu, standen auf und gingen zu ihren Freundinnen und Freunden hinüber. Nur Anton saß unbeweglich auf seinem Platz und beobachtete das Chaos um sich herum, als hätte das alles nichts mit ihm zu tun. Er fühlte sich wie unter einer gläsernen Glocke, abgeschirmt von allem, was außerhalb seines Körpers geschah. Sein Blick traf auf den von Nina – sie wandte den Kopf ab. Er beobachtete, wie Herr Vogt das Klassenzimmer verließ. Er beobachtete Frau Heintze, die eine große Packung Kleenex auf einen der Tische in der ersten Reihe stellte. Er beobachtete, wie Nina und Manu einander in die Arme fielen und zu weinen begannen. Er beobachtete Charlie, die weiß wie die Wand war und mit offenem Mund aus dem Fenster starrte. Er beobachtete Thomas, der seine Brille abnahm und sich verstohlen über die Augen wischte. Jakob, der hektisch auf seinen Fingernägeln herumbiss. Finn, der kopfschüttelnd und wild gestikulierend auf Oskar einredete. Jonathan und Paul, die beide so wie er auf ihren Plätzen sitzen geblieben waren und sich nicht rührten. Sie waren in sich zusammengesunken, mit krummen Rücken, die sich noch nicht einmal beim Atmen hoben und senkten. Beide starrten stumm auf die Tischplatte vor sich, als wären sie gar nicht anwesend.

Ganz still und mit beherrschten Bewegungen erhob sich Anton und räumte Heft und Federmäppchen in seinen Schulrucksack. Er schob ordentlich den Stuhl unter den Tisch, schwang seinen Ranzen auf den Rücken und bahnte sich einen Weg zwischen den Stühlen, Tischen und Klassenkameraden nach vorne zur Tür. Er hatte im Lauf der Jahre gelernt, nahezu unsichtbar zu sein. Trotzdem folgten ihm einige neugierige Blicke, doch niemand wagte es, ihn anzusprechen oder gar aufzuhalten. Jedenfalls keiner seiner Mitschüler.

»Anton?«

Das war Frau Heintzes Stimme, aber Anton ignorierte sie. Er öffnete die Klassenzimmertür, trat hinaus in den Flur und schloss leise die Tür hinter sich. Dann nahm er seine Jacke vom Garderobenhaken an der Wand und rannte los.

Dienstag, 10.09.2013

Hallo, liebes Tagebuch!

Ich hatte mich so darauf gefreut, wieder gemeinsam mit Manu und Nina zu essen und Hausaufgaben zu machen, weil es gestern so lustig war. Aber erst einmal haben mich die zwei mit ihrem albernen Gegacker voll angenervt. Nina hat sich bei Manu eingehakt, und dann sind die beiden mit wackelnden Hintern vor mir herstolziert. Ich musste zusehen, dass ich hinterherkomme und habe mich dabei richtig scheiße gefühlt. Ich muss zugeben, dass mir das einen Stich versetzt hat und ich deswegen erst einmal ziemlich sauer auf Nina war. Ich meine, was soll das? Will sie mir meine Freundin ausspannen, oder was? Aber dann habe ich mich daran erinnert, dass Manu und ich seit dem allerersten Schultag in der ersten Klasse beste Freundinnen sind. »Siamesische Zwillinge« haben die anderen uns getauft, weil niemals eine von uns ohne die andere irgendwo auftaucht. Und daran wird auch Nina nichts ändern. Manu und ich sind Seelenverwandte. Wir können uns immer zu hundert Prozent aufeinander verlassen. Wir teilen alle Geheimnisse miteinander, und da kann kommen, wer will. Daran ändert sich nichts! Das wird auch Nina noch kapieren!

Das Mittagessen war dann auch wirklich wieder ganz witzig. Manu ist die Tomatensoße übergekocht und bis an die Decke gespritzt. Das sah aus wie in 'nem schlechten Horrorfilm, und wir haben gegackert wie die Hühner.

Nina ist ziemlich fit in Mathe, und die Hausaufgaben gingen dementsprechend schnell. Aber dann haben die beiden wieder dieses bekloppte Karaokespiel in die Playsi gestopft, und ich habe mich auf einmal weit, weit weg gewünscht. Ich habe Elrond vorgeschoben, um den ich mich kümmern müsse, und bin abgedampft.

Bevor ich mich jedoch zum Stall aufmachen konnte, stand Anton vor der Tür. Wir sind dann zusammen mit dem Fahrrad zu Elrond gefahren, haben ihn auf die Weide gelassen, am Zaun gelehnt und gequatscht. Anton findet Nina nicht so toll. Na ja, kein Wunder, sie hat ja auch nicht lange gebraucht, um sich der Alle-gegen-Anton-Clique anzuschließen. Und auf Frau Heintze hat er auch einen ziemlichen Hals, nach dem, was gestern im Unterricht passiert ist. Anton glaubt, Frau Heintze hat keinen Plan, und wenn sie nicht aufpasst, machen in ihrem Unterricht bald alle, was sie wollen. Ich fürchte, da liegt er gar nicht mal so falsch.

Eigentlich wollte ich ja mit Elrond ausreiten, aber andererseits habe ich mich gefreut, dass Anton da war und wir ohne dummes Gelaber den Nachmittag miteinander verbringen konnten. Ehrlich gesagt, bin ich manchmal sogar ein bisschen lieber mit Anton zusammen als mit Manu. Ich weiß nicht genau, woran das liegt. Mit ihm kann ich irgendwie besser reden. Er macht sich zu vielen Dingen ähnliche Gedanken wie ich, über die Manu nur lachen oder den Kopf schütteln würde. Andererseits kann ich natürlich auch mit Manu über manches reden, worüber ich niemals mit Anton reden würde! Ich glaube, es ist einfach gut, dass ich zwei beste Freunde habe. Und das, ob-

wohl beide nicht einmal meine Leidenschaft für Pferde teilen! Das tut nur Charlie. Sie liebt Elrond und würde einiges dafür geben, wenn er ihr Pferd wäre. Vielleicht ist es hauptsächlich das, was mich mit Charlie verbindet. Dabei fällt mir auf, dass ich Charlie schon lange nicht mehr eingeladen habe, mit zu Elrond zu kommen. Vielleicht sollte ich sie fragen, ob sie morgen nach der Schule mitkommen will. Auf noch mal Miracoli mit Nina zu Mittag habe ich sowieso keinen Bock.

Donnerstag, 16.04.2015

Nach dem dritten erfolglosen Klingeln wollte Anton eigentlich aufgeben. Simon Martin war nicht zu Hause. Oder er öffnete einfach nicht. Beides war möglich. Und beide Optionen halfen ihm nicht, endlich zu verstehen, was geschehen war. Den ganzen Weg hierher hatte er darüber nachgedacht, wie es zu diesem schrecklichen Missverständnis hatte kommen können. Es konnte nicht wahr sein, dass Anna tatsächlich tot war. Und erst recht konnte es nicht stimmen, dass sie einen Reitunfall gehabt hatte. Anna wäre selbst dem Teufel davongaloppiert. Elrond und sie waren wie ein Wesen, wenn Anna auf seinem Rücken saß. Reitunfall? Anna? Undenkbar! Es sei denn … Aber diesen Gedanken schob Anton so schnell wie möglich beiseite.

Er hatte gehofft, hier Antworten auf seine Fragen zu finden. Stattdessen wusste er jetzt noch weniger als vorher. Wenn Simon Martin nicht da war, dann war er vermutlich arbeiten. Und arbeiten würde er ja wohl nur, wenn nichts Besonderes vorgefallen war. Aber vielleicht war doch etwas vorgefallen und er war nicht arbeiten, sondern bei einem Beerdigungsinstitut. Oder im Leichenschauhaus. Oder bei der Polizei. Oder im Krankenhaus. Vielleicht war es wie so oft, dass nur die Hälfte dessen wahr war, was man sich erzählte. Vielleicht hatte Anna tatsächlich einen Reitunfall gehabt und sich verletzt. Jetzt lag sie im Krankenhaus, bereits auf dem Weg der Besserung, und ihr Vater saß natürlich an ihrem Bett und hielt ihre Hand! Oder es war etwas geschehen und Simon war irgendwie zusammengebrochen. Ohnmächtig. Hatte sich selbst getötet, weil er mit dem Schmerz nicht fertig wurde; lag in diesem Augenblick hinter der Haustür und machte gerade seine letzten Atemzüge, während er, Anton, davorstand und ihm nicht helfen konnte! Es war schier zum Verrücktwerden! Vielleicht sollte er den Notfall-Schlüssel von der Nachbarin Frau Weber holen und nachsehen? Er wusste, dass die alte Frau einen Schlüssel zum Haus der Martins verwahrte. Oder zumindest hatte sie das früher, als Anna noch klein gewesen war. Für den Fall, dass Anna ihren Schlüssel einmal verlor oder vergaß. Aber wie peinlich wäre das denn, wenn er unbefugt in das Haus eindringen und alles in bester Ordnung vorfinden würde? Immerhin konnte es genauso gut sein, dass Simon einfach nur auf dem Klo saß! Allein die Vorstellung ließ Anton die Schamesröte ins Gesicht steigen.

Er wandte dem Haus den Rücken zu und schaute die Häuserfronten entlang. An der Fassade des einzigen Mehrfamilienhauses in der Straße hatte mal wieder einer Schreiben geübt. Mit mäßigem Erfolg. KINDERFIKER RAUS! stand da in großen schwarzen Buchstaben. Wie lange würde es diesmal dauern, bis jemand die Schmiererei wegmachte? Und wie lange würde es anschließend dauern, bis die nächste Schmiererei mit ähnlichem Inhalt die Hauswand zierte?

Simons dunkelgrauen Volvo konnte Anton jedenfalls nirgends entdecken. Und das wiederum hieß wohl, dass Annas Vater damit unterwegs war. Oder stand er nur in der Garage?

Und jetzt?

Ein weiteres Mal versuchte er, Anna auf ihrem Handy zu erreichen. Aber wie bei den ungezählten Versuchen zuvor sprang nur die Mailbox an. Auch das brachte ihn also nicht weiter.

Anton überlegte. Dann hätte er sich am liebsten mit der flachen Hand vor die Stirn geschlagen. Natürlich! Das war es! Wenn Anna wirklich einen Reitunfall gehabt haben sollte – was war dann mit Elrond geschehen? Anton schnappte sich seinen Rucksack, den er auf dem Boden abgestellt hatte, und stieg die drei Stufen, die zum Hauseingang führten, hinunter. Er musste zu Lenis Pferdehof, auf dem Elrond untergebracht war! Leni würde wissen, was mit Elrond und Anna geschehen war.

Anton wunderte sich über sich selbst. Er spürte eine ungeheure Aufregung in sich, das Herz schlug ihm bis zum Hals und Adrenalin strömte literweise durch seine Adern, aber er fühlte sich kein bisschen traurig. Ob das nur daran lag, dass er nicht glauben konnte, dass Anna wirklich tot war? Würden die Traurigkeit und der Schmerz kommen, sobald er Gewissheit hätte?

Anton drehte sich noch einmal um und betrachtete die Hausfassade. Brannte irgendwo hinter einem der Fenster Licht? Gab es irgendein Anzeichen dafür, dass doch jemand zu Hause war?

Nichts.

Anton schulterte den Rucksack und machte sich auf den Weg zum Pferdehof. Er glaubte schon, Elronds Wiehern zu hören, so intensiv stellte er sich vor, was er gleich zu sehen bekommen würde: Elrond, unversehrt in seiner Box, und Anna, die einfach nur die Schule geschwänzt hatte. Das war ja in der letzten Zeit häufiger vorgekommen. Warum also nicht auch heute?

Abrupt blieb er stehen. Das Wiehern existierte nicht nur in seiner Fantasie! Er hörte tatsächlich ein Pferd! Und zwar direkt neben dem Haus der Martins! Aus dem alten Stall! Anton verzog das Gesicht zu einer Grimasse. Das verhieß nichts Gutes, und seine Beine taten sich schwer, als er nun den gepflasterten

Gartenweg entlang auf das alte Stallgebäude zuging. Er holte tief Luft, bevor er schließlich all seinen Mut zusammennahm und die Stalltür öffnete.

»Simon!«

Annas Vater hatte die Arme um Elronds Hals geschlungen und sein Gesicht in der Mähne des Pferdes versenkt. Er zuckte zusammen, als er Antons Stimme hörte.

»Anton«, sagte er tonlos.

Und in diesem Augenblick wusste Anton, dass alles wahr war, was er gehört hatte. Alles.

Mittwoch, 11.09.2013

Liebes Tagebuch,

ich bin froh, dass ich schon gestern beschlossen hatte, heute mit Charlie zu Elrond zu gehen, denn heute ist mir Nina voll auf den Keks gegangen, und ich hätte echt keine Lust gehabt, auch noch den Nachmittag mit ihr zu verbringen. Sie hat doch glatt Froschauge *zu Anton gesagt, und natürlich haben die anderen sich vor Lachen nicht mehr eingekriegt. Wenn ich an Ninas selbstverliebtes Grinsen denke, kriege ich jetzt noch Pickel. Natürlich habe ich zu ihr gesagt, sie soll ihr Klatschmaul halten, und Nina hat die Augenbrauen hochgezogen und zu mir gesagt: »Oh, die reiche Prinzessin stellt sich schützend vor ihren armen Frosch. Verwandelt er sich, wenn du ihn küsst?« Ich könnte jetzt noch kotzen, wenn ich daran denke, wie alle vor Lachen fast zusammengebrochen sind. Allen voran natürlich Chiara, die selbst niemals genug Arsch in der Hose hätte, so etwas zu mir zu sagen, aber es nur zu gerne würde. Doch nicht nur Chiara hatte ihren Spaß, nein, sogar Manu und Vera haben gelacht! Vera finde ich in der letzten Zeit sowieso nur noch voll peinlich. Sie hat sich irgendwie total verändert und ist so 'ne richtige Tussi geworden, die nur noch albern kichert, sobald ein Typ in der Nähe ist. Aber Vera ist mir eigentlich auch ziemlich egal. Von Manu dagegen habe ich ehrlich gesagt was anderes erwartet.*

»Was ist denn daran witzig?«, habe ich Manu gefragt, und sie meinte, ich solle mal ein bisschen chillen, das sei doch nur ein harmloser Scherz gewesen. Na ja, wenn sie meint …

Charlie hat sich jedenfalls gefreut, als ich sie gefragt habe, ob sie mit zu Elrond kommen will. Aber Manu war sauer, als ich ihr erklärt habe, dass ich heute nicht mit zu ihr komme. Na ja, sie kriegt sich schon wieder ein. Sie hat ja jetzt Nina.

Nach dem Reiten war Charlie noch mit bei mir. Auf dem Weg zurück vom Stall sind wir »dem Pädo« über den Weg gelaufen. Ich hatte Michael jetzt schon lange nicht mehr gesehen, und wir haben uns ein bisschen unterhalten. Charlie hat ihn angestarrt wie das Kaninchen die Schlange. Das war mir vielleicht peinlich! Ich weiß, was man in unserem Viertel über ihn sagt. Und Charlie weiß es natürlich ebenso. Früher, als ich noch kleiner war, hatte ich zugegebenermaßen auch Schiss vor ihm, weil die Mütter und Väter meiner Grundschulfreunde uns immer vor ihm gewarnt haben, wenn wir auf der Straße spielen wollten. Ich habe dann irgendwann mal meinen ganzen Mut zusammengenommen und Papa nach ihm gefragt. Papa hat sich vor Lachen fast in die Hose gemacht, als ich ihm all die Schauermärchen erzählt habe, die ich über seinen Freund gehört hatte. Er sollte innerhalb von zwei Jahren drei kleine Mädchen, Schülerinnen, entführt, vergewaltigt und ermordet haben und dafür 30 Jahre im Knast gesessen haben oder so. Papa sagte, nun, dann müsste er die Straftaten mit acht Jahren begangen haben und mit zehn Jahren in den Knast gekommen sein, denn Herr Schirmer sei ja gerade mal Mitte vierzig und wohne seit mindestens fünf Jahren in unserer Straße. Er erklärte mir, Michael sei tatsächlich wegen unerlaubter sexueller Handlungen mit einer Minderjährigen im Knast gewesen. Und zwar hatte er als junger Referendar von Mitte zwanzig eine Beziehung zu einer 16-jährigen Schülerin. Die Eltern des

Mädchens waren davon alles andere als begeistert und sorgten dafür, dass er vor Gericht gestellt und verurteilt wurde. Da sie gute Beziehungen hatten, bekam er eine richtig fette Strafe. Als er zwei Jahre später wieder ein freier Mann war, heiratete er die mittlerweile 18-Jährige und setzte mit ihr zwei Kinder in die Welt. Nach 13 Jahren Ehe hat sie ihn dann wegen eines anderen sitzen lassen, und er ist in unsere Straße gezogen, wo er seitdem wohnt. Ich habe Charlie zu erklären versucht, dass an der Geschichte vom Pädo nicht viel dran ist, aber sie wollte mir nicht glauben.

Zu Hause haben wir dann versucht, uns so Hochsteckfrisuren zu machen, bei denen die Haare an den Seiten geflochten werden, aber das hat null geklappt. Bei Charlie sah es noch ganz okay aus, aber ich mag mich doch lieber, wenn die Haare offen sind. Ich finde, das steht mir am besten. Anton sagt, ich wäre immer wunderschön und sähe aus wie Anne Hathaway in Batman.
Obwohl ich manchmal Angst habe, dass Anton sich falsche Hoffnungen macht, müsste ich lügen, wenn ich behaupten würde, dass es mir nicht gefällt, wenn er so was sagt. Ich habe mich ganz genau im Spiegel angeschaut, und eigentlich bin ich auch ganz zufrieden mit meinem Aussehen. Ich mag meine Haare und die Farbe meiner Augen. Und ich mag meinen Mund. Der Vergleich mit Anne Hathaway ist natürlich komplett übertrieben, aber ein ähnlicher Typ bin ich schon.
Charlie und ich haben dann noch das Lipgloss von Vera ausprobiert, aber Pink ist echt nicht meine Farbe. Anne Hathaway trägt schließlich auch kein Pink, und sie wird wissen warum. Vermutlich hat sie 'nen Styleberater. Es passt jedenfalls

überhaupt nicht zu meinen braunen Augen und Haaren. Bei Charlie mit ihren blonden Haaren und blauen Augen sah es besser aus. Ich habe überlegt, ihr das Lipgloss zu schenken, aber wenn Vera das mitkriegt, ist sie vielleicht sauer auf mich, und das will ich nicht. Auf jeden Fall geht es mir jetzt nach dem Nachmittag mit Charlie wieder besser, und vielleicht hat Manu recht, wenn sie sagt, dass ich Ninas Bemerkungen nicht so ernst nehmen sollte.

Er konnte nicht schlafen. In seinem Kopf schwirrten die Gedanken umher. Und zugleich fühlte er sich unendlich leer. Ausgelöscht. Für die Polizei war der Fall klar: Anna war aus dem Wald kommend direkt auf die Bundesstraße galoppiert. Sie hatte wohl noch versucht, Elrond zum Stehen zu bringen, dabei war das Pferd gestiegen, Anna aus dem Sattel gestürzt und gegen die Motorhaube des herannahenden Fahrzeugs geknallt.

Sie war sofort tot gewesen.

Die Fahrerin des Unfallwagens stand unter Schock. Sie war 42 Jahre alt, Mutter von zwei Kindern im Alter von 11 und 15 Jahren, berufstätig, verheiratet. Sie hatte in 24 Jahren noch nicht ein einziges Knöllchen wegen zu schnellen Fahrens erhalten. Die Rekonstruktion der Polizei ergab, dass sie mit angepasster Geschwindigkeit von 74 Kilometern pro Stunde unterwegs gewesen war. 80 Stundenkilometer wären erlaubt gewesen. Der Alkoholtest hatte 0,0 Promille ergeben. Die Analyse der Bremsspuren zeigte, dass sie mit einer Reaktionszeit von unter einer Sekunde Verzögerung den Bremsvorgang eingeleitet hatte. Überdurchschnittlich schnell.

Für die Polizei stand es außer Frage, dass sie den Unfall nicht hatte verhindern können. Natürlich war die Akte zur Staatsanwaltschaft weitergeleitet worden, so war nun mal das Prozedere bei Verkehrsunfällen mit Todesfolge, aber es stand bereits jetzt fest, dass Anna die volle Schuld am Unfall zugesprochen werden würde.

Elrond war einfach neben Annas totem Körper stehen geblieben. Selbst als die Polizei mit Sirenen ankam, hatte er sich nicht von der Stelle bewegt. Es schien alles so eindeutig. Und doch verstand Simon Martin vieles nicht. Wieso hatte Anna die Bundesstraße überqueren wollen? Und wieso im vollen Galopp? Die Polizei vermutete, dass Elrond durchgegangen war. Dass Anna ihr Pferd nicht unter Kontrolle gehabt hatte. Aber wie konnte das sein?

Er wälzte sich auf die andere Seite und warf einen Blick auf seinen Wecker. 4:31 stand auf dem Display.

Er war froh, dass Anton heute Morgen vorbeigekommen war. Er kannte den Jungen seit mehr als elf Jahren. Bilder von Anna und Anton im Sandkasten kamen ihm in den Sinn. Anton hatte ihm angeboten, Elrond zu Leni in den Stall zu bringen. Aber er wollte, dass Elrond bei ihm blieb. Er war das Einzige, was noch von Anna übrig geblieben war. Er fühlte sich seiner Tochter nah, wenn er Elrond spüren konnte.

Der Junge hatte versucht, ihm ins Gewissen zu reden. Elrond könne nicht auf Dauer allein im Stall bleiben. Außerdem müsse er versorgt werden. Schließlich war Anton auf die Idee gekommen, Leni zu bitten, nach Elrond zu sehen und den Stall so weit herzurichten, dass Elrond eine Weile dort bleiben könnte. Wenigstens für ein paar Tage. Wenigstens bis nach der Beerdigung.

Die Beerdigung. Simon hatte mit der Frau vom Beerdigungsinstitut gesprochen. Sie hatte ihm Fotos von Särgen gezeigt. Er sollte einen für Anna auswählen. Wie konnte er das? Einen Sarg für seine Tochter aussuchen?

Schließlich hatten sie sich darauf geeinigt, dass der Sarg schlicht und weiß sein sollte und das Beerdigungsinstitut alles andere alleine auswählte. Simon Martin war dankbar dafür. Die Dame hatte ihn noch einige Dinge gefragt: Was war Annas Lieblingsfarbe gewesen? Welche Musik hatte sie gemocht, welche Blumen …? Danach wollte sie die Trauerfeier ausrichten.

Simon Martin setzte sich auf die Bettkante und stützte den Kopf in die Hände. Wie sollte er das nur aushalten? Diesen Schmerz! Er drohte ihn zu zerreißen.

Er nahm noch eine Tablette aus der Schachtel auf seinem Nachttisch. Das Wasserglas war leer. Er musste neues holen.

Die Tür zu Annas Zimmer war nur angelehnt. Er öffnete die Tür und meinte, Annas braunen Haarschopf auf dem Kissen zu sehen. Aber das war natürlich nur Einbildung. Er hatte dieses Bild einfach so oft in seinem Leben in sich aufgesogen, jeden Abend seit 14 Jahren, 7 Monaten und 12 Tagen, dass er es nie wieder vergessen würde. Es hatte sich in seine Netzhaut eingebrannt. Er betrat das Zimmer und legte sich auf Annas Bett, starrte an die Decke. Die Bettdecke roch noch nach ihr, duftete nach der zarten Haut seiner kleinen Prinzessin.

Warum hatte Anna gerade in dieser Sekunde die Bundesstraße überquert? Und nicht eine Sekunde früher oder später? Warum hatte sie nicht aufgepasst? Warum hatte sie überhaupt auf die andere Seite gewollt? Warum war Elrond durchgegangen?

Warum? Warum? Warum?

Er hatte so viele Fragen.

Und keine Antworten.

Sein Blick fiel auf das schwarze Buch auf Annas Schreibtisch.

Secrets.

Geheimnisse.

Fragen.

Antworten.

Er stand auf, trat an den Schreibtisch, nahm das Buch in beide Hände, strich sacht, fast streichelnd, über den weichen Einband, bemerkte, wie der dunkle Samt mal heller und mal dunkler erschien, je nachdem, in welche Richtung er darüberstrich.

Antworten.

Er setzte sich mit dem Buch zurück auf die Bettkante, knipste die Nachttischlampe an und schlug das Buch auf.

Dann begann er zu lesen.

Montag, 30.09.2013

Liebes Tagebuch,

heute haben Chiara und Nina in der Schule die ganze Zeit miteinander getuschelt. Da haben sich echt zwei gesucht und gefunden. Wie praktisch, dass sie neuerdings direkt nebeneinander sitzen. Und das haben sie nur Frau Heintze zu verdanken, die unsere Sitzordnung neu organisiert hat, »damit wir uns besser auf den Unterricht konzentrieren können«. Dass ich nicht lache! Ich sitze jetzt neben Jakob. Damit habe ich eigentlich kein Problem, Jakob ist ganz in Ordnung, ein bisschen langweilig vielleicht, aber genau das wünscht sich Frau Heintze ja, dass wir unseren Sitznachbarn so langweilig finden, dass wir nicht miteinander quatschen. Allerdings kennt sie uns alle noch nicht gut genug – bei Chiara und Nina jedenfalls hat Frau Heintzes Plan eindeutig ein paar Defizite. Ich möchte gar nicht wissen, was die beiden sich zu erzählen hatten. Ich habe nur gemerkt, dass sie oft zu mir herübergesehen haben. Ich weiß, dass Chiara mich nicht ausstehen kann. Aber bislang war mir das so was von egal, weil sowieso niemand auf das hört, was Chiara sagt. Aber jetzt ist Nina da, und Nina hört sich anscheinend sehr gerne an, was Chiara über mich zu erzählen weiß. Auch wenn ich keine Ahnung habe, was das sein soll, hatte ich trotzdem ein ungutes Gefühl, als ich gemerkt habe, wie die beiden mich anschauen, ihre Köpfe zusammenstecken und kichern. Wer würde sich da nicht blöd vorkommen?

Dafür habe ich mich mit Manu wieder vertragen. Ich muss zugeben, dass mir ihr Verhalten in der letzten Zeit, seit Nina da ist, manchmal ganz schön wehgetan hat. Ich hatte auf einmal das Gefühl, sie ist gar nicht mehr »meine« Manu. Aber offensichtlich hat es Manu zu denken gegeben, dass ich gestern keinen Bock auf sie und Nina hatte und mich lieber mit Charlie getroffen habe. Sie kam heute Morgen direkt zu mir und hat mich gefragt, ob wir zwei heute mal was alleine machen wollen. Das haben wir dann auch. Und es war endlich mal wieder alles wie immer. Ich habe gemerkt, dass mir Manu ohne Nina lieber ist als Manu mit Nina. Wenn Nina dabei ist, ist Manu irgendwie tussiger, und das gefällt mir nicht. Aber jetzt bin ich mir wieder sicher, dass Nina mir meine beste Freundin niemals ausspannen kann. Manu hat mir sogar anvertraut, dass sie in Paul verknallt ist und mir die Fotos auf ihrem Handy gezeigt, die sie heimlich von ihm gemacht hat. Und die zeigt sie Nina bestimmt nicht! Unsere Geheimnisse teilen nur wir zwei miteinander. Ich kann zwar nicht verstehen, was sie ausgerechnet an Paul findet, ich meine, er sieht zwar gut aus, aber er ist auch ein ganz schöner Angeber, aber natürlich habe ich ihr trotzdem zugehört und mit ihr zusammen überlegt, wie sie es anstellen kann, dass Paul auf sie aufmerksam wird. Was richtig Gutes ist uns allerdings noch nicht eingefallen.

Weil ich dann ziemlich lange bei Manu war, bin ich erst spät zu Elrond gekommen, und er hat schon auf mich gewartet. Wir waren jetzt drei Tage hintereinander nicht im Wald, weil irgendwie immer was anderes war. Deshalb bin ich dann noch ganz lange mit ihm ausgeritten. Wir waren sogar auf der anderen Seite der Bundesstraße auf der Lichtung, auf der Elrond immer grast. Und das, obwohl es allmählich schon dämmrig wurde. Papa will ja nicht, dass ich mit Elrond die Bundesstraße überquere, die mitten durch den Wald führt. Er sagt, das wäre zu gefährlich, die Autos würden dort immer so rasen, und die Stelle, an der man über die Straße muss, sei nicht gut einzusehen. Aber ehrlich gesagt, ist mir da noch nie ein Auto begegnet, und selbst wenn das mal passiert, brauche ich mir keine Sorgen zu machen, denn Elrond bringt so schnell nichts aus der Ruhe. Ich bin ja auch nicht bescheuert und galoppiere blind auf die Straße, ohne nach links oder rechts zu blicken! Trotzdem sage ich Papa natürlich nicht, dass ich mich nicht an das halte, was er mir vorschreibt. Das ist besser für seine und für meine Nerven.

Freitag, 17.04.2015

Auch heute war an Unterricht nicht zu denken. In der Klasse herrschte eine Stimmung wie in einem Ameisenhaufen. Alle wuselten durcheinander, begannen unvermittelt zu weinen oder lachten hysterisch. Die Gespräche drehten sich ausschließlich um Anna und ihren Tod.

Auf Annas Tisch stand eine brennende Kerze. Frau Heintze hatte sie dorthingestellt. Aber auch Frau Heintze war nicht sie selbst. Sie wirkte nervös und ängstlich. Als fürchtete sie, die Kontrolle über die Situation zu verlieren.

»Hoch geschätzte Klassenkameradin und beliebte Freundin«, hatte der Direktor über Anna gesagt. Und wenn Anton jetzt so seine Mitschüler betrachtete, dann konnte er fast den Eindruck gewinnen, Herrn Vogts Beschreibung wäre zutreffend gewesen. Ein bitteres Lachen suchte sich seinen Weg durch Antons Körper. Mia, die neben ihm saß, sah ihn überrascht an.

»Ich kann mir gar nicht vorstellen, dass Anna die Kontrolle über Elrond verloren haben soll«, sagte Charlie in diesem Augenblick. »Sie war eine so gute Reiterin, und Elrond ist ein so ruhiges Pferd!«

Das war die Frage, die auch Anton beschäftigte: Was musste geschehen, damit Elrond durchging und sich nicht mehr von Anna halten ließ? Und wenn er die Möglichkeit, dass Elrond durchgegangen war und Anna keine Kontrolle mehr über ihn gehabt hatte, ausschloss – welche andere Erklärung blieb dann noch? An diesem Punkt seiner Überlegungen bekam Anton jedes Mal Herzrasen. Er wollte diese andere Erklärung nicht. Und doch kam er in seinen Gedanken immer wieder darauf zurück: Selbstmord. Hatte Anna sich selbst getötet? War ihr Wunsch zu sterben so übermächtig gewesen, dass sie dafür sogar in Kauf genommen hatte, Elrond zu gefährden?

Anton erinnerte sich daran, dass sie erst vor Kurzem darüber gesprochen hatten. Es war vielleicht gerade mal zwei oder drei Wochen her – ja, genau, es war kurz vor den Osterferien gewesen. Anna hatte ihm erzählt, sie hätte geträumt, dass sie mit Elrond über eine Klippe gesprungen sei. Und dass das Gefühl, zu schweben, so wunderschön gewesen wäre. Sie hätte sich in diesem Moment so frei und unbeschwert gefühlt. Doch dann hätte die Wirkung der Schwerkraft eingesetzt und sie wäre auf Elronds Rücken hinabgestürzt. Immer schneller und schneller sei der Erdboden auf sie zugekommen … und da wäre sie erwacht.

»Wenn ich mich selbst umbringen wollte«, hatte Anna ihre Erzählung beendet, »dann würde ich es genau so machen: Ich würde mich auf Elronds Rücken von einer Klippe stürzen.«

»Das Problem ist nur«, hatte Anton grinsend geantwortet, denn er hatte Annas Worte nicht ernst genommen, »wir haben hier gar keine Klippen. Überall nur plattes Land. Hier musst du ja schon froh sein, wenn du im Winter einen Hügel zum Rodeln findest.«

Anna hatte zurückgegrinst. »Und natürlich würde ich niemals etwas tun, was Elrond gefährdet!«

Jetzt fragte sich Anton, ob es ein Fehler gewesen war, Annas Worte als Scherz abzutun. Hatte sie ihm damals etwas sagen wollen und er hatte es nicht verstanden?

Selbstmord. Bei allen Überlegungen, die hier gerade an- und ausgesprochen wurden – von Selbstmord redete keiner seiner

Klassenkameraden. Und Anton ahnte auch, warum das so war. Warum niemand, selbst wenn er daran dachte, diese Möglichkeit auszusprechen wagte.

Frau Heintze überlegte soeben mit der Klasse, ob sie am kommenden Montag als Klassengemeinschaft zur Beerdigung gehen und ob sie für einen gemeinsamen Kranz sammeln sollten. Und was dann auf der Schleife stehen sollte …

Die Gespräche rauschten an Anton vorbei. Er konnte ihnen nicht richtig folgen. Beerdigung? Kranz? Schleife? Was hatte das alles mit Anna zu tun? Und woher wusste Frau Heintze, dass am Montag die Beerdigung war? Hatte sie etwa mit Simon gesprochen?

Alle waren eifrig bei der Sache. Als wäre es irgendwie wichtig. Als könnte es irgendetwas wiedergutmachen. Aber das konnte es nicht. Anna war tot.

Anton sah die offenen Münder, aus denen etliche Ideen und Vorschläge hervorquollen: Manu, Charlie, Vera, Nina, ja, sogar Chiara. Finn, der vorschlug, dass sie alle eine Blume mitbringen sollten, die sie ins Grab legen konnten. Jakob, der sagte, sie sollten Anna einen Abschiedsbrief schreiben. Benny, der ihm zustimmte, das sei eine super Idee. Alle redeten durcheinander.

Antons Blick blieb an Paul und Jonathan hängen. Die beiden beteiligten sich nicht an dem allgemeinen Gespräch. Sie saßen stumm und blass auf ihren Plätzen, warfen sich höchstens mal einen verstohlenen Blick zu. Ungewöhnlich, fand Anton. Ausgerechnet Paul, der sonst immer den Ton angab und der unausgesprochene Boss der Klasse war. Und Jonathan, sein persönlicher Adjutant. Hatte Annas Tod die beiden derart aus der Bahn geworfen? Das hätte Anton nicht gedacht, aber offensichtlich ging den beiden der Tod ihrer Mitschülerin sehr nahe.

»… was meinst du, Anton?«

»Was?«

Frau Heintze lächelte nachsichtig. Und auch das war ungewöhnlich. »Wir überlegen gerade, welche Farbe die Schleife am Kranz haben soll. Du kanntest Anna doch sehr gut. Weißt du, welches ihre Lieblingsfarbe war?«

Anton warf Manu einen Blick zu. Wieso sagte sie nichts? Sie wusste doch genauso gut wie er, welches Annas Lieblingsfarbe gewesen war. Oder hatte sie das etwa schon vergessen?

»Türkis«, antwortete Anton, ohne seine Augen von Manu abzuwenden. »Annas Lieblingsfarbe war Türkis.«

Es war Manu, die zuerst den Blick senkte.

Dienstag, 12.11.2013

Liebes Tagebuch,

jetzt habe ich einige Zeit nichts geschrieben, weil nichts Aufregendes passiert ist. Alles war wie immer, und die Herbstferien waren auch gähnend langweilig. Anton war ja mal wieder die ganze Zeit mit seiner Familie in der Normandie, und Papa musste arbeiten. Nur an seinem Geburtstag hat er einen Tag freigemacht und wir waren shoppen. Dabei habe ich mehr bekommen als er, vor allem neue Klamotten und ein Pferdebuch. Es war ziemlich cool mit ihm in der Stadt. Ich habe das Gefühl gehabt, jedes zweite Gebäude, in dem wir waren, hat er gebaut, und ich muss zugeben, dass mich das ganz schön stolz gemacht hat.
Ansonsten habe ich mich natürlich viel um Elrond gekümmert und ein paar Mal Manu und Nina getroffen, was auch meistens ganz lustig war. Aber heute ist dann in der Schule etwas passiert, das ich unbedingt loswerden muss, damit ich nicht platze, denn ich habe mich mal wieder voll über Nina aufgeregt. Die letzten Wochen war sie eigentlich ganz nett, und ich habe schon gedacht, na ja, vielleicht hat sie sich jetzt bei uns eingelebt und ihren Platz gefunden und so. Wir haben die Pausen oft zu viert verbracht, also Manu, Charlie, Nina und ich. Manchmal war auch Vera mit dabei, und das hat alles gut geklappt. Ich hatte das Gefühl, dass wir alle gut miteinander zurechtkommen und dass das vielleicht einfacher ist, als wenn nur Manu, Nina und ich zusammen sind, weil dann irgendwie immer eine von uns zu viel ist. Manchmal habe ich mich aber

auch um Anton gekümmert, weil er sonst in den Pausen oft alleine dasteht, wenn Lasse, sein Freund aus der 8., nicht da ist, den er vom Taekwondo kennt. Lasse ist in seiner Klasse auch nicht gerade der Hero. Aber er und Anton sind gute Kumpel. Auf jeden Fall war alles wie sonst oder vielleicht sogar noch besser, weil wir Mädels echt Spaß miteinander hatten. Ein paar Mal haben Manu, Nina und ich uns wie gesagt auch nachmittags getroffen, und ich muss sagen, das war eigentlich auch okay. Einige Male habe ich die zwei aber auch allein abziehen lassen und mich lieber um Elrond gekümmert. Zuerst ist es mir schwergefallen, Manu mit Nina weggehen zu sehen. Aber dann hatte ich das Gefühl, dass das nichts an meiner Freundschaft zu Manu ändert, wenn sie auch mit Nina befreundet ist. Immerhin habe ich ja auch schon immer Anton. Und wenn wir dann wieder zu dritt zusammen waren – oder eben in der Schule zu viert mit Charlie oder zu fünft mit Vera –, dann war ja auch alles in Ordnung. Bis heute!

Heute hatten wir Sport bei Herrn Kohl. Wir haben zwei Mannschaften gebildet, um Basketball zu spielen. Paul sollte für die eine Mannschaft wählen und Jonathan für die andere. Paul hat als Erstes mich gewählt, warum auch immer, denn ich bin ja jetzt nicht gerade das Ass in Basketball. Danach hat er Oskar und dann Finn ausgewählt. Oskar ist in allem gut, was mit Sport zu tun hat, und Finn ist der Beste in Basketball. Also alles logisch. Währenddessen haben Manu und Nina schon darum gebettelt, auch in unsere Mannschaft zu dürfen. Also hat Paul zuerst Manu gewählt und dann Philip und dann Nina. Als Nächstes wollte er Anton wählen. Anton ist ja sehr gut in Sport, und obwohl er in unserer Klasse als Loser gilt, muss

er in der Regel nicht bis zum Schluss warten, bis ihn einer wählt. Und was macht Nina? Hängt sich wie eine bescheuerte Barbiepuppe an Pauls Arm, klimpert mit den Augen und sagt: »Och nee, du willst doch nicht Froschauge in der Mannschaft haben! Der ist doch so blind, der sieht den Ball nicht mal!«
Bevor Paul antworten konnte, war ich auf hundertachtzig! Ich meine, was bildet diese blöde Kuh sich eigentlich ein? Ich sage also zu Nina: »Was willst du eigentlich? Du schaffst es doch nicht mal, den Ball einen Meter weit zu werfen, geschweige denn, den Korb auf drei Meter Höhe zu treffen!«
Paul lachte und wiederholte, dass er Anton in der Mannschaft haben wollte, während Nina puterrot anlief und mich giftig anstarrte. Aber das war mir so was von egal! Soll sie doch einfach ihr Schandmaul halten! Anton trägt eine Brille, na und? Thomas hat auch eine Brille, und ihn macht niemand deswegen fertig. Natürlich haben wir gewonnen. 23 zu 18. Anton hat sechs Punkte gemacht. Nina keinen einzigen!

Als wir dann später in der Umkleide waren, musste ich mal aufs Klo, und als ich wiederkam, war es plötzlich ganz ätzend: Alle wurden still und starrten mich an, als käme ich von einem anderen Stern. Chiara beugte sich zu Nina und flüsterte ihr irgendwas ins Ohr, und dann fingen beide an zu lachen. Es war sonnenklar, dass Chiara irgendwas Gemeines über mich gesagt hat. Mir ist vor Wut ganz heiß geworden, und ich hatte das Gefühl, mein Kopf fängt an zu glühen. Dafür hat Paul auf dem Rückweg zum Klassenzimmer kurz den Arm um meine Schultern gelegt und gesagt, dass ich ein paar gute Assists gemacht hätte. Ich habe mich über sein Lob gefreut, aber Manu hat mich dabei so angesehen, als hätte ich irgendwas falsch ge-

macht. Dabei war es doch Nina, die sich an Pauls Arm gehängt und ihn angehimmelt hat, und nicht ich! Jedenfalls war ich ziemlich sauer und habe die anderen ignoriert, als wir wieder an unseren Plätzen saßen und Englisch bei Frau Heintze hatten. Aber ich musste noch die ganze Zeit darüber nachdenken, was da wohl losgewesen ist, während ich auf dem Klo war, und da habe ich anscheinend nicht aufgepasst. Erst als Frau Heintze direkt vor mir stand und mich anpflaumte, ob »Grand Madame« – das sollte wohl ich sein – nun auch bereit wäre, von ihrem hohen Ross zu steigen und gnädigerweise ihr Englischbuch aufzuschlagen, merkte ich, dass die anderen bereits über ihren Aufgaben brüteten. Ich sah zu Manu hinüber, aber die tauschte gerade amüsierte Blicke mit Nina aus. Tolle Freundinnen, muss ich schon sagen.

Als die Schule zu Ende war, habe ich mich auf mein Rad geschwungen und bin, so schnell ich konnte, nach Hause gedüst. Aber das Beste kommt bekanntlich zum Schluss: Kaum war ich zu Hause, geht das Telefon und Manu ist dran. Ich denke, hey, das ist aber mal 'ne nette Geste, dass Manu sich nach mir erkundigt. Bestimmt hat sie gemerkt, dass sie sich total bescheuert verhalten hat, und will sich bei mir entschuldigen. Ich also ganz freundlich, aber dann fällt mir die Kinnlade runter, als Manu sagt, sie hätte das voll scheiße von mir gefunden, wie ich Nina im Sportunterricht vor allen anderen fertiggemacht hätte. Hallo? Geht's noch? Nina kann sich über Anton lustig machen, aber wenn ich was sage, bin ich die Böse? Ich wusste echt nicht mehr, was ich sagen soll, und habe einfach aufgelegt. Die können mich doch alle mal!

Montag, 20.04.2015

Es fiel ihm schwer, die Kontrolle zu bewahren. Eigentlich hätte er traurig sein müssen. Unendlich traurig. Nur traurig. Aber er spürte in sich eine unbändige Wut, die jedes andere Gefühl im Keim erstickte. Eine zerstörerische Kraft, die er kaum beherrschen konnte.

Ja, er hatte Frau Heintze sein Einverständnis gegeben. Er hatte sich sogar über die Anteilnahme gefreut. Er hatte geglaubt, in seinem Schmerz über den Verlust seiner Prinzessin nicht allein zu sein. Er hatte geglaubt zu verstehen, dass all diese jungen Menschen ein Anrecht darauf hatten, sich von Anna zu verabschieden. Von ihrer Freundin. Von einem Menschen, den sie geschätzt und respektiert hatten, mit dem sie einen großen Teil ihres Lebens verbracht hatten. Dessen überraschender Tod sie verständnislos zurückließ.

Simon Martin lachte bitter und erntete dafür einen erschreckten Blick seiner Schwägerin, die die 500 Kilometer lange Fahrt von ihrem Wohnort hierher auf sich genommen hatte, um an der Beisetzung ihrer Nichte teilzunehmen. Vielleicht war es ungewöhnlich, dass ein Vater auf der Beerdigung seiner Tochter lachte. Aber hatte er nicht allen Grund dazu?

Ja, er hatte Frau Heintze sein Einverständnis gegeben. Aber das war *vorher* gewesen. Vor den Antworten auf die Fragen, die ihn gequält hatten.

Jetzt kannte er die Antworten.

Wie sie dastanden! Jeder von ihnen eine rote Rose in der einen

Hand und in der anderen ein Taschentuch, um die Tränen zu trocknen. Lächerlich! Die Blume der Liebe! Was für eine Farce!

Manu. Mein Gott, war er von ihr enttäuscht!

Und das Mädchen daneben musste Nina sein.

Charlie, ach Charlie, hättest du doch nur mehr Mut bewiesen!

Jetzt kamen sie doch. Die Tränen. Aber er unterdrückte sie. Spürte kurz die sachte Berührung seiner Schwägerin am Arm und Michael Schirmers tröstende Hand auf seiner Schulter. Hörte das Getuschel der anderen, was dieser Pädo hier zu suchen hatte. Sollten sie doch tuscheln! Mehr als das konnten sie ja doch alle nicht. Dieser verlogene Haufen.

Einer nach dem anderen trat jetzt nach vorne, ließ seine rote Rose auf den weißen Sarg fallen, der bereits in die Erde gelassen worden war. Verharrte einen Augenblick in stillem Gedenken vor dem ausgehobenen Grab. Da lag sie, seine kleine Prinzessin. Er konnte nicht die zarten Rosenblüten sehen. Er sah nur die Dornen an den Stielen. Und spürte, wie sich jeder einzelne Dorn in die weiche Haut seines kleinen Mädchens bohrte. Es verletzte.

Jetzt war Paul dran. Ein blasser Junge, der mit den Tränen kämpfte, während er ans Grab trat.

Er machte einen Schritt nach vorn und stellte sich ganz dicht neben Paul. »Das hättest du dir vielleicht vorher überlegen sollen«, zischte er ihm zu.

Paul zuckte zusammen. Er sah Simon Martin, der plötzlich unmittelbar neben ihm stand, schüchtern in die Augen.

»Wie bitte?«

»Scher dich weg«, stieß Simon Martin hervor. »Du hast kein Recht, hier zu stehen und so zu tun, als wärst du traurig! Geh! *Geh!*«

Paul stolperte rückwärts, wurde in letzter Sekunde von Frau Heintze aufgefangen, bevor er fiel.

»Geht!«, schrie Simon Martin nun plötzlich, »haut alle ab! Alle! Ihr habt kein Recht hier zu sein! Ihr nicht!«

»Simon!« Anton trat neben ihn, umfasste seinen Arm und sah ihn verständnislos an. Auf der anderen Seite spürte er den festen Griff von Herrn Schirmer, der ihn stützte.

Manu fing an zu schreien, Nina legte ihren Arm um sie. Paul floh stolpernd, so schnell ihn seine Beine trugen. Charlie weinte. Frau Heintze blickte Simon Martin an, als hätte sie einen Geist gesehen.

Und Simon Martin brach am Grab seiner Tochter zusammen.

Mittwoch, 13.11.2013

Heute hat mitten im Religionsunterricht Jonathans Handy geklingelt. Auf voller Lautstärke. Frau Körner war stinksauer. Jonathan musste sein Telefon bei ihr abgeben und durfte es erst am Ende des Schultags im Sekretariat abholen. Zuerst wollte er sein Handy nicht rausrücken, aber als Frau Körner meinte, sie könnte das auch mit seinen Eltern regeln, wenn er sich nicht an die Schulordnung halte, hat Jonathan schnell nachgegeben. Ich glaube, der arme Kerl hat voll Stress mit seinem Vater. Der soll nämlich megastreng sein und auch schon mal hinlangen.

Die Pause habe ich mit Charlie alleine verbracht. Ich hatte echt keinen Bock auf Manu und Nina. Die zwei sind die ganze Zeit um Paul und Jonathan herumgeschlichen. Voll peinlich! Offenbar hat Manu Nina doch erzählt, dass sie in Paul verknallt ist, denn ich habe gesehen, wie Nina Manu den Ellbogen in die Seite gerammt hat, als Paul den Schulhof betrat. Dann haben sie gekichert und sind den Jungs hinterher. Also, ob das der richtige Weg ist, Pauls Herz zu erobern? Ich weiß es nicht. Wenn ich Paul wäre, würde mich so ein albernes Getue ziemlich nerven. Die ganze Zeit haben sich Manu und Nina wie zufällig in die Nähe der Jungs gestellt, aber die haben sich gar nicht um sie gekümmert. Charlie meinte auch, Manu und Nina würden sich voll danebenbenehmen. Sie sagt, Paul hätte unentwegt zu mir rübergeguckt, aber ich glaube, das bildet sie sich nur ein. Wieso sollte Paul zu mir schauen? Wir haben doch gar nichts miteinander zu tun! Aber vielleicht hat er sich gewundert, dass ich nicht wie sonst mit Manu abhänge.

Am Ende der Pause ist Manu dann doch zu mir gekommen. Sie hat sich zwar nicht gerade bei mir entschuldigt, aber immerhin meinte sie, sie fände es scheiße, dass wir zwei Streit hätten, und ob wir uns nicht wieder vertragen sollen. Ich habe zu ihr gesagt, dass ich mich nicht gestritten hätte, und von mir aus könnten wir die Sache vergessen.
Ein blödes Gefühl habe ich zwar immer noch, aber ich bin froh, dass Manu auf mich zugekommen ist. Trotzdem habe ich Charlie gefragt, ob sie heute mit mir zu Elrond kommen will. Ich glaube, ich brauche erst mal ein bisschen Abstand zu Manu und Nina.

Montag, 20.04.2015

Anton hatte eigentlich nicht die geringste Lust aufs Training. Seine Gedanken kreisten pausenlos um die Beerdigung. Aber seine Mutter hatte gemeint, es würde ihm vielleicht guttun, sich abzureagieren. Und er hatte ihren Rat angenommen. Jetzt fragte er sich allerdings, ob das nicht ein Fehler gewesen war.

Die Bilder der Beisetzung stiegen immer wieder in ihm auf. Es war ihm alles so unwirklich vorgekommen. In diesem Sarg sollte Anna liegen? Unvorstellbar! Er konnte noch ihre Stimme hören, ihr Lachen – auch wenn er das in der letzten Zeit selten gehört hatte. Und jetzt sollte er sie nie mehr wiedersehen? Niemals mehr in ihre wunderschönen braunen Augen schauen, die ihn verträumt ansahen, während sie von Elrond schwärmte? Er hatte ständig das Gefühl, er müsse sie anrufen, ihr erzählen, was geschehen war, sich mit ihr austauschen. Aber das war ja paradox!

Die Trauerfeier war sehr schön gewesen. Wenn man das so sagen konnte. Um den aufgebahrten weißen Sarg hatten etliche mannshohe Kerzenleuchter gestanden und ein feierliches, warmes Licht verbreitet. Dahinter hing ein mindestens zwei mal zwei Meter großes abstraktes Gemälde in Türkis, das Annas Herz bestimmt hätte höher schlagen lassen. Anton bedauerte, dass sie es nicht hatte sehen können. Es erinnerte an ein Meer unter blauem Himmel, obwohl es eigentlich nur zwei unterschiedlich türkisfarbene Flächen zeigte, die durch einen schmalen beigen Querstrich voneinander getrennt waren. Das

Beerdigungsinstitut hatte sich echt mächtig Mühe gegeben. Und auf dem Sarg lag ein gigantisches Gesteck aus violetten Ranunkeln. Sie hatten alle Rotz und Wasser geheult, als die Musik erklungen war. Annas Lieblingslied. Er hatte das Gefühl gehabt, die Trauer und Betroffenheit waren echt.

Aber was war bloß mit Simon los gewesen? Er war plötzlich vollkommen ausgerastet! Klar, es stand ihm sicher zu, ein bisschen neben der Spur zu sein, aber so hatte er ihn noch nie erlebt! Er kannte Annas Vater, seit er denken konnte. Er war irgendwie schon immer da gewesen. Als kleiner Junge hatte er ihn immer geduzt. Wie Kinder das halt tun. Und als er dann irgendwann in der dritten Klasse oder so angefangen hatte, Simon mit Herrn Martin und Sie anzureden, da hatte Simon ihn erst erstaunt angeguckt und dann gesagt, er wäre begeistert zu sehen, wie erwachsen er jetzt schon geworden sei, aber er sollte doch bitte weiter Simon und Du zu ihm sagen. Alles andere käme ihm komisch vor.

Simon war für ihn wie ein zweiter Vater, und Anton machte sich große Sorgen um ihn. Simon rastete nie aus. Nie! Er war der Inbegriff von Ruhe und Besonnenheit. Selbst als damals Daniela, Annas Mutter, gestorben war. Anton erinnerte sich, wie schlecht Simon damals ausgesehen hatte. Er hatte einiges an Gewicht verloren und noch ein halbes Jahr danach tiefe Ringe unter den stets verweinten Augen gehabt. Aber nie war er irgendwie laut oder ungehalten gewesen.

Und heute hatte Anton den Eindruck gehabt, Simon würde sich jeden Moment auf Paul stürzen und ihn verprügeln! Er hatte ihn so voller Hass angesehen! Aber warum? Er wusste doch gar nichts. Oder doch? Und selbst wenn er etwas ahnte – warum ausgerechnet Paul?

Auf jeden Fall hatte er das Gefühl, dass es Paul schlecht ergangen wäre, wenn nicht er auf der einen Seite und Herr Schirmer auf der anderen Seite Simon festgehalten hätten.

Apropos Herr Schirmer. Wie ihn alle angestarrt hatten! Und dieses Getuschel über »den Pädo«. Anton fragte sich, ob auch einer seiner Klassenkameraden schon einmal was an die Hauswand des Mehrfamilienhauses geschmiert hatte, in dem Herr Schirmer wohnte. Zuzutrauen wäre es dem einen oder anderen. Wenn Anton ehrlich zu sich war, dann musste er zugeben, dass ihn Herrn Schirmers Gegenwart auch nicht ganz kaltließ. Letzten Endes wusste wohl niemand so genau, was mit dem Typ eigentlich los war.

Anton war mit der Gewissheit aufgewachsen, dass Herr Schirmer ein böser Mann war, von dem Kinder sich fernhalten sollten. So hatten es ihm seine Eltern gesagt, ohne auf seine Fragen nach dem Warum und Wieso näher einzugehen. Später dann hatte er aus unterschiedlichsten Quellen gehört, dass Herr Schirmer ein verurteilter Kinderschänder sein sollte. Und schließlich hatte Anna ihm irgendwann erzählt, was sie für die wahre Geschichte hielt, die sie von ihrem Vater erfahren hatte. Tatsächlich war Herr Schirmer nämlich ein Freund von Simon Martin. Anton war ihm auch das eine oder andere Mal begegnet, wenn er Anna besuchte. Und Herr Schirmer war wirklich immer sehr nett zu ihm gewesen. Also auf eine normale Art nett natürlich.

Er erinnerte sich auch noch sehr gut an das Wochenende, das er einmal mit Anna zusammen im Ferienblockhaus von Herrn Schirmer verbracht hatte. Das kleine Holzhaus lag ungefähr zwanzig Kilometer außerhalb ihres Städtchens mitten im Wald.

»Es stammt noch aus besseren Zeiten«, hatte Herr Schirmer gesagt, und Anna hatte Anton erklärt, dass Michael Schirmer früher oft seine Wochenenden mit der Familie hier verbracht hatte. Deshalb konnte er sich auch nicht davon trennen, obwohl er kaum einmal hier draußen war.

Simon hatte Anna und ihn damals zu der Hütte gefahren, und sie durften das Wochenende ganz allein dort verbringen. Erst später fanden sie heraus, dass Simon sie wegorganisiert hatte, um Anna zu ihrem zwölften Geburtstag mit der Renovierung ihres Zimmers zu überraschen. Nun, die Überraschung war ihm gelungen.

Trotz dieser guten Erinnerungen konnte Anton sein Misstrauen gegen Herrn Schirmer nie ganz ablegen. Es war schon komisch, wie der Typ seit Jahren so ganz allein in der kleinen Dachgeschosswohnung wohnte. Und er sah auch immer ein bisschen … nun ja … verwahrlost aus. Aber Anton wusste selbst am besten, dass man ganz schnell komisch werden konnte, wenn die Leute nichts mit einem zu tun haben wollten. Also wer war er, dass er glaubte, darüber urteilen zu können?

Anton hatte die Haltestelle beinahe erreicht, als ihm eine bekannte Gestalt entgegenkam. Paul! Und an seiner Hand ein hübsches kleines Mädchen mit langen blonden Locken, das fröhlich neben ihm herhüpfte: Pina, Pauls kleine Schwester. Es war nicht das erste Mal, dass Anton auf dem Weg zum Training Paul und Pina begegnete. Paul holte seine kleine Schwester häufig vom Kindergarten ab, und Anton hatte sich schon oft gedacht, dass sein Klassenkamerad dann ganz anders aussah, fröhlicher irgendwie. Aber heute nicht. Heute sah Paul extrem gestresst aus. Anton fragte sich, ob er selbst wohl auch so fertig aussah. Wäre ja kein Wunder gewesen!

Außerhalb der Schule schaffte Paul es normalerweise, Anton wenigstens kurz zuzunicken, doch heute verzog er das Gesicht, als er ihn erkannte, und ging mit gesenktem Kopf und schneller werdendem Schritt an ihm vorbei.

»War das nicht Anton?«, hörte Anton Pinas helles Stimmchen hinter sich.

»Welcher Anton?«

»Na, der aus deiner Klasse!«

»Kann schon sein.«

»Und warum hast du nicht Hallo gesagt?«

»Ich habe ihn nicht gesehen.«

Anton runzelte die Stirn. Was war das denn gewesen? Aber er hatte keine Zeit, länger darüber nachzudenken, denn jetzt hielt vor ihm die Bahn, die er nehmen musste, um zum Training zu gelangen.

Als er in der Bahn endlich einen Platz gefunden hatte, musste er plötzlich doch noch mal an Paul denken: Auf dem Rückweg von Annas Beerdigung zur Schule war er ein kurzes Stück hinter Paul und Jonathan hergelaufen. Und was er da nicht bewusst wahrgenommen, aber doch irgendwie mitbekommen hatte, war ein kurzes Gespräch zwischen Paul und Jonathan gewesen, in dem Jonathan Paul gefragt hatte: »Ob er was weiß?« Paul hatte nur die Schultern gezuckt und nicht geantwortet.

Was meinte Jonathan damit, »ob er was weiß?«. Was sollte »er« wissen? Und wer war »er«?

Freitag, 29.11.2013

Liebes Tagebuch,

es ist schon spät, aber ich muss dir noch ganz schnell berichten, was ich heute erlebt habe. Anton hatte heute seine Taekwondoprüfung, und er hat mich gebeten mitzukommen. Als Ersatz für seine Eltern, die beide keine Zeit hatten, weil sie arbeiten mussten. Zuerst hatte ich ehrlich gesagt nicht so viel Lust, den ganzen Nachmittag in einer stinkenden Turnhalle auf einer Bank zu sitzen, aber ich wollte den armen Anton auch nicht alleine lassen. Und dann war es doch ganz spannend, und Anton hat bestanden! Als Jüngster seiner Gruppe! Er hat jetzt den ersten »Poom«. So heißt der schwarze Gürtel, wenn einer unter 16 Jahre alt ist, habe ich heute gelernt, und der Gürtel ist in Wahrheit rot-schwarz. Wenn Anton 16 ist, darf er dann den schwarzen Gürtel tragen.
Es war echt witzig, Anton in seinem Sport zu erleben! Wenn ich es nicht besser wüsste, würde ich sagen, er hat seinen Zwillingsbruder hingeschickt. In der Schule trägt Anton seinen Kopf immer irgendwie zwischen den Schultern und sieht aus wie eine Schildkröte. Vor allem mit der Brille auf der Nase erinnert er mich sehr an den Schildnöck Uschaurischuuum aus »Jim Knopf und Lukas der Lokomotivführer«. Er versucht, sich klein und für die anderen unsichtbar zu machen. Dabei verstehe ich gar nicht warum? Wenn ich sehe, was Anton draufhat, dann würde ich die anderen gerne warnen, ihn bloß in Ruhe zu lassen, denn wenn Anton sich nur einmal wehren würde, dann hätten Paul, Jonathan und die anderen echt nichts mehr zu la-

chen. Aber Anton sagt, darum geht es nicht beim Kampfsport. Er würde nicht lernen, wie er den anderen am besten den Kopf einschlägt, sondern er würde lernen, einem Streit aus dem Weg zu gehen. Das sei das Ziel.

Aber als wir dann auf dem Weg nach Hause waren, ist was echt Gruseliges passiert: An der Haltestelle standen drei Jungs, etwas älter als wir, vielleicht 14 oder 15, und zwei von ihnen haben den Dritten die ganze Zeit hin und her geschubst, ihm das Käppi vom Kopf gerissen und es sich zugeworfen. Die Erwachsenen standen alle drum herum und haben so getan, als würden sie nichts sehen und wären voll und ganz mit ihren Smartphones beschäftigt. Der Typ sah schon völlig fertig aus und war kurz vorm Heulen. Als er dann beinahe auf die Gleise gefallen wäre, weil er mal wieder geschubst wurde, ist Anton dazwischengegangen und hat die beiden Jungs aufgefordert, den anderen in Ruhe zu lassen. Doch die haben nur gelacht und wollten auch Anton herumschubsen. Ich hatte echt Schiss, vor allem weil von hinten bereits die Bahn kam, und ich dachte, wenn Anton jetzt auf die Gleise fällt, dann war's das.
Aber Anton ist nicht gefallen. Der eine Typ hatte Anton am Kragen gepackt und wollte ihn wegstoßen, aber da hat Anton sich auf einmal so schnell bewegt, dass ich gar nicht genau mitbekommen habe, was passierte. Irgendwie hat Anton sich gedreht und dabei die Arme des Kerls nach unten gedrückt, ihn an der Schulter gepackt, den Oberkörper nach unten gezwungen und ihm gleichzeitig das Standbein weggetreten. Zack, lag der Typ auf dem Asphalt. Das hat seinem Kollegen schon gereicht. Er hat die Beine in die Hand genommen und ist abgehauen. Dem, der auf dem Boden lag, war die Lust offenbar

auch vergangen. Er ist auf allen vieren weggekrabbelt und sah auf einmal gar nicht mehr so cool aus. Ich habe Anton mit offenem Mund angestarrt, als sähe ich ihn zum ersten Mal im Leben. Ich weiß nicht mehr, was die anderen Leute gemacht haben, die um uns rumstanden. Ich habe alles außer Anton irgendwie ausgeblendet. Anton hat mich dann am Arm genommen und wir sind in die Bahn eingestiegen, die in diesem Moment an der Haltestelle hielt. Ich war irgendwie in einer Art Schockstarre, und Anton und ich haben geschwiegen, bis wir wieder aussteigen mussten.

Wir haben kein einziges Wort über das geredet, was da passiert ist. Aber eins ist auf jeden Fall klar: Um Anton muss ich mir keine Sorgen machen. Er kann sich verdammt gut wehren, wenn's sein muss.

Dienstag, 21.04.2015

4:31 Uhr. Er schien irgendwie ein Abo auf diese Uhrzeit zu haben. War es Elronds Wiehern, das ihn geweckt hatte? Auf jeden Fall konnte er den Wallach jetzt hören, wie er in die finstere Nacht hineinrief. Es ging dem Pferd nicht gut. Obwohl Simon Martin im Augenblick wenig Aufmerksamkeit für seine Umgebung hatte – das war ihm nicht entgangen. Er musste sich überlegen, was mit Elrond geschehen sollte. Aber dafür hatte er im Augenblick keine Kraft, und er war dankbar dafür, dass Leni ihr Versprechen hielt und täglich einmal nach Elrond sah, ihn wenigstens mit dem Nötigsten versorgte.

Sie war es auch gewesen, die ihm gesagt hatte, er solle Elrond doch wenigstens tagsüber raus auf die kleine Wiese lassen, die vor dem Stall lag. Er hätte ihn natürlich abends wieder in seine Box bringen müssen. Aber dafür hatte er auch nicht genug Kraft gehabt. Warum sollte das Pferd nicht auch nachts draußen stehen? Das Wetter war gut, Elrond musste nicht frieren. Natürlich konnte er dadurch jetzt sein Wiehern hören. Aber das war auch egal. Es war überhaupt alles egal.

Offenbar hatte er tatsächlich wenigstens ein bisschen geschlafen. Zwei Stunden etwa. Der Alkohol und die Tabletten hatten also Wirkung gezeigt. Wenigstens kurzfristig.

Er knipste das Licht am Nachttisch an, nahm die nächste Tablette aus der Packung und schluckte sie trocken runter.

Das schwarze Buch mit dem Samteinband lag neben ihm im Bett. Er strich erneut mit den Fingern über den Einband und öffnete es an einer beliebigen Stelle. Er kannte den Inhalt mittlerweile von der ersten bis zur letzten Seite. Und las ihn trotzdem wieder und wieder. Obwohl es ihm den Atem verschlug und körperliche Schmerzen zufügte. Es lag alles so klar vor ihm. Und dennoch bemühte er sich immer noch zu begreifen.

Wann hätte man das Blatt noch wenden können? An welcher Stelle hätte er noch die Chance gehabt zu verhindern, was geschehen war? Wo hätte er eingreifen müssen, damit Anna nicht vor dieses Auto gefallen und gestorben wäre? Damit sie nicht neben ihrer Mutter beerdigt worden wäre, bevor sie ihren 15. Geburtstag feiern konnte?

Fakt war, er hatte nichts verhindert, nirgendwo eingegriffen. Er hatte es noch nicht einmal gewusst! Hätte er es wissen können? Wissen *müssen*? Er würgte, hatte das Gefühl, er müsse sich jeden Augenblick übergeben.

Wer war schuld? Wer hatte versagt?

Alle? Keiner?

»Freuden wollt ich dir bereiten, zwischen Kämpfen, Lust und Schmerz wollt ich treulich dich geleiten durch das Leben himmelwärts. Doch du hast's allein gefunden, wo kein Vater führen kann, durch die ernste dunkle Stunde gingst du schuldlos mir voran …«*

Wie ging es noch mal weiter? Er hatte es vergessen. Kein Wunder. Wann hätte er jemals geglaubt, dass dieses Gedicht etwas mit ihm zu tun haben könnte? Dass er einmal den Tod seines Kindes beweinen musste?

Schuldlos. Anna war schuldlos gewesen, oh ja.

* Joseph von Eichendorff: »Auf meines Kindes Tod«.

Aber es gab welche, die Schuld hatten an dem, was mit ihr geschehen war. Und er würde dafür sorgen, dass sie diese Schuld auch auf sich nahmen!

»Das schwöre ich dir, meine Prinzessin. Das schwöre ich bei Gott!«

Donnerstag, 12.12.2013

Liebes Tagebuch,

eigentlich gibt es im Augenblick nichts Besonderes zu berichten. In der Schule ist es wieder ruhiger geworden. Manu und ich haben keinen Stress mehr, und alles läuft so weit okay. Obwohl ich das Gefühl nicht loswerde, dass es nicht mehr so zwischen uns ist wie früher. Aber vielleicht ist das ja auch gar nichts Schlimmes und vollkommen normal. Menschen ändern sich halt. Und Freundschaften ändern sich auch. Dafür machen wir jetzt in den Pausen viel mit den Jungs zusammen. Charlie meint, Paul sei in mich verknallt, aber ich bin mir sicher, das bildet sie sich nur ein. Ich habe jedenfalls nicht das Gefühl, dass er sich bei mir anders verhält als bei den anderen. Aber Manu hat Charlie ganz giftig angeguckt, als sie das gesagt hat. Charlie weiß ja nicht, dass Manu in Paul verknallt ist.

Meine Freundschaft zu Anton hat sich nach dem Zwischenfall an der Haltestelle auch verändert. Ich weiß gar nicht mehr, warum ich immer gedacht habe, ich müsste Anton beschützen? Vielleicht weil wir uns seit dem Kindergarten kennen und er schon immer so schüchtern war? Ich habe, solange ich denken kann, das Gefühl gehabt, ich müsste auf ihn aufpassen. Schließlich hat er sich bereits im Sandkasten von den anderen die Schippe und den Eimer wegnehmen lassen und sich nie gewehrt. Immer war ich diejenige, die seine Spielsachen von den anderen zurückgefordert hat.

In der Schule machen sich nach wie vor alle über Anton lustig. Allerdings nicht mehr so wild wie früher. Vielleicht werden wir ja doch alle allmählich etwas erwachsener. Ich erwische mich oft dabei, dass ich denke, wenn Anton nicht diese dicke Brille tragen müsste, würden die anderen auch merken, was für ein cooler Typ er eigentlich ist. Dabei ist mir sonnenklar, dass es gar nicht an der Brille liegen kann, denn Thomas hat ja auch eine Brille und ist dazu noch dick und unsportlich! Aber ihn mögen alle, weil er einen Witz nach dem anderen reißt und alle zum Lachen bringt.

Heute war ich mit Papa auf dem Friedhof an Mamas Grab. Sie hätte heute ihren 44. Geburtstag gefeiert, und wir haben ihr Blumen vorbeigebracht, obwohl es so kalt ist, dass sie sich nicht lange halten werden. Manu hat mich mal gefragt, ob ich nicht immer unsagbar traurig werde, wenn ich auf den Friedhof gehe. Dabei ist das gar nicht so schlimm. Schlimmer sind die Orte, an denen ich mit Mama zusammen war, als sie noch lebte. Trotzdem war ich froh, als ich danach mit Elrond ausreiten konnte und Zeit für mich hatte. Witzigerweise habe ich mitten im Wald Paul und Jonathan getroffen. Keine Ahnung, was die beiden da gemacht haben, noch dazu bei diesem nasskalten Wetter, und sie haben auch nur mit den Schultern gezuckt, als ich sie danach fragte. Ich wollte aber lieber alleine sein und bin dann auch schnell weitergeritten.

So, jetzt muss ich noch ein paar Englischvokabeln pauken, denn wir schreiben morgen einen Test!

»Was wollen Sie damit sagen? Glauben Sie, dass Ihre Tochter Selbstmord begangen hat?« Der Kommissar sah Simon Martin fragend an.

Simon Martin schüttelte entschieden den Kopf. »Nein. Ich will damit sagen, dass dieser Unfall niemals passiert wäre ohne …« Er zögerte, dann legte er seine flache Hand auf das schwarz-samtene Buch mit der silbernen Aufschrift, das vor ihm auf dem Schreibtisch des Kommissars lag, »… ohne das hier.« Er hatte dem Kommissar angeboten, das Buch dazulassen, damit er sich ein eigenes Bild machen konnte, doch der hatte nur einen desinteressierten Blick hineingeworfen und es mit der Bemerkung über den Tisch zurückgeschoben, dass er darin keinen Sinn sähe.

Jetzt seufzte der Kommissar, beugte sich vor, Simon Martin entgegen, und sah ihn mitleidig an. »Hören Sie«, begann er zaghaft. »Ich kann Ihren Schmerz nachvollziehen. Und ich weiß, wie schwer es ist, zu akzeptieren, dass man einen geliebten Menschen verloren hat.«

»Ach ja?«, fragte Simon Martin, »wissen Sie das? Haben Sie denn Kinder?«

Der Kommissar schüttelte stumm den Kopf. »Nein. Aber das brauche ich auch nicht, um zu verstehen, dass Sie nach Erklärungen suchen. Nach Schuldigen. Nach jemandem, der die Verantwortung für das übernimmt, was Ihrer Tochter passiert ist, aber …«

»Es gibt Gründe!«, brauste Simon Martin auf und beugte sich nun ebenfalls nach vorn, dem Kommissar entgegen.

Der Kommissar hob abwehrend die Hände und lehnte sich zurück. »Sie verstehen nicht. Was soll ich denn Ihrer Meinung nach in die Anzeige schreiben? Missachtung auf dem Schulhof? Nicht-Einladung zur Geburtstagsfeier?« Er schüttelte den Kopf. »Nichts davon erfüllt einen Tatbestand, der strafrechtlich zu verfolgen wäre! Und selbst wenn, bringt Ihnen das Ihre Tochter auch nicht zurück!«

»Das heißt, man darf einen Menschen systematisch in den Tod treiben, ohne dafür zur Verantwortung gezogen zu werden?«

»Nun übertreiben Sie mal nicht! Immerhin reden wir hier von Kindern und nicht von Kriminellen! Und wenn wir schon dabei sind: Was haben Sie denn getan, um Ihrer Tochter zu helfen? Warum haben Sie sich nicht rechtzeitig an die Lehrerin gewendet? Oder an die Schulleitung? Da hätte es vielleicht die Möglichkeit einer Dienstaufsichtsbeschwerde gegeben, aber jetzt?«

Herr Martin spürte, wie ihm das Blut in den Kopf schoss. Vor Wut oder vor Scham. Oder beides. »Ich … ich habe es nicht gewusst. Jedenfalls nicht so! Ich wusste, dass Anna Streit mit ihrer Freundin hatte, aber ich wusste nicht …« Er schluckte. »… sie hat es mir nicht erzählt. Vielleicht hat sie sich geschämt, vielleicht hat sie gedacht, ich könnte ihr sowieso nicht helfen …«

Der Kommissar nickte. »Tatsächlich gibt es den Tatbestand des Mobbings nicht in unserem Strafgesetzbuch. Vielleicht ist das ein Fehler. Ich weiß es nicht. Strafrechtlich relevant werden solche Fälle erst, wenn nachweislich Körperverletzung,

Nötigung, Beleidigung oder Verleumdung stattgefunden haben. Sehen Sie sich in der Lage, eins dieser Vergehen zu beweisen?«

Simon Martin klopfte wieder auf das schwarze Buch.

Der Kommissar lächelte nachsichtig. »Es tut mir leid, aber kein Gericht der Welt wird das Tagebuch Ihrer Tochter als Beweismittel anerkennen.«

Simon Martin schwieg.

»Hören Sie«, fuhr der Kommissar fort. »Ich kann Sie verstehen, aber mir sind die Hände gebunden. Und selbst wenn es anders wäre: Was hätten Sie jetzt noch davon? Es ist doch zu spät, um noch etwas zu ändern. Finden Sie nicht? Versuchen Sie, zur Ruhe zu kommen, die Sache abzuhaken.« Er erhob sich von seinem Stuhl, als Zeichen dafür, dass die Unterhaltung beendet war.

Simon Martin sah zu ihm auf. Sein Gesicht war weiß vor Wut. »Abhaken? Wie meinen Sie das? Was soll ich abhaken? Und wo soll ich Ihrer Meinung nach den Haken machen? Auf dem Grabstein meiner 14-jährigen Tochter?«

»So habe ich es nicht gemeint«, verteidigte sich der Kommissar und wurde tatsächlich ein bisschen rot. »Aber es gibt keinen Weg, die Sache zu einem irgendwie gerechten Ende zu bringen. Das müssen Sie doch einsehen. Wem bringt das jetzt noch was?«

Simon Martin griff nach dem Tagebuch und erhob sich ebenfalls. Er überragte den Kommissar um Haupteslänge. »Mir«, antwortete er. »Mir bringt das was. Und ich werde für Gerechtigkeit sorgen, das können Sie mir glauben!«

Der Kommissar zog die Augenbrauen hoch. »Seien Sie vorsichtig mit Ihren Äußerungen, Herr Martin, man könnte Sie sonst falsch verstehen. Vielleicht fahren Sie mit Ihrer Frau für ein paar Tage weg und versuchen, erst einmal Abstand zu allem zu gewinnen.«

»Meine Frau ist tot«, entgegnete Simon Martin. »Ebenso wie meine Tochter. Aber vielen Dank für Ihre guten Ratschläge und Ihre Hilfsbereitschaft.«

Damit wandte er sich ab und ließ den Kommissar stehen, der ihm peinlich berührt und zugleich erleichtert hinterherschaute.

Donnerstag, 19.12.2013

Liebes Tagebuch,

morgen beginnen die Weihnachtsferien, und es hat pünktlich angefangen zu schneien. Allerdings ist der Schnee nicht liegen geblieben, aber das kommt vielleicht noch.

Papa und ich fahren über die Feiertage zu Tante Dagmar, das ist besser, als alleine zu Hause zu bleiben. Weihnachten ist bei uns seit Mamas Tod das traurigste Fest, und zu zweit halten wir es unter dem Weihnachtsbaum nicht aus. Schenken tun wir uns ja sowieso nichts, jedenfalls nichts Großes, weil wir das Geld lieber an ein Kinderhospiz stiften. Das haben wir nach Mamas Tod so beschlossen. Ich habe aber heimlich einen kleinen Band mit Gedichten von Mascha Kaléko für Papa besorgt, weil er so ein großer Lyrikfan ist und besonders ein Fan von Mascha Kaléko. Den darf ich auch nicht vergessen einzupacken!
Dich werde ich aber besser zu Hause lassen, mein liebes Tagebuch, denn ich habe Angst, dass meine neugierigen Cousinen, in deren Zimmer ich mit übernachte, sonst in Versuchung geraten, meine Geheimnisse zu erforschen. Das wäre mir echt peinlich, und es geht ja auch niemanden was an.

Freitag, 24.04.2015

Die Äste des Flieders wiegten sich sacht im Wind. Blätter rauschten. Vor dem sternenklaren dunklen Himmel zogen einzelne Wolken in hoher Geschwindigkeit vorüber. Es braute sich etwas zusammen.

Elrond spürte das. Aufgeregt lief er am Rand der eingezäunten kleinen Wiese hin und her. Hin und her.

Die Straße vor dem Grundstück lag weitestgehend im Dunkeln, vereinzelt erhellten Straßenlaternen ein Stück des grauen Asphalts. Kein Geräusch war zu hören. Selbst die Vögel schliefen noch. Die Sonne würde erst in vier Stunden aufgehen.

Plötzlich blieb Elrond wie angewurzelt stehen und ließ den Kopf hängen. Von dem fröhlichen, selbstbewussten Pferd, das nichts aus der Ruhe bringen konnte, war nicht mehr viel zu sehen. Elrond trauerte. Er trauerte um Anna. Er war verstört und er fühlte sich allein. Er konnte nicht verstehen, wo er hier war! Alles, was er gewohnt gewesen war, hatte sich mit einem Mal verändert. Er vermisste seine Stallnachbarin, die alte Stute Missy, deren Box direkt neben seiner lag.

Der Wallach hob den Kopf und wieherte. Er rief durch die Dunkelheit, rief seinen Schmerz und seine Einsamkeit hinaus in die klare Nachtluft. Aber er bekam keine Antwort.

Plötzlich spitzte der Schimmel die Ohren. Seine Augen wurden weit. Er wandte den Kopf und sah wachsam und ängstlich die Straße hinunter, die unmittelbar an der kleinen Wiese vor Simon Martins Haus vorbeiführte.

Allmählich wurde das Geräusch lauter. Nun hätte auch ein menschliches Ohr den Schall wahrnehmen können.

Elrond wurde nervös. Er schnaubte. Das Geräusch ließ unangenehme Erinnerungen in ihm wach werden. Erinnerungen an den schrecklichsten Moment seines Lebens, als Anna aus seinem Sattel gestürzt und gestorben war.

Das Auto näherte sich jetzt mit hoher Geschwindigkeit. Der Fahrer hatte es offenbar sehr eilig. Der Motor heulte auf, und die Reifen des Fahrzeugs quietschten, als es um die Ecke fuhr. Beinahe hätte der junge Mann am Steuer die Kontrolle über seinen Wagen verloren. Er schlitterte ein Stück über die Straße und konnte nur mit Mühe verhindern, dass das Auto sich drehte. Als er die Spur wiedergefunden hatte, gab er augenblicklich Vollgas und donnerte mit durchdrehenden Reifen davon.

Elrond hatte bereits nervös mit dem Kopf geschlagen, bevor das Auto überhaupt in Sichtweite gewesen war. Je lauter das herannahende Fahrzeug wurde, desto hektischer reagierte Elrond. Er bäumte sich auf, raste mit steifen Beinen und angelegten Ohren vom einen Ende der Wiese zum anderen, bremste nur Zentimeter vor dem Zaun ab. Sein Schweif war waagerecht aufgestellt, den Kopf hatte er hoch erhoben.

Als der viel zu schnelle Wagen mit durchdrehenden Reifen davonschoss, befand sich Elrond zitternd am hintersten Ende seiner kleinen Weide. Er bäumte sich noch einmal auf, dann galoppierte er an. Doch dieses Mal stoppte er nicht vor dem Zaun, der die Wiese von der Straße trennte. Dieses Mal sprang er mit einem einzigen Satz darüber hinweg. Seine Hufe klapperten gespenstisch über den Asphalt, während Elrond davonjagte. Weg! Nur weg von hier!

Mittwoch, 08.01.2014

Ich wusste doch, dass es nicht mehr so ist wie früher! Ich bin stinksauer, und gleichzeitig könnte ich einfach nur noch heulen. Echt! Ich bin heute bei Manu vorbeigegangen. Wir hatten uns in der Schule für heute Nachmittag verabredet, und als ich nichts mehr von ihr gehört habe und sie auch nicht auf meine Handynachricht reagiert hat, dachte ich, ich gehe einfach vorbei, sie wartet bestimmt auf mich. Immerhin haben wir uns in den Weihnachtsferien nicht ein einziges Mal gesehen, und es gibt bestimmt eine ganze Menge zu erzählen!
Draußen vor der Tür stand Ninas Fahrrad. Das hat meine gute Laune schon ein bisschen gesenkt, denn ich hatte gehofft, ich könnte mit Manu allein sein. Als ich geklingelt habe, hat Manu die Tür aufgemacht und mich so komisch angeguckt, als käme ich vom Zirkus und würde um Geld betteln. Ich habe »Hi« gesagt und darauf gewartet, dass sie mir die Tür ganz aufmacht, aber Manu hat mich nur angeguckt und gefragt: »Was willst du?«
»Waren wir nicht verabredet?«, frage ich, und Manu schaut mich an, als verstünde sie nicht, was ich sage. Ich warte also einfach ab, und dann sagt Manu doch glatt, es passe ihr im Augenblick nicht.
»Aber Nina ist doch auch da«, sage ich, und Manu antwortet, ja, sie hätten was zu besprechen, ich solle bitte nicht sauer sein, wir sähen uns ja morgen in der Schule! Ich stand da wie vom Donner gerührt. Was ist denn das für 'ne Nummer?

Ich muss immer noch wie gegen die Wand gelaufen ausgesehen haben, als ich wieder nach Hause kam. Papa war im Arbeitszimmer und hat sich gewundert, dass ich so schnell zurück war. Er hat richtig die Stirn in Falten gelegt, als er mich sah. Ich hatte ihm ja gesagt, dass ich zu Manu gehe. Ich habe ihm natürlich gleich erzählt, was passiert ist, und er meinte, ich solle mir das nicht so zu Herzen nehmen, bestimmt gäbe es dafür eine vernünftige Erklärung. Vielleicht würden Manu und Nina ja eine Überraschung für mich planen.

Tatsächlich hatte ich auf dem Nachhauseweg auch schon darüber nachgedacht, ob Manu und Nina irgendwas planen, womit sie mich überraschen wollen, aber mein Geburtstag ist ja noch 'ne ganze Weile hin. Und ehrlich gesagt finde ich Manus Verhalten trotzdem scheiße. Ich hätte das jedenfalls nicht so gemacht! Die Nummer mit bester Freundin und so kann sie sich in Zukunft abschminken. Beste Freundinnen sind wir schon lange nicht mehr. Das ist mir heute endgültig klar geworden. Manu hat sich verändert, seit Nina da ist, und die neue Manu mag ich deutlich weniger als die alte. Vielleicht geht es Manu andersherum mit mir genauso.
Ich weiß es nicht, aber es ist mir auch egal. Nein, das stimmt nicht, egal ist es mir nicht. Es macht mich traurig. Ich fühle mich von meiner besten Freundin verraten und im Stich gelassen.

Montag, 27.04.2015

»Der arme Jonathan.« Die neueste Nachricht war so aufwühlend, dass Mia ausnahmsweise sogar bereit war, mit ihrem Sitznachbarn Anton darüber zu reden, bevor sie mit niemandem darüber reden konnte. »Erst die Sache mit Anna und jetzt auch noch das!«

Anton nickte. Ja, so viele schlimme Ereignisse in so kurzer Zeit waren in der Tat niemandem zu wünschen. Egal, wie Jonathan zu Anna gestanden hatte – ihr Tod hatte ihn offensichtlich voll fertiggemacht. Und jetzt war auch noch seine Oma in der Nacht von Donnerstag auf Freitag gestorben, gerade mal neun Tage nach Annas tödlichem Unfall. Auch wenn ihre Zeit mit 78 Jahren vielleicht einfach gekommen war, hinterließ ihr Tod natürlich trotzdem eine Lücke in der Familie. Zumal die Umstände ihres Ablebens durchaus als mysteriös zu bezeichnen waren.

Denn das war die andere aufregende Neuigkeit, über die sich zurzeit alle den Kopf zerbrachen und die Mäuler zerrissen: Was hatte es mit dem Erscheinen des unheimlichen weißen Pferdes auf sich, das so viele Leute gesehen haben wollten? Das Pferd war reiterlos in der Nacht von Donnerstag auf Freitag über den alten Marktplatz galoppiert, an dem auch Jonathan mit seiner Familie wohnte. Hatte das Erscheinen des Pferdes etwas mit dem Tod der alten Frau zu tun? Hatte sie sich bei seinem Anblick derart erschreckt, dass ihr ohnehin schwaches Herz einfach stehen geblieben war?

Jonathans Mutter hatte die alte Dame am Freitagmorgen tot auf dem Fußboden vor ihrem Bett liegend gefunden. War sie in der Nacht aufgestanden, um aus dem Fenster zu blicken wie so viele andere, die durch das laute Hufgeklapper auf dem alten Kopfsteinpflaster geweckt worden waren und die alle einstimmig behaupteten, niemals zuvor etwas ähnlich Unheimliches gesehen oder gehört zu haben? Das Hufeklappern war von den ringsum aufragenden Hauswänden um ein Vielfaches verstärkt worden und hatte sich angeblich angehört, als würde eine Herde Mustangs durch den Ort getrieben. So zumindest hatten mehrere Anwohner des alten Marktplatzes das Geräusch später beschrieben.

Anton hatte mitbekommen, wie sich Frau Mühle, die Bäckerin, bei der er am Samstagmorgen Brötchen für seine Eltern und sich zum Frühstück geholt hatte, bekreuzigte, während sie einer Kundin von dem Erscheinen des Pferdes in dieser stürmischen Nacht berichtete. Wenn man ihr Glauben schenken wollte, dann war das Tier nicht von dieser Welt gewesen, denn es hatte angeblich einen fluoreszierenden Schein um sich gehabt.

Nun, Frau Mühle war dafür bekannt, dass sie Geschichten nach eigenem Gutdünken ausgeschmückt weitererzählte, aber dennoch hatte sich die Kundin von der Beschreibung gebührend beeindruckt gezeigt.

Am Samstagmorgen hatte Anton noch nicht gewusst, dass Jonathans Großmutter ungefähr zur gleichen Zeit gestorben war, zu der das rätselhafte Pferd alle in Angst und Schrecken versetzt hatte. Jetzt, nachdem er davon wusste, kam ihm die Geschichte auch etwas unheimlich vor, und er fühlte sich auf unangenehme Weise an Elronds Rolle bei Annas Unfalltod erinnert.

»Es soll ein weißes Pferd gewesen sein. Hast du das auch gehört?« Mia beugte sich leicht zu Anton hinüber.

Anton nickte erneut.

Mia schwieg eine Weile nachdenklich. Dann fragte sie: »Ist das Pferd von Anna nicht auch weiß?«

Anton nickte zum dritten Mal und nahm sich vor, auf dem Nachhauseweg einen kurzen Abstecher zu Simon zu unternehmen und nachzusehen, wie es ihm heute ging.

Ihm und Elrond.

Freitag, 24.01.2014

Vor drei Tagen hatte Manu Geburtstag. Sie wollte ja nicht feiern, weil ihre Eltern ihr nicht erlaubt haben, eine Party zu schmeißen, und zu was anderem hatte sie keine Lust. Sie meinte, für so einen megalangweiligen Kindergeburtstag sei sie nun echt zu alt. Also habe ich sie wenigstens für heute ins Kino eingeladen. Ich habe gedacht, wir könnten vielleicht nach dem Film noch 'ne Pizza zusammen essen oder so und mal in Ruhe darüber reden, was sich in der letzten Zeit zwischen uns verändert hat und warum. Ich hab gedacht, ich seh' nicht richtig, als ich vor dem Kino auf Manu gewartet habe und sie Arm in Arm mit Nina angedackelt kam. Alibimäßig hat Manu gefragt, ob es okay sei, wenn Nina mitkäme, und ich habe lächelnd gesagt, das sei natürlich kein Problem. Was sollte ich auch sonst sagen? Sie war ja schließlich schon da! Nina hat sich ihre Karte selbst gekauft, und ich habe für Manu und mich bezahlt. Der Film war so lala, und hinterher hatte ich keinen Bock, mich noch mit Manu und Nina ins Kinobistro zu setzen, wie die beiden vorgeschlagen haben. Also bin ich alleine nach Hause gegangen.

Da saß ich nun mit meiner freien Zeit. Leni hatte ich schon gesagt, dass ich heute nicht in den Stall komme, damit sie sich um Elrond kümmert. Also wollte ich jetzt nicht plötzlich doch da auftauchen und Lenis Fragen beantworten müssen, warum sich meine Pläne für den Nachmittag geändert haben. Dabei

wäre ich mir irgendwie doof vorgekommen. Und deshalb habe ich, was ich sonst fast nie mache, weil ich keine Zeit dafür finde, bei Facebook vorbeigeschaut und mir Ninas und Manus Seiten angesehen.
Tja, was soll ich sagen: Manu hat ihr Profilbild geändert. Früher war es ein Foto von uns beiden, das uns am Tag unserer Einschulung Arm in Arm zeigt. Mit Zahnlücken und übergroßen Schultüten. Jetzt ist es ein Foto von Manu und Nina – Arm in Arm mit den gleichen bauchfreien Tops. Sie haben es offensichtlich in so einer Fotokabine geschossen, wo man Geld in den Schlitz schiebt und nach ein paar Minuten das Foto rauskommt. Und – Überraschung! – auf Ninas Seite ist dasselbe Foto!
Es tut weh zu sehen, dass Manu nicht mehr meine beste Freundin ist. Ich werde wohl noch eine Weile brauchen, bis ich das verpackt habe.

Montag, 27.04.2015

Simon Martin kniete gerade vor Elronds linkem Vorderfuß und legte dem Pferd einen neuen Verband an, als Anton die Stalltür öffnete.

»Hi«, grüßte Anton und versuchte, möglichst viel Gelassenheit in seine Stimme zu legen, die er gerade ganz und gar nicht empfand. Im Gegenteil. Das, was er da sah, gefiel ihm nicht. Und als Simon jetzt den Kopf hob, erschrak Anton über die dunklen Augenringe und das blasse Gesicht.

Simon grinste etwas gequält.

»Was ist los?«, fragte Anton. »Hat Elrond sich verletzt?«

»Ist nichts Schlimmes«, antwortete Simon. »Er hat sich die Haut am Fesselkopf etwas aufgeschürft. Das wird schon wieder.«

Anton musterte sein Gegenüber. »Hast du das mit dem Pferd mitgekriegt?«

»Nein, was denn?«

»Letzte Woche Freitag soll in der Nacht ein Pferd durch den Ort galoppiert sein. Reiterlos. Die Leute reden von nichts anderem mehr.«

»Hab ich nicht mitgekriegt«, sagte Simon und wandte den Kopf ab, um den Sitz des Verbands zu überprüfen.

»Es soll ein Schimmel gewesen sein«, fuhr Anton fort. »Und stell dir vor, Jonathans Großmutter ist genau in der Nacht gestorben.«

»Wer ist Jonathan?«, wollte Simon wissen.

»Ein Junge aus Annas und meiner Klasse. Es heißt, die alte Frau hätte sich vielleicht so über das unheimliche Pferd aufgeregt, dass ihr schwaches Herz versagt hat.«

Simon zuckte gleichgültig mit den Schultern.

»Wobei hat Elrond sich denn verletzt?«

Jetzt warf Simon Anton einen prüfenden Blick zu, während er sich mühsam aufrichtete und dabei die Hände in den Rücken stemmte. »Ich weiß es nicht«, antwortete er schließlich. »Er stand morgens einfach so auf der Weide.«

»Wann war das denn?«

Simon zuckte wieder mit den Schultern. »Keine Ahnung. Freitag? Oder Samstag?«

Anton schwieg.

Simon seufzte. »Was ist?«, fragte er schließlich und klang leicht genervt. »Glaubst du, Elrond war es, der durchs Städtchen galoppiert ist?«

Jetzt war es Anton, der die Schultern hochzog.

»Hör zu«, sagte Simon und machte zwei Schritte auf Anton zu. »Als ich abends nach Elrond gesehen habe, stand er auf der Weide. Und als ich morgens nach Elrond gesehen habe, stand er auf der Weide. Kapiert? Mehr kann ich dazu nicht sagen und will es auch nicht!«

Anton sah Simon erstaunt an. Was war denn mit dem los? So hatte Annas Vater noch nie mit ihm gesprochen. Und auch sonst mit niemandem, soweit Anton sich erinnern konnte.

Jetzt wandte der Mann sich ab und ließ den Kopf hängen, als wäre alle Energie mit einem Mal aus ihm gewichen. Und auch Elrond stand mit hängendem Kopf da. Als hätten die beiden sich abgesprochen.

»Und siehe, und ich sah ein fahl Pferd, und der darauf saß,

des Name hieß Tod, und die Hölle folgte ihm nach. Und ihnen ward Macht gegeben zu töten ...«*

Anton spürte, wie er bei Simons gemurmelten Worten eine Gänsehaut bekam. Hier stimmte was nicht. Hier stimmte was ganz und gar nicht! Was war bloß mit Simon los? Er wirkte auf ihn wie ein Verrückter!

Doch dann wandte sich Annas Vater ihm wieder zu und lächelte ihn an. »Was ist«, fragte er freundlich, »hast du noch etwas Zeit? Sollen wir zusammen eine Tasse Tee trinken?«

* Offenbarung 6,8

Donnerstag, 13.02.2014

Liebes Tagebuch,

wir haben seit heute einen Klassenchat im Netz. Nina hat erzählt, dass es so was an ihrer alten Schule gab und wie praktisch das war, wenn man mal die Hausaufgaben vergessen hatte und so. Bis auf Greta, die nur so ein Uralthandy hat, auf dem das Programm nicht läuft, hat Nina uns alle in die Gruppe eingetragen. Jetzt klingelt's bei mir alle paar Minuten, und das nervt! Elrond schaut mich schon ganz irritiert an, wenn ich bei ihm im Stall bin und ihn striegle, und alle paar Sekunden macht es »Bimbim« in meiner Jackentasche. Ich hab jetzt erst mal auf stumm geschaltet und hoffe, dass es wieder ruhiger wird, sobald sich alle ausgetobt haben. Im Augenblick bekomme ich sintflutartig Fotos, Videos und völlig hirnlose Nachrichten wie: »Ich habe gerade vier Brötchen gegessen.« Als ob mich das interessiert!

Montag, 27.04.2015

Anton war froh, als er endlich zu Hause war und seinen Schulrucksack in die Ecke pfeffern konnte. Bei dem Gedanken an seinen Besuch bei Annas Vater stellten sich ihm jetzt noch die Nackenhaare auf. Sicher, Simon hatte alles Recht der Welt, um Anna zu trauern. Und vielleicht auch, in seiner Trauer ein bisschen sonderbar zu sein. Aber dieses Geschwafel vom fahlen Pferd und dem Tod, der darauf saß, von der Hölle und der Macht zu töten … Was sollte das bedeuten? Und er war merkwürdig unberührt geblieben, als Anton von Jonathans Großmutter gesprochen hatte. Als würde ihm das gar nichts ausmachen oder vielmehr, als würde es ihn … zufriedenstellen.

Eigentlich hatte Anton sich mit seinem Besuch bei Simon selbst beweisen wollen, dass das unheimliche Pferd vom Marktplatz nicht Elrond gewesen sein konnte. Jetzt hatte er das Gefühl, das Gegenteil war der Fall. Er war sich fast sicher, dass es Elrond gewesen war. Nur welche Rolle Simon dabei spielte, war ihm nicht klar.

Auch als sie danach noch eine Tasse Tee zusammen getrunken hatten, war Simon komisch gewesen. Auf dem Tisch hatte er jede Menge Fotos von Anna ausgebreitet. Das war ja vielleicht noch normal, aber dazwischen hatten auch zig Aufnahmen von der Unfallstelle gelegen. Wann war Simon da gewesen? Wann hatte er diese Fotos geschossen? Und vor allem: wozu?

Simon hatte sich erkundigt, wie es Anton jetzt gehe, wie er mit Annas Tod klarkomme. Und darüber zu reden, hatte ihnen beiden gutgetan, fand Anton. Sie hatten sich gegenseitig getröstet und sogar zwischendurch mal gelacht, während sie sich gemeinsam an schöne oder lustige Erlebnisse erinnerten, die sie mit Anna gehabt hatten. Dabei waren Anton die Tränen gekommen, und Simon hatte ihn in den Arm genommen. Aber Simon hatte nicht geweint. Kein einziges Mal.

Stattdessen hatte er sich bei Anton erkundigt, wie es jetzt in der Schule liefe. Wie die Klassenkameraden mit Annas Tod zurechtkamen. Anton hatte daran denken müssen, wie Herr Förster ihnen in der letzten Stunde die Mathearbeiten zurückgeben wollte, die sie bereits vor den Ferien geschrieben hatten. Die Stimmung war eigentlich heiter gewesen. Sie hatten sich insgeheim alle darüber amüsiert, dass Herr Förster mal wieder mehrere Wochen gebraucht hatte, um die Arbeiten zu bewerten. Wie immer hatte der Lehrer die Tests selbst verteilt, und als er Annas Arbeit in Händen hielt, hatte er auf den leeren Stuhl geblickt und dann gefragt, wer Anna die Arbeit vorbeibringen könnte.

Die Stille, die daraufhin entstand, war fast unheimlich gewesen.

Herr Förster war knallrot angelaufen und hatte Annas Arbeit wortlos zurück aufs Pult gelegt.

Aber das wollte Anton Simon nicht erzählen. Es erschien ihm zu makaber. Also berichtete er nur, dass immer noch viel über Anna und den Unfall geredet würde, dass sie alle Schwierigkeiten hätten, zu begreifen, was geschehen war. Er erzählte auch, wie niedergeschlagen vor allem Paul und Jonathan waren. Dass er niemals gedacht hätte, dass ausgerechnet die beiden so offen zeigen würden, wie sehr sie Annas Tod berührte, da sie sonst immer alles mit lockeren Sprüchen überspielten.

Dafür hatte sich Simon irgendwie besonders interessiert. Er hatte Anton gefragt, woran er denn feststellen würde, dass Paul und Jonathan von Annas Tod so außergewöhnlich mitgenommen wären.

Anton hatte sich gewundert, dass Simon alles so hundertprozentig genau wissen wollte. Es hatte ihm nicht gereicht, dass Anton erzählte, wie still Paul und Jonathan im Unterricht geworden waren und dass sie keine Scherze mehr machten. Er hatte nachgebohrt, ob sonst noch etwas anders an den beiden wäre.

Zum ersten Mal hatte Anton wirklich überlegt, was genau es war, das ihn an Pauls und Jonathans Verhalten so wunderte. Und ihm war aufgefallen, dass sie sich in der Pause absonderten und nach der Schule als Erste verschwunden waren, während sie früher immer noch lange im Pulk vor dem Schultor gestanden und mit allen gequatscht hatten.

Simon hatte befriedigt genickt. Als würde es ihm gefallen, dass Paul und Jonathan traurig waren. Dann hatte er sich nach Manu und Nina erkundigt.

Das Verhalten der beiden Mädchen einzuschätzen, fiel Anton schwerer. Klar, Manu brach immer mal wieder unvermittelt in Tränen aus, wenn irgendetwas geschah, das sie an Anna denken ließ. Zum Beispiel, als sie in Geschichte Napoleon durchgenommen hatten und nebenbei von der besonderen Vorliebe des Feldherrn für Schimmel erfuhren. Manu hatte sofort angefangen zu heulen, und Charlie hatte sich auch nicht lange bitten lassen. Schließlich hatten fast alle geheult, und an Unterricht war nicht mehr zu denken gewesen.

Anton war Simons Interesse an seinen Mitschülern komisch vorgekommen. Dabei konnte er gar nicht genau sagen, warum.

Er hatte sich jedenfalls bei all den Fragen unwohl gefühlt. Als stünde er im Zeugenstand und müsste eine Aussage machen.

Jetzt saß er hier auf seinem Bett und starrte Löcher in die Luft, während er in Gedanken das Gespräch mit Simon noch einmal durchging. Wieso hatte Annas Vater das alles nur so genau wissen wollen?

Er hörte, wie jemand an der Haustür den Schlüssel ins Schloss steckte und umdrehte. Eine Sekunde später rief seine Mutter: »Anton? Bist du da?«

Anton schüttelte die deprimierenden Gedanken ab und lief die Treppe hinunter, um seine Mutter zu begrüßen. Er war froh, dass sie da war, und es war ein beruhigendes Gefühl, zu wissen, dass er mit ihr immer über alles reden konnte. Auch jetzt hätte er gerne gewusst, was sie zu Simon Martins komischem Verhalten sagen würde, aber irgendetwas hielt ihn zurück. Als wäre er ein Verräter, wenn er mit jemand darüber spräche, dass er sich Sorgen um Simon machte. Vielleicht war das ja auch alles ganz normal! Woher wollte er schon wissen, wie man sich fühlte, wenn man um sein totes Kind trauerte? Und in ein paar Wochen, wenn sich der erste Schock gelegt hätte, würde Simon vermutlich wieder der Alte sein – natürlich traurig und so, aber auf jeden Fall nicht so … *besessen.*

Freitag, 14.03.2014

Liebes Tagebuch,

ich versuche, mir nicht anmerken zu lassen, wie sehr mich Manus neues Verhalten mir gegenüber verletzt. Aber das ist echt anstrengend. Ich kann gar nicht sagen, dass Manu in der Schule doof zu mir wäre. Dann würde ich lügen. Vielmehr ist es so, dass sie mich quasi gar nicht beachtet. Zum Beispiel heute. Da sind Manu, Nina, Charlie, Vera und Chiara zusammen mit Paul, Jonathan, Thomas und Oskar in der Pause aus der Klasse gestürmt, als hätten sie es vorher verabredet. Keiner von ihnen hat sich darum geschert, was ich mache. Anton ist wohl krank, jedenfalls war er heute nicht in der Schule. Also bin ich langsam hinter den anderen her auf den Pausenhof geschlendert. Charlie hat mir zugewinkt, aber Manu und Nina haben sich demonstrativ von mir weggedreht, als sie mich gesehen haben. Paul ist dann zu mir rübergekommen, hat mich an der Hand gefasst und mit zu der Gruppe gezogen. Manu hat mich finster angestarrt, aber was kann ich dafür? Schließlich habe nicht ich nach Pauls Hand gegriffen, sondern er nach meiner! Ehrlich gesagt, hat es mich fast ein bisschen gefreut, zu sehen, dass sie sauer war. Ist nicht nett von mir, ich weiß, aber schließlich ist sie auch nicht nett zu mir. Ich bin jedenfalls froh, dass bald Osterferien sind. Vielleicht tut es uns allen ganz gut, eine Weile Ruhe voreinander zu haben.

Dienstag, 28.04.2015

Simon Martin lehnte sich in dem Terrassenstuhl zurück und steckte sich eine Zigarette an. Nach dem ersten tiefen Zug wurde ihm schwindelig. Er musste sich wohl erst wieder an das Gift gewöhnen, das ihn zwar langsam, aber dafür zuverlässig umbringen würde.

Er hatte vor etwa 15 Jahren aufgehört zu rauchen. Als Daniela mit Anna schwanger gewesen war. Damals war es ihm wichtig erschienen, gesund zu leben, um für Frau und Kind so lange wie möglich da sein zu können. Aber jetzt? Jetzt war es völlig egal, was er mit sich und seinem Leben anstellte. Niemand brauchte ihn mehr.

Er ließ den Blick durch seinen Garten schweifen und dachte dabei an das gestrige Gespräch mit Anton zurück. Es war nett von dem Jungen gewesen, vorbeizukommen und sich nach ihm zu erkundigen. Und nun wusste er wenigstens, auf welche Weise Elrond sich verletzt hatte. Er hatte Anton angelogen, als er behauptete, Elrond am frühen Morgen auf der Weide gefunden zu haben. Elrond hatte nicht *auf* der Weide gestanden, sondern *davor*. Zitternd, blutend, mit hängendem Kopf. Mitten auf der Straße.

Es erschien ihm wie eine Fügung des Schicksals, dass ausgerechnet Jonathans Großmutter einen Herzinfarkt bei Elronds Anblick erlitten hatte. Ein leises Lächeln huschte über Simon Martins Gesicht. »Oh ja, so fühlt es sich an, wenn man jemanden verliert, den man liebt«, flüsterte er vor sich hin, wissend, dass ihn niemand hörte. Niemand außer den Vögeln, Mäusen, Regenwürmern und sonstigem Viehzeug in seinem Garten.

Mit der alten Frau konnte er durchaus Mitleid haben, aber nicht mit Jonathan. Der Schmerz des Jungen fühlte sich für ihn eher befriedigend an. Das war natürlich nicht richtig, das wusste er, aber er konnte es auch nicht ändern. Und außerdem war Jonathans Großmutter schon alt gewesen. Sie hatte ihr Leben gelebt. Sie hatte ein Leben gehabt! Sie war einmal jung gewesen, sie hatte sich verlieben dürfen, sie hatte Kinder geboren, und ihre Kinder hatten wiederum Kinder bekommen, die sie zumindest einige Jahre noch hatte begleiten können.

Und Anna? Sie hatte nicht einmal das Wunder der ersten Liebe erlebt. Und er hatte keine Enkelkinder. Er hatte keine Erinnerungen an einen Abschlussball in der Tanzschule, keine Abiturfeier, niemals das Abschlusszeugnis einer Hochschule voller Stolz in den Händen gehalten, niemals neben seiner Tochter auf dem Beifahrersitz eines Fahrzeugs gesessen und sich von ihr durch die Gegend kutschieren lassen. Er hatte keine Fotos von der Hochzeit seines einzigen Kindes, er wusste nicht einmal, wie Anna als junge Frau ausgesehen hätte. Er hatte nichts. Nichts außer einem Grabstein mit der Aufschrift

Daniela Martin-Neumann
1969–2008

Anna Martin
2000–2015

den er polieren und vom Moos befreien konnte, das darauf wuchs. Nichts außer einem Grabstein und schmerzenden Erinnerungen an die letzten Monate seiner kleinen Prinzessin, in denen sie so unglücklich und so einsam gewesen war.

War das gerecht?

Er schüttelte den Kopf, zog hustend das letzte Mal an seiner Zigarette und drückte sie im Aschenbecher aus. Nein, das war nicht gerecht. Das war alles andere als gerecht. Das war im höchsten Maße ungerecht!

»*Verdammt!*«

Er griff nach dem vollen Aschenbecher und schleuderte ihn mit Wucht gegen die Hauswand, wo er scheppernd zerschellte, seinen stinkenden Inhalt auf dem Terrassenboden verteilte und in tausend Scherben zerbrochen liegen blieb.

Dann fing er an zu weinen.

Mittwoch, 30.04.2014

Es ist merkwürdig, manchmal denke ich, ich bilde mir das alles nur ein, dass die anderen komisch zu mir sind und so. Oder vielleicht haben die Osterferien tatsächlich geholfen, die Nerven bei allen zu beruhigen. Ich habe mich auch absichtlich nicht ein einziges Mal bei Manu oder Nina gemeldet, nur mit Charlie war ich während der schulfreien Zeit zweimal bei Elrond im Stall. Und heute war Manu dann tatsächlich wieder ganz nett zu mir, sie hat mir sogar ihr Haarband geschenkt, weil ich meins vergessen hatte und mich die offenen Haare beim Sport immer stören. Vielleicht werde ich ja verrückt? Ich stehe jetzt morgens schon vor dem Spiegel und frage mich, was heute wohl für ein Tag sein wird: ein Manu-und-Anna-sind-Freunde-Tag? Oder ein Manu-beachtet-Anna-nicht-Tag? Oder ein Manu-disst-Anna-Tag?

Ich weiß auch nicht, warum ich mir das so zu Herzen nehme, denn eigentlich könnte es mir doch egal sein! Ich habe Charlie, mit der ich in der letzten Zeit viel mehr mache als früher, ich habe Anton, der mit mir und ein paar seiner Freunde vom Taekwondo seinen Geburtstag nachgefeiert hat, und ich habe Elrond und Papa, die immer für mich da sind, wenn ich sie brauche. Und die anderen in der Klasse sind ja auch alle so wie immer. Also who cares? Aber Fakt ist leider, dass es mich doch kümmert, wenn ich sehe, wie Manu mit Nina und Chiara über mich tuschelt. Zumindest bilde ich mir ein, dass sie über mich reden, aber vielleicht stimmt das ja auch gar nicht? Chiara, die blöde Kuh, kriegt langsam Oberwasser, das merke ich. Sie konnte mich ja noch nie leiden, und seit Nina da ist, erhält sie jede Menge Rückenwind. Hoffentlich ist das alles nur eine blöde Phase. Irgendwann ist Nina vielleicht nicht mehr so neu und spannend, und dann erinnert sich Manu daran, dass wir zwei siamesische Zwillinge und Seelenverwandte sind. Ich weiß nur nicht, ob ich das überhaupt noch will. Es fühlt sich mittlerweile irgendwie nicht mehr richtig an.

Mittwoch, 29.04.2015

Simon Martin betrachtete nachdenklich den Verband in seinen Händen. Es trat immer noch jede Menge Wundsekret aus, und der Geruch und die Farbe der Flüssigkeit gefielen ihm auch nicht. Er war ja kein Arzt, aber er besaß genug Verstand, um zu sehen, dass die Wunde sich entzündet hatte. Damit hatte er nicht gerechnet. Die Verletzung war nicht tief gewesen. Eigentlich war nur ein bisschen Haut abgeschürft, aber vermutlich war während Elronds Ausflug Dreck in die Wunde eingedrungen.

Er fluchte leise.

Sein Kompagnon hatte sich gestern bei ihm erkundigt, wie es ihm ginge und wann er wieder ins Büro käme. Er meinte, die Arbeit würde Simon eventuell guttun und ihn ablenken. Und es stünden jede Menge wichtiger Bauprojekte an. Als ob das für irgendjemanden von Bedeutung wäre! Ein paar Häuser und Geschäftskomplexe mehr oder weniger – wen interessierte das schon? Wen interessierten all die Preise und Auszeichnungen! Der erhebendste Moment in seinem Berufsleben war die Verleihung des Pritzker-Preises gewesen. Als er den angesehensten Preis für Architektur in den Händen hielt, hatte er sich so glücklich geschätzt, wie es ein Mensch nur sein konnte. Er lachte höhnisch, und Elrond wandte ihm verwundert den Kopf zu. Dabei war das so vollkommen egal! Er konnte gar nicht verstehen, warum es ihn früher so befriedigt hatte, an von ihm erdachten und erstellten Gebäuden vorbeizufahren. Vielleicht, weil er dabei oft Annas Bewunderung für ihn gespürt hatte. Er erinnerte sich an einen gemeinsamen Ausflug in die Innenstadt, den sie anlässlich seines Geburtstags gemacht hatten. Sie waren in mehreren Geschäften gewesen, die er gebaut hatte. Er hatte Anna auf die Besonderheiten der Bauwerke aufmerksam gemacht, und Anna hatte offenherzig gestaunt. Das hatte ihn stolz gemacht. Aber jetzt? Jetzt war niemand mehr da, der ihn dafür bewunderte, dass er ein mehrfach preisgekrönter Architekt war. Jedenfalls niemand, dessen Bewunderung ihm irgendetwas bedeutete. Nichts hatte für ihn noch irgendeine Bedeutung.

Das Quietschen der Stalltür riss ihn aus seinen Gedanken. Er wandte sich um und lächelte, als er Leni im Eingang stehen sah.

»Entschuldige, dass ich so reinplatze«, sagte Leni, »ich hab mehrfach versucht anzurufen und zigmal an der Haustür geklingelt.«

Simon Martin erhob sich und streckte der jungen Frau die Hand entgegen. Ja, er hatte die Telefone die meiste Zeit ausgeschaltet und die Klingel abgestellt, weil er seine Ruhe haben wollte. Aber jetzt freute er sich, Leni zu sehen.

»Du kommst wie gerufen«, sagte er.

»Wieso?«

»Elrond hat eine Wunde am linken Vorderbein, die mir nicht gefällt.«

Das Lächeln verschwand schlagartig aus Lenis Gesicht. Wenn es einem ihrer Schützlinge nicht gutging, war sie sofort in Alarmbereitschaft.

»Lass sehen«, sagte sie, drängte sich an Simon vorbei und kniete vor Elrond nieder, nachdem sie ihm zur Begrüßung über Stirn und Nase gestreichelt hatte. Elrond erwiderte die

Begrüßung mit einem wohligen Schnauben. »Die Wunde hat sich entzündet«, sagte Leni nach einem kurzen Blick. »Hast du Zinkoxid draufgetan?«

»Ich habe gar nichts draufgetan«, antwortete Simon. »Ich habe ihm nur jeden Tag einen frischen Verband angelegt.«

Leni tastete Elronds Bein ab. »Es ist ein bisschen geschwollen, da müssen wir was machen.« Sie richtete sich auf und schaute Simon wieder an. »Wie ist das passiert?«

Simon Martin dachte an Anton und zuckte die Schultern. »Ich weiß es nicht. Er stand eines Morgens so auf der Weide.«

»Du hast ihn nachts draußen gelassen?«

»Seit er die Wunde hat, steht er drin.«

Leni hob die Augenbrauen. »Simon«, sagte sie eindringlich, »wir müssen überlegen, wie es mit Elrond weitergeht. Du kannst ihn nicht die ganze Zeit alleine hier im Stall stehen lassen. Jetzt, wo Anna nicht mehr da ist, braucht er seine gewohnte Umgebung umso dringender!«

»Ich weiß«, antwortete Simon.

»Anna hätte das auch nicht gewollt.«

»Ich weiß!« Simons Herzschlag wurde schneller. Er wusste, dass Leni recht hatte! Er wollte es nur nicht hören! Er wollte und konnte keine Entscheidungen treffen, was mit Elrond weiter geschehen sollte. Er war Annas Pferd. Und Anna war nicht mehr da! Sollte er Elrond jetzt einfach verkaufen? So wie ein Möbelstück? Und was sollte er überhaupt mit Annas Zimmer machen? Was sollte er mit dem riesigen Haus machen? Das alles hatte doch keinen Sinn mehr ohne Anna! *Nichts* hatte mehr einen Sinn! »Sag mal«, fuhr er einer plötzlichen Eingebung folgend fort, »du hattest doch einen guten Draht zu Anna. Ist dir an ihr in der letzten Zeit irgendetwas aufgefallen?«

Leni sah ihn aufmerksam an. »Wie kommst du darauf?«
»Einfach nur so.«
Leni dachte eine Weile nach, dann antwortete sie: »Na ja, sie hatte sich schon verändert. Manchmal kam sie mir traurig vor, aber als ich sie darauf ansprach, ob alles in Ordnung sei, meinte sie nur, sie hätte sich mit ihrer Freundin gestritten.« Leni lächelte. »Tja, in der Pubertät erscheinen einem die harmlosesten Dinge manchmal wie das Ende von allem, nicht wahr?«
Simon versuchte, sich nichts anmerken zu lassen.
»Ich weiß nicht«, sprach Leni weiter, »ich dachte, sie hätte vielleicht Liebeskummer oder so. Aber im Großen und Ganzen war sie wie immer: Sie hat sich rührend um Elrond gekümmert. Ich wäre froh, wenn alle meine Mädchen auf dem Hof so verantwortungsvoll wären wie Anna …«
»Und die Schmiererei?«, erkundigte sich Simon.
»Ach so, ja«, erinnerte sich Leni. »Irgend so ein Clown hatte einen blöden Spruch an Elronds Boxenwand geschrieben. Anna war ganz außer sich deswegen. Hat sie mit dir darüber gesprochen?«
Simon nickte stumm. Es war einfacher so, als Leni von dem Tagebuch zu erzählen.
»Ich konnte sie aber beruhigen, dass das nichts weiter als ein Dummejungenstreich war«, meinte Leni. »Schließlich war es ja auch nicht das erste Mal. Vor ein paar Jahren gab es eine Zeit, als alle naselang ein paar fremde Kinder solche oder ähnliche Sprüche an die Wände auf dem Hof geschmiert haben. Ich weiß nicht, warum. Vielleicht waren sie neidisch oder so, fanden die Pferdemädchen doof oder eingebildet oder sonst was. Die Sprüche gingen jedenfalls immer in diese Richtung. Irgendwann hörte das dann wieder auf, und passiert ist nie

etwas. Nachdem ich mit Anna zusammen die Schmiererei abgewischt hatte, war es auch wieder okay für sie.« Leni machte eine kurze Pause. »Was ist nun mit Elrond?«, setzte sie dann neu an. »Ich kann ihn für dich verkaufen, wenn du willst, es gibt sicher jede Menge Interessenten.«

Simon schüttelte den Kopf. »Nein«, sagte er. »Ich will Elrond nicht verkaufen. Aber darf er auf deinem Hof stehen bleiben? Ich bezahle natürlich weiter für ihn. Und vielleicht findet sich unter den Mädchen eins, das ihn als Pflegepferd haben will.«

Leni lächelte. »Aber sicher! Mir fällt auch direkt jemand ein, der sich bestimmt ein Loch in den Bauch freut und bei dem Elrond in guten Händen ist. Außerdem bin ich ja auch noch da.«

»Danke«, sagte Simon und meinte es ernst. Er war froh, vorerst eine Lösung gefunden zu haben.

»Ich hole Elrond dann heute Nachmittag mit dem Transporter ab, okay?«

Simon nickte. »Ja, prima, das ist lieb von dir, danke, Leni.«

Nachdem Leni gegangen war, nahm Simon zwei Tabletten aus der Schachtel und schluckte sie mit einem Glas Leitungswasser hinunter. Einen Augenblick lang dachte er darüber nach, sich ein Bier aus dem Kühlschrank zu nehmen. Doch es war noch nicht mal zwölf Uhr. Und er hatte noch nichts gegessen. Wenn Leni heute Nachmittag wiederkam, wollte er nicht, dass sie etwas merkte.

Leni.

Gesprächsfetzen flogen in seinem Kopf herum: Dummejungenstreich. Streit mit der Freundin.

Wäre alles anders gekommen, wenn Leni die Zeichen ernster genommen, sie richtig gedeutet hätte? Er konnte ihr keinen

Vorwurf machen. Sie hatte auch nicht anders reagiert als er selbst. Für sie waren das – wie für ihn – nur einzelne Momente gewesen. Losgelöst aus dem Gesamtzusammenhang, den nur Anna gekannt hatte. Für Anna war jeder dieser Momente ein weiterer Tropfen gewesen, der das Fass irgendwann zum Überlaufen gebracht hatte.

Simon dachte an die Foltermethode der alten Chinesen, bei der das Opfer gefesselt wurde, bis es sich nicht mehr bewegen konnte. Dann ließ man einen Wassertropfen nach dem anderen auf die Stirn des Opfers fallen. Immer auf dieselbe Stelle. Nichts weiter als einen einzelnen Wassertropfen … Was war das schon? Ein Wassertropfen tat nicht weh, er fügte keine Wunden zu. Und doch wurde das Opfer mit dieser Methode zuverlässig innerhalb kürzester Zeit in den Wahnsinn getrieben. Es sah jeden weiteren Tropfen auf sich zukommen und konnte nichts dagegen tun. Es war ohnmächtig der Willkür anderer ausgeliefert.

Soweit Simon wusste, hatte sich ein Richter im 16. Jahrhundert diese Foltermethode ausgedacht. Wasser, das Elixier des Lebens!

Wegen eines einzelnen Wassertropfens musste sich niemand Sorgen machen, und es war leicht zu sagen: »Stell dich nicht so an, das war doch nur ein Tropfen Wasser!« Aber auch das größte Meer bestand letztendlich aus einzelnen Wassertropfen. Und niemand zweifelte daran, dass es die Macht hatte, Menschen mit sich in den Tod zu ziehen. Oder Steine auszuhöhlen. Viele einzelne Wassertropfen entfalteten eben zielsicher ihre zersetzende Kraft.

Dienstag, 03.06.2014

Gestern wurde Elrond im Wald von einem frei laufenden Hund angegriffen und hat sich dabei wohl irgendwie vertreten. Eigentlich ist Elrond ja an Hunde gewöhnt, im Stall bei Leni laufen etliche Hunde rum. Aber da sind die Hunde halt auch an Pferde gewöhnt. Dieser Hund ist aber vollkommen ausgerastet, als er Elrond gesehen hat, und einfach wild kläffend an ihm hochgesprungen. Sein Herrchen hat ihn nicht unter Kontrolle gebracht, und ehrlich gesagt war ich ziemlich sauer, hatte aber gleichzeitig auch Schiss, den Abgang zu machen, weil Elrond sich wie ein Kreisel gedreht hat, um den Hund loszuwerden. Schließlich hat er einmal nach hinten ausgetreten, den Hund an der Seite erwischt, und es war Ruhe. Der Hund hat sich wohl nur erschreckt, verletzt war er nicht, und sein Herrchen war zum Glück auch entspannt, hat sich sogar bei mir entschuldigt, der Hund sei noch jung. Nun, dass er Pferde in Ruhe lässt, hat er jetzt hoffentlich kapiert. Auf dem Rückweg zum Stall hat Elrond dann angefangen zu lahmen. Ich habe Leni alles erzählt, und die meinte, es wäre besser, die Tierärztin draufschauen zu lassen. Laut Tierärztin sind Elronds Bänder und Sehnen im Fesselgelenk überdehnt. Sie hat ihm vorsichtshalber einen Entzündungshemmer gespritzt. Eine Weile darf Elrond jetzt nur allein auf die kleine Weide, und in zwei Wochen sollte es dann wieder weg sein.

Weil die Tierärztin da war, musste ich Papa alles erzählen. Denn sonst guckt er ja komisch, wenn die Rechnung kommt.

Ich hatte totale Angst, er würde mir verbieten, weiterhin allein mit Elrond in den Wald zu reiten, weil das zu gefährlich sei, aber zum Glück war davon keine Rede. Jetzt hoffe ich nur, dass alles wieder gut ausheilt!

Mittwoch, 06.05.1015

Die gute Nachricht: Der Alltag kehrte allmählich zurück. Die schlechte Nachricht: Das bedeutete, er hatte wieder die ungeteilte Aufmerksamkeit seiner Mitschüler.

Herr Förster hatte ihn heute im Matheunterricht an die Tafel geholt, wo er vor der Klasse eine Gleichung lösen sollte. In der Fünf-Minuten-Pause hatte Paul dann eine von diesen Scherzbrillen aus der Tasche gezaubert, bei denen dicke Glubschaugen auf die Gläser gemalt sind, sich ans Lehrerpult gestellt und Anton nachgeäfft. In Pauls Gleichung war es um die Größe von Schwänzen im Vergleich zur Brillenstärke gegangen, und natürlich lautete die Lösung: Je dicker die Brillengläser, desto kleiner der Schwanz. Zum besseren Verständnis hatte er einen Riesenpenis und einen Miniaturpenis mit Brille an die Tafel gezeichnet. Die Klasse grölte vor Lachen.

Als es zur nächsten Stunde schellte und Frau Schulz das Klassenzimmer betrat, um ihre Deutschstunde zu halten, hatte Paul die Brille im Nullkommanichts in seiner Hosentasche verschwinden lassen.

Frau Schulz hatte einen Blick auf die Tafel geworfen und Paul aufgefordert, die Sauerei abzuwischen. Paul hatte geantwortet, nicht er habe diese Woche Tafeldienst, sondern Anton, woraufhin sich die Lehrerin an Anton gewandt und gesagt hatte, dann solle er bitte die Tafel säubern.

Antons Einwand, er habe die Tafel nicht dreckig gemacht, fegte Frau Schulz mit der Bemerkung zur Seite, sie hätten schließlich alle ihren Spaß gehabt. Also stand Anton auf, ignorierte das Kichern von allen Seiten und machte die Tafel sauber. Dabei überlegte er, was Anna wohl gesagt hätte, wenn sie noch da gewesen wäre. Die alte Anna hätte vermutlich so was wie »Und die dümmsten Scherze stehen im direkten Verhältnis zur geringen Intelligenz des Witzemachers«, gesagt. Aber die alte Anna hatte es schon lange vor ihrem Tod nicht mehr gegeben.

Nach der Schule waren Paul und Manu Arm in Arm aus dem Klassenzimmer marschiert und hatten sich vor dem Schultor zur Verabschiedung gegenseitig die Zunge in den Hals gesteckt.

Eine interessante, wenn auch nicht ganz unerwartete Entwicklung, dachte Anton, während er den beiden beim Knutschen zusah. Immerhin hatte Manu lange genug gebraucht, um Pauls Herz zu erobern. Aber nun, nachdem Anna aus dem Weg war …

Jedenfalls ging es Paul eindeutig wieder besser. Er war ganz offensichtlich dabei, den Schock, den Annas Tod bei ihm ausgelöst hatte, zu verarbeiten.

Anton musste an Simon denken. Hatte auch er mittlerweile zurück ins Leben gefunden?

Als ihm nach dem dritten Klingeln immer noch niemand öffnete, machte Anton sich auf den Weg zu dem kleinen Stall neben dem Wohngebäude. Sein Blick streifte die Hauswand des Mehrfamilienhauses auf der anderen Straßenseite, und er stellte fest, dass sich tatsächlich jemand die Mühe gemacht hatte, den Spruch KINDERFIKER RAUS! abzuwaschen. Es gab also wieder genug Platz für neue Slogans, die sicher nicht lange auf sich warten lassen würden. Anton überlegte, ob es nicht einfacher war, einen Spruch stehen zu lassen.

Wider Erwarten war auch der Stall leer. Keine Spur von Elrond oder Simon. Anton wollte gerade gehen, als er das Scharren von Stuhlbeinen von der Rückseite des Hauses hörte. Einen Augenblick überlegte er, ob es in Ordnung wäre, wenn er unaufgefordert durch den Garten latschte, um auf der Terrasse nachzusehen. Seine Neugierde, wie es Simon ging, gewann. Außerdem war er früher auch hin und wieder von hinten ans Haus gegangen, wenn er Anna besuchte, und Simon hatte nie gesagt, dass ihm das nicht recht sei.

Als er um die Hausecke blickte, sah er Annas Vater noch im Pyjama auf einem der Terrassenstühle sitzen. In der linken Hand hielt er eine Flasche Bier, in der rechten eine Zigarette.

Anton erschrak über den Anblick. Simon hatte blutunterlaufene Augen und sah aus, als hätte er sich seit zwei Wochen weder gewaschen noch rasiert. Und ob Bier mittags um halb zwei das richtige Getränk war?

Am liebsten hätte Anton sich jetzt auf dem Absatz umgedreht, weil er fürchtete, Simon könnte ihm sein unangemeldetes Auftauchen doch übelnehmen, wenn er ihn in diesem Zustand erwischte. Aber dafür war es bereits zu spät.

»Hey«, nuschelte Simon und hob grüßend die Bierflasche in Antons Richtung.

»Hi Simon«, grüßte Anton und kam langsam näher.

»Setz dich doch«, forderte Simon Anton auf. »Willst du auch eins?« Er wackelte mit der Bierflasche.

Anton schüttelte den Kopf, während er auf einem der freien Stühle Platz nahm.

Simon lachte. »War nur ein Scherz«, meinte er.

Anton fühlte sich unbehaglich. Er hatte gehofft, Simon auf dem Weg der Besserung vorzufinden. Dass er wie seine Klassenkameraden allmählich zurück ins Leben fand und das Unfassbare mittlerweile zumindest realisiert und akzeptiert hätte. Doch stattdessen schien Annas Vater von allen guten Geistern verlassen!

»Wie geht es dir?«, fragte Anton.

Simon grinste schief. »Bestens, siehst du doch«, antwortete er und nahm einen Schluck aus seiner Bierflasche. »Und selbst?«

Anton überlegte. Dann zuckte er die Schultern.

»Wie läuft's in der Schule?«, fragte Simon.

»Ganz okay, denke ich«, antwortete Anton. »Allmählich normalisiert sich alles.«

»›Normalisiert‹ sich?«

Anton nickte. »Es wird natürlich immer noch viel über Anna gesprochen und so, aber nicht mehr *ausschließlich* ... es wird irgendwie wieder ... normaler halt.« Anton sah Simon forschend an, konnte aber den Gesichtsausdruck seines Gegenübers nicht richtig deuten. War Simon erleichtert, dass Annas Klassenkameraden anfingen, den furchtbaren Unfall zu verarbeiten, der eine von ihnen so unvermittelt aus ihrer Mitte gerissen hatte? Vielleicht brachte ihn das dazu, auch über sich selbst nachzudenken und zu versuchen, sein Leben neu zu ordnen? Ein Leben ohne Anna. »Es muss ja irgendwie weitergehen, oder?«

»Muss es?«

Anton hatte plötzlich das Gefühl, etwas Dummes gesagt zu haben. Also schwieg er lieber.

Simon nahm den nächsten tiefen Schluck aus seiner Bierflasche.

»Wo ist Elrond?«, wechselte Anton das Thema.

»Zurück auf Lenis Hof«, antwortete Simon. »Das Leben muss ja irgendwie weitergehen, oder?« Er grinste und sah dabei fast schon diabolisch aus, fand Anton.

»Find ich gut«, sagte Anton, »alleine hier im Stall, das war, glaube ich, nichts für ihn.«

»Ja, alleine hier ist für keinen gut«, stimmte Simon zu und zog an seiner Zigarette.

Eine unangenehme Stille breitete sich zwischen ihnen aus. Anton unterdrückte den Impuls, auf sein Handy zu schauen, um herauszufinden, wie spät es war und ob er den Anstandsbesuch schon beenden konnte. Denn genau so fühlte es sich an: wie ein Anstandsbesuch bei einem Onkel, mit dem man sich eigentlich nichts zu sagen hat. Dabei hatte er Simon immer so gemocht! Wie oft hatten sie zu dritt an dem kleinen Küchentisch gesessen, Kakao getrunken, Waffeln mit Sprühsahne und heißen Kirschen gegessen und gequatscht, wenn er bei Anna zu Besuch gewesen war. Aber das war nicht der Simon gewesen, der jetzt vor ihm saß. Antons Herz schmerzte. Er verstand auf einmal, dass er nicht nur Anna verloren hatte, seine beste Freundin. Er hatte mit ihr einen nicht unerheblichen Teil seines Lebens verloren.

»21 Tage, 504 Stunden, 30.000 und ein paar gequetschte Minuten und *schwupp*«, Simon schnipste mit den Fingern, »›normalisiert‹ es sich wieder.« Er zog ein letztes Mal an seiner Zigarette, drückte sie mit zittrigen Händen im Aschenbecher aus und zündete sich eine neue an.

»Denkst du, das ist falsch?«

Simon fixierte Anton. »Falsch?« Er hustete. »Ich weiß es nicht. Ich weiß nur, dass sich für Anna nichts mehr ›normalisiert‹.«

Für einen kurzen Augenblick sah Anton den Simon von früher aufblitzen, den er immer so bewundert hatte. Der mit einer Handvoll Worten all das zum Ausdruck brachte, wofür andere mehrere Seiten brauchten. Und trotzdem fühlte er sich heute in Simons Gegenwart unwohl.

»Simon«, versuchte er es noch einmal. »Anna hätte all das nicht gewollt.« Er deutete auf Simons Bierflasche, auf den Pyjama, auf die Zigarette.

Simon Martins Gesicht wurde fahl. »Nein«, antwortete er, »das hätte sie nicht. Aber sie wollte auch nicht sterben ... Oder wollte sie?«

Anton schnappte nach Luft. Das war genau die Frage, die er sich auch die ganze Zeit stellte: Wollte Anna sterben? Hatte sie sich auf Elronds Rücken von der einzigen »Klippe« gestürzt, die sie hier im absoluten Flachland hatte finden können?

Simon seufzte. »Ich frage mich die ganze Zeit, wo in dieser verdammten Geschichte ich das Ruder noch hätte herumreißen können.«

Auch diese Fragestellung kam Anton bekannt vor. Auch er überlegte die ganze Zeit, welche Schritte er hätte gehen müssen, um das zu verhindern, was geschehen war. Gleichzeitig wunderte er sich über Simons Frage. Bedeutete das nicht, dass Annas Vater mittlerweile wusste, was mit seiner Tochter im letzten Jahr ihres Lebens geschehen war? Aber woher? Woher konnte er das auf einmal wissen? Doch bevor er Simon danach fragen konnte, redete der schon weiter.

»Als Daniela damals an Brustkrebs gestorben ist, war ich nicht weniger traurig. Und auch da gab es eine Phase, in der ich mich fragte, ob es anders gekommen wäre, wenn die Ärzte den Tumor früher entdeckt hätten.« Er wandte ihm das Gesicht zu, Tränen schimmerten in seinen Augen. »Aber ich musste nicht nach *meinem* Anteil der Schuld suchen … Und ich hatte Anna, für die ich da sein musste, die mich brauchte und die mir den Weg zurück ins Leben gezeigt hat. Aber jetzt? Jetzt frage ich mich ständig, ob ich es nicht hätte verhindern müssen. Ich meine, Anna war mein Kind! Ich war für sie verantwortlich! Ich habe die ganze Zeit vor Augen, wie ich sie als Säugling das erste Mal in den Armen gehalten und ihr geschworen habe, immer für sie da zu sein, sie vor allem zu beschützen und zu bewahren, dieses kleine hilflose Bündel Mensch. Doch Anna war kein hilfloser Säugling mehr, und ich dachte, ich tue das Richtige, wenn ich ihr ihren Freiraum lasse und ihr zeige, dass ich ihr vertraue.« Er lachte bitter. »Man hat es nicht immer einfach als Eltern, weißt du? Man läuft der Entwicklung der Kinder atemlos hinterher. Mal ist man zu spät dran und hat einen wichtigen Reifungsprozess noch gar nicht mitbekommen, ein anderes Mal ist man zu schnell unterwegs und erwartet von den Kindern Dinge, die sie noch nicht zu leisten imstande sind. Ich glaube, ich habe Anna überschätzt. Und das bedeutet: Ich habe sie alleingelassen. Sie hätte mich gebraucht, und ich war nicht da. Das werde ich mir niemals verzeihen.« Beim letzten Wort brach Simons Stimme.

Anton schwieg. Was hätte er auch sagen sollen?

Donnerstag, 19.06.2014

Die Tierärztin hat heute noch mal nach Elrond gesehen, und es ist zum Glück alles in Ordnung! Er darf wieder zu den anderen Pferden auf die Weide, und ich kann auch wieder ausreiten. Ich bin happy und unendlich erleichtert!
Ich habe die gute Nachricht direkt im Klassenchat gepostet. Aber niemand hat geantwortet. Nicht einmal Charlie. Na ja, vielleicht war sie gerade beschäftigt?

Donnerstag, 07.05.2015

Simon Martin verteilte den weißen Rasierschaum großzügig auf seinem Kinn und seinen Wangen und betrachtete sein Gesicht im Spiegel, schnitt sich selbst eine Grimasse. Was war er doch für ein verdammter Vollidiot! Er hatte sich gestern dem Jungen gegenüber nicht korrekt benommen. Selbstverständlich war Anton wegen Anna fix und fertig. Und es war ja auch nicht zu übersehen, dass Anton sich seinetwegen die größten Sorgen machte. Aber er konnte doch jetzt nicht einfach zur Tagesordnung übergehen und so tun, als wäre nichts geschehen! Er musste damit leben lernen, dass Anna nicht mehr da war. Und er musste mit seinen Schuldgefühlen zurechtkommen. Die Gedanken, was er hätte tun können, ja, was er hätte tun *müssen,* quälten ihn Tag und Nacht. Er hatte versagt. Auf ganzer Linie. Er war Anna nicht der Vater gewesen, der er hatte sein wollen und für den er sich immer gehalten hatte. Er hatte sie nicht beschützt, als sie seinen Schutz so dringend gebraucht hätte. Dabei hätte er sich, ohne zu zögern, selbst vor dieses verdammte Auto geworfen, wenn er nur die Chance dazu gehabt hätte. Aber selbst, als sie ihn um seine Hilfe gebeten hatte, hatte er es nicht verstanden.

Und nun?

Nun wünschte er, er könnte sterben. Vielleicht wäre er dann wieder bei Anna. Vielleicht könnte er sie dann in seine Arme nehmen und sie um Verzeihung bitten. Sein Wunsch, mit Anna zu reden, über all das zu sprechen, was sie monatelang mit sich allein ausgemacht hatte, war so unglaublich groß. So übermächtig.

Vor meinem eignen Tod ist mir nicht bang,
Nur vor dem Tode derer, die mir nah sind.
Wie soll ich leben, wenn sie nicht mehr da sind?

Allein im Nebel tast ich todentlang
Und laß mich willig in das Dunkel treiben.
Das Gehen schmerzt nicht halb so wie das Bleiben.

Der weiß es wohl, dem gleiches widerfuhr;
– Und die es trugen, mögen mir vergeben.
Bedenkt: den eignen Tod, den stirbt man nur,
*Doch mit dem Tod der andern muß man leben.**

Selbsthass schnürte ihm die Kehle zu. Das Rasiermesser in seiner Hand zitterte. Konnte er das? Konnte er mit Annas Tod leben? Gab es einen Weg, wiedergutzumachen, was er versäumt hatte? Nein, den gab es nicht! Anna war tot, und er konnte die Zeit nicht zurückdrehen. Sosehr er es sich auch wünschte. Aber was konnte er jetzt noch für Anna tun? Was? Wie konnte er dafür sorgen, dass ihr Gerechtigkeit widerfuhr? Einen Augenblick lang tauchte das Gesicht des Kommissars vor seinem inneren Auge auf, der ihm den Rat gegeben hatte, die Sache »abzuhaken«. Von dieser Seite hatte er offensichtlich keine Hilfe zu erwarten. Gericht und Gerechtigkeit gehörten weniger zusammen, als er bislang geglaubt hatte.

* Mascha Kaléko: »Memento«, in: *Verse für Zeitgenossen.*

Aber was konnte er sonst tun?

Nun, bis er eine Antwort auf diese Frage gefunden hatte, musste er einfach weitermachen. Zumindest in diesem Punkt hatte Anton recht: Es musste irgendwie weitergehen. Und damit es weiterging, musste er essen und trinken. Und das wiederum bedeutete, er musste einkaufen und seinen Kühlschrank auffüllen. Mindestens mit Bier. Er setzte das Rasiermesser an und ließ es mit sanftem Druck über seine Haut gleiten.

Die Menschen um ihn herum lachten, genossen die frische Luft, den blauen Himmel und die wärmende Sonne. Frühling. Doch in ihm drin herrschte tiefster Winter. Er hatte das Auto stehen lassen, weil er glaubte, ein kleiner Spaziergang zum Lebensmittelgeschäft würde ihm guttun. Wie konnte man sich nur so irren! Nun, er konnte das. Er war offensichtlich Spezialist im Irren. Er musste sich beherrschen, um sich nicht mit Gewalt einen Weg durch all diese fröhlichen Menschen zu bahnen, deren gute Laune ihn anwiderte. Wer gab ihnen das Recht zu leben? Wer bestimmte, wer leben durfte und wer sterben musste?

Gott?

Das Schicksal?

Er hielt den Kopf gesenkt. Starrte vor sich auf den Boden, damit er all diese lachenden Menschen nicht sehen musste. Doch die Ohren konnte er nicht verschließen.

Ein besonders lautes Lachen vor ihm ließ ihn aufblicken. Er hob den Kopf und erstarrte. Auf dem Gehweg kam ihm inmitten der Menschenmenge ein strahlendes Teenagerpärchen entgegen, eng umschlungen, voller Lebensfreude.

Manu erkannte er zuerst. Er hatte sie ja oft genug gesehen.

In seinem Haus willkommen geheißen und bewirtet. Und der Junge, der seinen Arm besitzergreifend um ihre schlanke Taille legte, war Paul. An seiner freien Hand hüpfte ein niedliches, vielleicht fünf Jahre altes Mädchen mit blonden Engelslocken fröhlich auf und ab. Sein kleiner Kindergartenrucksack sprang auf dem Rücken hin und her, als wäre er lebendig: Pina, Pauls Schwester. Das musste sie sein.

Ach ja, der gute Paul, der sich so liebevoll um seine kleine Schwester kümmerte, der sein junges Leben in vollen Zügen genoss und in eine rosige Zukunft blickte, in der er Leute fertigmachen konnte, die ihm nicht die Aufmerksamkeit schenkten, die er seiner Meinung nach verdiente. Jetzt wandte sich der gute Paul seiner kleinen Schwester zu und lächelte sie freundlich an, strich ihr über das blonde Engelshaar. Das Kind lachte.

Simon Martin spürte einen Stoß in den Rücken und wandte sich um. Erst jetzt realisierte er, dass er mitten auf dem Gehweg stehen geblieben war und die Menschen sich links und rechts einen Weg an ihm vorbei zu bahnen versuchten.

Manu und Paul waren so mit sich beschäftigt, dass sie von ihrer Umgebung nichts mitbekamen. Sie hatten nur Augen und Ohren füreinander.

Die erste Liebe, war sie nicht schön?

Anna würde sie niemals erleben.

»Es ›normalisiert‹ sich alles«, hatte Anton gesagt. Oh ja, das konnte er sehen, wie sich für Paul alles »normalisierte«! Für ihn ja, aber für Anna? Hatte dieser Junge überhaupt kapiert, was er angerichtet hatte? Hatte er auch nur eine Ahnung davon, welche Schuld er auf seine jugendlichen Schultern geladen hatte? Er musste doch wissen, was geschehen war! Er war doch derjenige, der es am besten von allen wissen musste! Wie konnte er dann jetzt hier rumlaufen, als wäre nichts passiert? Als wäre alles ... *normal!*

Dieser Junge hatte kein Recht, sein Leben zu genießen und die Sonnenstrahlen, die bewundernden Blicke seiner kleinen Schwester und die verliebten Blicke Manus auf seiner Haut zu spüren! Er hatte sein Recht auf Glück ebenso verwirkt wie er selbst. Aber im Gegensatz zu ihm schien Paul das nicht zu verstehen! Oder schlimmer noch: Es war ihm egal!

Simon Martins Herz raste. Er ballte die Hände zu Fäusten und fürchtete einen Moment lang, sich mitten auf der Straße zu übergeben. Sein ganzer Körper krampfte sich zusammen. Diese Schmerzen! Körperliche Schmerzen! Er musste sich beherrschen, um nicht laut zu schreien! Passanten starrten ihn misstrauisch an.

Gerechtigkeit!

Paul sollte noch fühlen, was es hieß, zu leiden. Er würde seine Schuld bezahlen. Und er wusste auch schon, wie er ihm die Rechnung präsentierte. Gott – oder war es das Schicksal? – hatte ihm den Weg bereits gezeigt. Er brauchte ihm nur noch zu folgen.

Freitag, 04.07.2014

Endlich Sommerferien! Ich bin so froh, dass dieses beschissene Schuljahr vorbei ist. Frau Heintze hat uns heute alle erzählen lassen, was wir in den Ferien vorhaben, und ich habe natürlich erzählt, dass Papa und ich schon morgen wieder nach Mauritius fliegen. Weil ich mich so freue, habe ich ganz schön geschwärmt von dem superweißen Strand, dem türkisblauen Meer, dem Hotel, das direkt am Strand liegt und den geilen Pool hat, dessen Begrenzung man nicht sieht, wenn man darin schwimmt, wodurch man das Gefühl hat, im Meer zu schwimmen. Von den aufmerksamen Kellnern, die einem Getränke an den Pool bringen, dem köstlichen Essen und den vielen Freizeitaktivitäten, die das Hotel anbietet. Und von dem schicken Appartement mit der riesigen Terrasse, von der aus man die ganze Bucht überblicken und den Sonnenuntergang über dem Meer sehen kann.

Frau Heintze hat mich dann ganz komisch angeguckt und erzählt, dass sie dieses Jahr zu Hause bleibt und das Geld, das sie dadurch spart, an eine Hilfsorganisation spendet, die sich um den Wiederaufbau einer Schule in einem Kriegsgebiet kümmert.

Ich kam mir sofort blöd vor, so als ob Frau Heintze das nur erzählt hätte, um klarzumachen, wie doof sie mich findet. Denn als Vera vorher davon geschwärmt hat, dass sie dieses Jahr mit ihrer Familie für drei Wochen nach Amerika fliegt und eine Rundreise die Ostküste entlang macht, von Boston bis Miami,

da hat Frau Heintze gemeint, das würde sicher ein toller Urlaub werden, den sie so schnell nicht vergisst. Dabei kosten drei Wochen Amerika für fünf Leute bestimmt mehr als unser Urlaub auf Mauritius.
Also wollte ich mich noch mal melden und sagen, dass Papa und ich ja auch jedes Jahr spenden, und zwar zu Weihnachten. Das haben wir nach Mamas Tod so beschlossen, dass wir uns nichts schenken und das Geld stattdessen jedes Jahr an ein Kinderhospiz spenden. Außerdem hat Papa schon, seit ich denken kann, zwei Patenkinder aus Uganda, die uns regelmäßig schreiben und Fotos schicken, und die er mit einem monatlichen Betrag unterstützt. Aber Frau Heintze hat mich einfach nicht noch mal drangenommen. Und während wir unsere Sachen eingepackt und die Stühle hochgestellt haben, habe ich gehört, wie Chiara zu Nina gesagt hat, Frau Heintze hätte wohl auch was gegen Reiche-Leute-Kinder.
Ich schätze, damit hat sie ausnahmsweise mal recht. Aber ehrlich gesagt, ich kann nichts dafür, dass Papa gut verdient und wir uns einen tollen Urlaub leisten können. Und wenn ich wählen dürfte, dann hätte ich stattdessen auch lieber noch eine Mutter, die für mich da ist, wenn ich aus der Schule komme. Aber so ist nun mal das Leben. Man kann es sich nicht immer aussuchen.

Vor dem Schultor haben wir uns dann aber alle noch nett voneinander verabschiedet. Mit Umarmung und Küsschen und so. Und sogar Chiara hat mir zum Abschied gewinkt. Manu ist dann mit Nina abgedackelt, und Anton und ich sind zur Bushaltestelle gegangen. Manu und Nina bleiben in diesen Ferien zu Hause, weil ihre Eltern nicht genügend Geld haben, um

wegzufahren. Ob Manu deswegen sauer auf mich ist? Gesagt hat sie jedenfalls nichts, was darauf hindeutet. Vielleicht findet sie es gar nicht so schlimm, zu Hause zu bleiben, solange Nina da ist. Und ich bin ja auch nur eine Woche weg. Danach können wir ganz viel zusammen machen.
Anton meinte im Bus, er fände es auch doof, dass Frau Heintze das mit dem Spenden gesagt hätte. Es sei ja toll und ehrenwert von ihr, dass sie so denkt und handelt, aber er hätte auch das Gefühl gehabt, dass sie mir nur eins reinwürgen wollte. Es hat mir gutgetan, dass Anton das gesagt hat, denn ich hatte schon das Gefühl, ich drehe durch und werde langsam zum Psycho.

So, und jetzt habe ich beschlossen, mir die Laune nicht länger von diesen dummen Zicken vermiesen zu lassen. Ich werde jetzt meine Reiche-Leute-Klamotten in meinen Reiche-Leute-Koffer packen, und morgen früh geht es ab in die Sonne! Wir fliegen übrigens Businessclass, das hätte ich Chiara und Frau Heintze vielleicht noch unter die Nase reiben sollen.

Samstag, 09.05.2015

Anton lag noch im Bett. Er war froh, dass heute schulfrei war und er seine Klassenkameraden nicht ertragen musste. Klar, er ging nicht gerade gern zur Schule. Wer würde das schon an seiner Stelle? Besonders witzig war es nicht, wenn man jeden Tag zur Pausengestaltung der anderen herhalten musste. Aber das war nur ein Teil seines Lebens, der ihm noch nicht mal besonders viel bedeutete. Sobald er mittags aus der Schule kam, waren da seine Freunde vom Taekwondo und seine Eltern, die ihm zeigten, dass sie ihn schätzten und liebten, so wie er war. Und früher war da eben auch Anna gewesen.

Anna.

Für sie war es nicht so einfach gewesen wie für ihn. Aber er wusste nicht, woran das lag. Vielleicht war das alles besser auszuhalten, wenn man es gar nicht anders kannte? Vielleicht fiel man einfach tiefer, wenn man vorher höher gestanden hatte? Vielleicht war es leichter zu ertragen, wenn man verarscht wurde, als wenn die anderen einen gar nicht erst beachteten? Wenn sie so taten, als wäre man Luft? Vielleicht hatte für Anna die Schule einen größeren Teil ihres Lebens ausgemacht, als das bei ihm der Fall war? Und dann war dieser Teil plötzlich weggebrochen, und übrig geblieben war … nichts. Oder jedenfalls nicht viel. Ein Vater, der die meiste Zeit arbeitete, und ein Pferd, das einen zwar liebte, aber nicht mit einem sprechen konnte. Jedenfalls nicht so, wie zwei Menschen sich miteinander unterhalten. Wie auch immer: Das, was für Anna übrig geblieben war von ihrem Leben, hatte nicht gereicht, um sie glücklich zu machen. Oder zumindest zufrieden.

Anton dachte an Simon. Er hatte kapiert, dass Annas Vater nicht nur damit zurechtkommen musste, dass Anna nicht mehr da war, sondern auch mit seinem schlechten Gewissen.

Wie gern hätte er Simon von dieser Last befreit. Aber er konnte es nicht. Er verstand, dass Simon nicht aus Desinteresse so gehandelt hatte, sondern im Glauben, das Richtige zu tun, wenn er Anna zeigte, dass er sie für fähig hielt, ihre Probleme allein zu lösen. Aber das war eben ein Irrtum gewesen. Und er wusste, dass Anna versucht hatte, Simon um Hilfe zu bitten. Aber Simon hatte ihr nie richtig zugehört. Vielleicht hatte Anna Simons Hilfe nicht deutlich genug eingefordert?

Immer noch fragte sich Anton, woher Simon auf einmal wusste, wie es tatsächlich um Anna gestanden hatte. Hatte er es die ganze Zeit gewusst, aber nicht ernst genug genommen? Er wusste, dass Anna mehrmals das Gespräch mit ihrem Vater gesucht hatte, sich aber nicht verstanden fühlte und irgendwann aufgegeben hatte. Nun war es zu spät. Nun musste Simon mit dem schlechten Gewissen irgendwie klarkommen. Und er, Anton, mit seinem.

Sonntag, 13.07.2014

Wir sind gestern Abend so gegen 21.00 Uhr nach Hause gekommen, und es war toll auf Mauritius. Ich bin knackig braun und gut drauf. Im Hotel habe ich ein Zwillingspärchen in meinem Alter kennengelernt, Maite und Milan. Die beiden waren ultranett, und wir haben viel Spaß miteinander gehabt. Es hat mir echt gutgetan, zu spüren, dass es Leute gibt, die mich nett finden können, so wie ich bin. Klar haben Maite und Milan auch keine Probleme mit reichen Leuten – ich glaube, im Vergleich zu ihnen sind Papa und ich arme Schlucker. Ihr Vater hat eine eigene Eventagentur und schaufelt jede Menge Schotter, mit dem er die beiden auf so ein Luxusinternat schickt. Trotzdem waren sie nicht eingebildet oder so, sondern ganz normal. Wir wollen in Kontakt bleiben, und vielleicht sehen wir uns nächstes Jahr auf Mauritius wieder, denn Maite und Milan fahren jedes Jahr dahin. Letztes Jahr waren sie auch da, aber zu einer anderen Zeit als wir. Ich hoffe, ich kann Papa überreden, dass wir nächstes Mal auch wieder hinfahren. Und zwar zur gleichen Zeit wie sie!

So, und jetzt will ich ganz schnell zu Elrond! Ich hoffe, er hat mich nicht allzu sehr vermisst und Leni hat sich während meiner Abwesenheit gut um ihn gekümmert!

Freitag, 15.05.2015

»Anton?« Die Stimme seiner Mutter drang durch die geschlossene Zimmertür.

Anton sah sich gerade einige Taekwondo-Videos auf Youtube an, um die permanenten Gedanken an Anna wenigstens für eine Weile aus seinem Kopf zu verbannen. Im Augenblick liefen die besten Knockouts. Jetzt klickte er auf Pause. »Ja?«

Seine Mutter öffnete die Tür. »Da unten steht ein Junge aus deiner Klasse, Paul, und will dich sprechen.«

Anton riss überrascht die Augen auf.

»Paul will mich sprechen?«

Seine Mutter nickte. Sie schien mindestens ebenso überrascht zu sein wie er. Das war ja auch kein Wunder: Immerhin war es in den vier Jahren, in denen Anton die weiterführende Schule besuchte, nicht ein einziges Mal vorgekommen, dass irgendjemand aus seiner Klasse nach ihm gefragt hatte! Weder am Telefon noch an der Haustür – abgesehen von Anna natürlich. Und jetzt ausgerechnet Paul? Freitagabends um neun?

»Okay, ich komme gleich.« Anton suchte in dem Klamottenberg auf der Rückenlehne seines Schreibtischstuhls nach einem T-Shirt. Er war eben erst vom Training nach Hause gekommen und hatte als Erstes geduscht. Deshalb saß er noch mit nacktem Oberkörper auf seinem Bett. Und nackt wollte er Paul ganz bestimmt nicht gegenübertreten.

Was wollte Paul bloß von ihm? Anton fühlte sich in Alarmbereitschaft versetzt. Dass er sich in der Schule mit den

Schwachköpfen auseinandersetzen musste, war eine Sache. Aber hier? In seinem Zuhause? An seinem Rückzugsort wollte er nichts mit den anderen zu tun haben! War Paul gekommen, um ihn auf irgendeine hinterhältige Weise zu verarschen? Langsam ging Anton die Treppe hinunter.

Paul stand im Flur und knetete nervös seine Finger. Er sah total fertig aus, stellte Anton fest. Von dem anzüglichen Lächeln, das Paul sonst so oft zur Schau trug, war nichts zu sehen.

»Hi«, grüßte er jetzt und klang regelrecht schüchtern.

»Hi«, antwortete Anton. »Was gibt's?« Mit langen Höflichkeitsfloskeln wollte er sich nicht aufhalten.

»Tut mir leid, dass ich hier einfach so aufkreuze«, begann Paul.

Anton glaubte, seinen Ohren nicht zu trauen. War das der Paul aus der Schule? Er konnte sich nicht erinnern, jemals die Worte »Tut mir leid« aus Pauls Mund gehört zu haben.

»Wir suchen nach meiner Schwester, Pina, sie ist verschwunden, und ich dachte, du hättest sie vielleicht gesehen? Du kennst sie ja und weißt, wie sie aussieht.«

»Pina ist verschwunden?«

Paul nickte stumm und kämpfte sichtlich mit den Tränen.

Anton schüttelte den Kopf. »Nein, ich habe sie nicht gesehen«, sagte er. »Wieso sollte ich auch …«

»Sie ist zum Spielen auf den Spielplatz gegangen und ich muss da eigentlich immer mit, aber … Manu war da und … ich habe Pina gesagt, sie soll schon mal vorgehen, wir kommen gleich, aber als wir ein paar Minuten später runterkamen, war sie schon verschwunden.«

Anton hatte das Gefühl, er müsse Paul falsch verstanden haben. Pina sollte verschwunden sein? Vom Spielplatz?

»Von welchem Spielplatz denn?«, fragte er.

»Na ja, eigentlich sollte sie natürlich nur auf den kleinen Spielplatz am Ende unserer Straße«, erklärte Paul, »aber ich dachte, sie sei vielleicht bis hierher gelaufen, weil ihr der große Spielplatz bei euch so viel besser gefällt. Wegen des Karussells und der Seilbahn und so …«

»Aber das sind drei Haltestellen«, überlegte Anton laut. »Sie würde doch nicht drei Haltestellen weit laufen, oder?«

Paul zuckte die Schultern. »Wir versuchen einfach alles, um sie zu finden. Meine Mutter ist schon bei der Polizei und …« Jetzt schossen Tränen aus Pauls Augen.

Anton versuchte, seine Gedanken zu ordnen. »Also du solltest auf Pina aufpassen, während deine Eltern arbeiteten, hattest aber Besuch von Manu und hast Pina schon mal alleine vorgehen lassen, korrekt?«

Paul nickte stumm. Anton konnte deutlich sehen, wie schwer es ihm fiel, sein Versäumnis einzugestehen.

»Und als du mit Manu einige Zeit später auf den Spielplatz gekommen bist, war Pina verschwunden.«

Paul nickte wieder.

»Und wie lange hast du Pina allein gelassen?«

»Bestimmt nicht länger als eine Viertelstunde, vielleicht 20 Minuten«, antwortete Paul.

»Waren denn noch andere auf dem Spielplatz?«

Paul schüttelte den Kopf. »Nein, der Spielplatz war komplett leer. Da ist ja fast nie einer. Die meisten kommen hier auf den großen, neuen Spielplatz, deshalb dachte ich …«

»Verstehe«, unterbrach Anton seinen Klassenkameraden. »Und wann war das?«

»Ich habe Pina wie immer um halb vier aus dem Kindergarten abgeholt. Dann haben wir zu Hause ein paar Kekse gegessen, und dann wollte sie halt noch mal raus. Das war so gegen Viertel nach vier.«

»Sie ist seit fast fünf Stunden verschwunden?« Allmählich verstand Anton, warum Paul so fertig war. Ein fünfjähriges Mädchen, das aussah wie ein kleiner Engel, war seit etwa fünf Stunden von niemandem mehr gesehen worden, und die Sonne ging bereits unter. Jeden Augenblick würde die Nacht hereinbrechen, und niemand hatte eine Ahnung, wo Pina war! Anton wusste nicht, was er sagen sollte. Klar, Paul war nicht gerade sein Freund, aber das war ja nun echt etwas, das man nicht mal seinem ärgsten Feind wünschte. Nicht einmal Paul. »Scheiße, Alter«, war alles, was ihm einfiel.

Sonntag, 13.07.2014

Ich hätte nicht gedacht, dass meine gute Laune so schnell verfliegen kann. Aber ich habe mich geirrt. Ich war bei Elrond, und es geht ihm gut. Er hat sich tierisch gefreut, mich wiederzusehen, und wir haben einen superschönen Ausritt zusammen gemacht. Wir waren wieder auf der Lichtung auf der anderen Seite der Bundesstraße. Dabei fällt mir auf, dass ich mir vielleicht wirklich mal ein Schloss für dieses Büchlein zulegen sollte, falls Papa mal zu neugierig wird. Ich will nicht, dass er erfährt, dass ich mich nicht an sein Verbot, die Bundesstraße zu überqueren, halte. Das gibt nur Stress. Aber das alles ist nicht das Problem!

Nachdem ich Elrond zurück in den Stall gebracht hatte, habe ich bei Manu angerufen, und ich fasse immer noch nicht, was ihre Mutter zu mir gesagt hat: Manu und Nina sind heute Morgen für zwei Wochen zusammen in ein Feriencamp gefahren! Ich habe natürlich sofort gedacht, das sei eine spontane Aktion der beiden, und deswegen wüsste ich nichts davon. Ich habe am Telefon so was gesagt wie »Ach, wie schön, hat sich doch noch kurzfristig ein Urlaub für die beiden ergeben«, obwohl ich zugeben muss, dass es mir einen Stich versetzt hat, dass Manu mit Nina weggefahren ist. Aber jetzt kommt's, denn Manus Mutter war ganz überrascht. Sie meinte, das stünde doch schon ganz lange fest, dass die beiden da hinfahren sollten, und sie wäre davon ausgegangen, dass ich Bescheid wüsste, sie hätte doch noch mit Manuela darüber geredet, ob ich nicht mitkommen wolle, und Manuela hätte gesagt, ich könnte nicht mit, weil ich ja mit Papa auf Mauritius sei … Ich kann gar nicht beschreiben, wie sich das anfühlt. Ich fühle mich total hintergangen von Manu, und es war mir irgendwie peinlich, das zuzugeben. Also habe ich gelogen und gesagt: »Ach ja, jetzt erinnere ich mich wieder daran, dass wir darüber gesprochen haben«, obwohl das gar nicht stimmt! Kein Sterbenswörtchen haben wir darüber gesprochen! Und wenn ich davon gewusst hätte, wäre ich natürlich gerne mitgefahren! Es wäre ja auch irgendwie gegangen, schließlich sind wir gestern wiedergekommen, und heute sind Manu und Nina erst gefahren!

Jetzt sitze ich hier und frage mich, ob Manu nicht wollte, dass ich mitkomme, und mir deswegen nichts davon gesagt hat, oder ob sie wirklich davon ausgegangen ist, dass ich ja sowieso nicht mitfahren könnte. Aber selbst wenn, hätte sie mit mir doch darüber reden können! Wenn ich so darüber nachdenke, schießen mir die Tränen in die Augen, und irgendwie fühle ich mich plötzlich richtig mies. War es vielleicht das, worüber Manu und Nina an dem Nachmittag miteinander geredet haben, als ich vor Manus Tür stand und sie nicht wollte, dass ich reinkomme? Haben die beiden da zusammen auf Manus Bett gesessen, Prospekte gewälzt und sich auf ihren gemeinsamen Urlaub gefreut, von dem ich nichts wissen durfte? Bei dieser Vorstellung wird mir ganz schlecht.

Nachdem Paul gegangen war, blieb Anton noch eine Weile wie vom Blitz getroffen im Flur stehen, bis schließlich die Wohnzimmertür langsam geöffnet wurde und seine Mutter den Kopf durch den Türspalt steckte. »Alles in Ordnung?«, fragte sie.

Anton schüttelte langsam den Kopf.

Seine Mutter öffnete die Tür ganz, kam auf ihn zu und blickte ihm ernst ins Gesicht. »Was ist denn los? Was wollte Paul von dir? War das eigentlich *der* Paul, ich meine …«

Jetzt nickte Anton. Er hatte seiner Mutter oft genug von Pauls Witzen, die stets auf seine Kosten gingen, erzählt. Sie musste das Gefühl haben, Paul gut zu kennen, ohne ihn jemals gesehen zu haben.

»Willst du reinkommen?« Seine Mutter wies auf die offen stehende Wohnzimmertür.

Schlagartig fühlte sich Anton besser. Nicht viel, aber immerhin etwas. Er wusste nicht, wie seine Mutter das machte, aber irgendwie fand sie immer die richtige Art. Er fühlte sich nicht von ihr gedrängt, er fühlte sich einfach nur ernst genommen. Und dafür war er ihr verdammt dankbar.

Im Wohnzimmer brannte in allen vier Ecken irgendein Licht, auf dem zentral platzierten Esstisch standen zwei angezündete große Kerzen, deren Lichtschein sich im Weinglas von Antons Mutter widerspiegelte. Ihr Buch, in dem sie gerade las, lag aufgeklappt daneben. Sie schob es demonstrativ zur Seite, nahm auf ihrem Stuhl Platz und schaute Anton an. »Setz dich.«

Antons Blick fiel auf die Küchenuhr. »Es ist ja schon fast zehn! Wann kommt Papa denn wieder?«

»Der ist mit Karl unterwegs. Vor Mitternacht soll ich nicht mit ihm rechnen, hat er gesagt.«

Anton grinste. Karl war Papas ältester Freund, mit dem er sich etwa alle zwei Monate traf. Früher hatte er sich immer mit Anna ausgemalt, dass sie es genauso machen würden, wenn sie später einmal beide verheiratet waren und Kinder hatten: Drei- oder viermal im Jahr würden sie sich am Wochenende treffen und miteinander über die alten Zeiten quatschen.

Nein, genau genommen hatte Anna sich das so ausgemalt. Er hatte sich eher vorgestellt, dass er mit Anna verheiratet sein würde und an den Wochenenden einen seiner Kumpels vom Taekwondo traf: Lasse, Ali, Kasimir, Oliver oder Antonio. Das hatte er ihr natürlich nie gesagt. Sie hatte es aber trotzdem gewusst.

Er erinnerte sich, wie Anna ihn einmal angesehen hatte, als sie gerade wieder über ihre Zukunftsvisionen sprachen, und plötzlich gesagt hatte: »Ich weiß, du glaubst mir nicht, aber ich schwöre dir, genau so wird es kommen. Du wirst mit einer wunderschönen und supernetten Frau zusammen sein und vier Kinder haben. Und wir zwei treffen uns, und du erzählst mir dann die neuesten Streiche deiner verzogenen Brut.« Und dann hatten sie beide gelacht.

»Was wollte Paul denn von dir? Er sah etwas … mitgenommen aus«, fragte Antons Mutter jetzt.

Anton setzte sich an den Tisch und versuchte, die Wörter, die durch seinen Kopf schwirrten, in die richtige Reihenfolge zu bringen. Aber das war im Augenblick ganz schön schwierig, denn es waren so viele, und sie passten irgendwie nicht richtig zusammen, oder vielleicht passten sie doch zusammen und er konnte es einfach nur nicht sehen.

»Pauls kleine Schwester ist verschwunden.«

Seine Mutter riss Augen und Mund auf und hätte beinahe Wein aus ihrem Glas verschüttet, nach dem sie gerade gegriffen hatte. »Wie ›verschwunden‹?«

Anton versuchte, seiner Mutter so genau wie möglich zu erzählen, was er soeben von Paul erfahren hatte.

»Das ist ja furchtbar!«, sagte seine Mutter, als er fertig war. »Und wieso kommt er zu dir? Ich meine, ihr habt doch gar nichts miteinander zu tun, und du kennst seine Schwester doch gar nicht, oder?«

»Ich habe sie ein paar Mal gesehen«, erklärte Anton. »Wenn ich montags zum Taekwondo fahre, ist das die Zeit, zu der Paul seine kleine Schwester aus dem Kindergarten abholt. Und der Kindergarten liegt genau gegenüber der Haltestelle, von der aus ich fahre.«

»Ich verstehe«, sagte seine Mutter. »Mein Gott, wie schrecklich!«

Anton blickte aus dem Fenster. Inzwischen war es stockfinstere Nacht. Irgendwo dort draußen war ein fünfjähriges kleines Mädchen, das sich wahrscheinlich zu Tode ängstigte und nach seiner Mama rief. Und er saß hier und konnte nichts tun. Nichts. Wenn er sich schon so ohnmächtig und hilflos fühlte – wie musste es dann erst Paul gehen? Der machte sich wahrscheinlich die größten Vorwürfe seines Lebens, dass er nicht so auf Pina aufgepasst hatte, wie er sollte.

»Also manchmal kann man wirklich das Gefühl haben, die Sterne stünden schief«, sagte seine Mutter nachdenklich. »Erst das furchtbare Unglück mit der armen Anna, ich kann es immer noch nicht richtig glauben, dann die Geschichte mit Jonathans Großmutter und diesem mysteriösen Pferd und jetzt auch noch Pauls kleine Schwester …«

Anton starrte aus dem Fenster in die Dunkelheit. Er konnte nichts erkennen, noch nicht einmal irgendwelche Umrisse. Lediglich das Flimmern des gigantischen Fernsehers der Nachbarn von gegenüber, der tagein, tagaus lief und jetzt ein gespenstisch flackerndes blaues Licht abwarf. Ja, das waren genau die Worte, die ihm auch durch den Kopf schwirrten und von denen er das Gefühl hatte, er müsste sie nur irgendwie in die richtige Reihenfolge bringen und miteinander verbinden, damit sie den Sinn ergaben, nach dem er suchte: Anna, Unglück, Jonathan, Großmutter, Pferd, Paul, Pina … Er wusste, dass es da irgendeinen Sinn gab, aber er konnte ihn nicht erkennen. Es war, als stünde mitten in seinem Kopf eine mannshohe Mauer, hinter die er nicht blicken konnte. Oder nicht wollte.

Mittwoch, 30.07.2014

Jetzt habe ich 17 Tage nichts geschrieben. Es ist ja auch nichts passiert, was ich hätte schreiben können. Manu ist nicht da, Anton ist nicht da, Charlie ist nicht da. Niemand ist da. Papa arbeitet den ganzen Tag, und ich verbringe die Ferien im Stall bei Elrond. Es ist zwar schön, dass ich so viel Zeit für Elrond habe, und ich liebe es natürlich, mit ihm zusammen zu sein und jeden Tag auszureiten – auch auf die Lichtung auf der anderen Seite der Bundesstraße. Mein Pferd ist für mich das Wichtigste auf der Welt, aber trotzdem fehlen mir meine Freunde.

Eigentlich hätte Manu letzten Sonntag wiederkommen müssen. Aber sie hat sich noch nicht bei mir gemeldet. Und das hätte sie doch wohl, wenn sie wieder da wäre, oder? Ich hab's ein paar Mal auf ihrem Handy versucht, aber sie ist nicht drangegangen. Was ich ehrlich gesagt auch ziemlich komisch finde, denn Manu hat ihr Handy eigentlich immer dabei!
Jetzt grüble ich die ganze Zeit, ob ich mich vertan habe und Manus Mutter gesagt hat, sie wäre für drei Wochen weggefahren, nicht für zwei.
Zwei, drei … Das hört sich ja ziemlich ähnlich an. Vielleicht habe ich mich am Telefon verhört? Anton wird wie jedes Jahr erst kurz vor Schulbeginn zurückkommen. Seine Familie verbringt die Ferien wie immer in ihrem kleinen Häuschen in der Normandie. Vielleicht hätte ich sein Angebot, ihn dort zu besuchen, doch annehmen sollen.

Jedenfalls traue ich mich nicht, bei Manu zu Hause anzurufen, denn dann würde ihre Mutter ja merken, dass irgendetwas los ist zwischen Manu und mir, wenn ich noch nicht mal weiß, wann Manu wiederkommt. Ich verstehe gar nicht, warum mir das peinlich ist, aber das ist es. Als ob mit mir was falsch wäre und ich Schuld daran hätte, dass es zwischen Manu und mir nicht mehr rund läuft. Aber wenn Manu sich heute nicht bei mir meldet, dann rufe ich morgen doch noch einmal bei ihrer Mutter an, um mich zu erkundigen.

Samstag, 16.05.2015

Als Anton erwachte, schien draußen bereits die Sonne vom strahlend blauen Himmel. Es dauerte eine Weile, bis er wieder wusste, warum er sich trotzdem irgendwie so niedergeschlagen fühlte. Als Erstes fiel ihm natürlich Anna ein, und dann erinnerte er sich an Pauls gestrigen Besuch. Vielleicht war Pina mittlerweile wieder aufgetaucht? Vielleicht hatte ihr Verschwinden einen ganz einfachen Grund, und alles hatte sich über Nacht in Wohlgefallen aufgelöst? Bestimmt hatte sich Pina nur verlaufen und den Rückweg nicht mehr gefunden. So was kam ja vor. Und gewiss hatte die Suchaktion den gewünschten Erfolg gehabt. Hatte Paul nicht gestern gesagt, seine Mutter sei bei der Polizei? Die Polizei hatte doch garantiert eine Fahndung eingeleitet oder wie das hieß, mit Spürhunden und Wärmebildkameras, Rettungshubschraubern und so weiter, und die Fünfjährige war längst wieder zu Hause. Anton quälte sich aus dem Bett, zog sein T-Shirt über und schlurfte barfuß ins Bad.

Als er kurz darauf ins Wohnzimmer kam, saßen seine Eltern bereits am abgegrasten Frühstückstisch, jeder von ihnen mit einem Teil der Zeitung in der Hand.

»Guten Morgen«, grüßte Anton, setzte sich an seinen Platz und goss sich ein großes Glas Orangensaft ein.

»Guten Morgen, mein Schatz, hast du gut geschlafen?«, fragte seine Mutter.

Anton zuckte die Schultern. »Geht so.« Er griff nach einem Croissant.

»Das ist ja eine furchtbare Sache mit der Schwester deines Klassenkameraden«, sagte sein Vater.

»Vielleicht haben sie sie inzwischen gefunden«, überlegte Anton laut. »Ich meine, was soll ihr schon passiert sein, bei uns klaut ja keiner kleine Mädchen! Sie hat sich bestimmt nur verlaufen und den Rückweg nicht mehr gefunden.«

Seine Eltern schwiegen.

»Ob ich Paul nach dem Frühstück mal anrufen sollte?«

»Das ist eine gute Idee«, sagte seine Mutter und lächelte ihm aufmunternd zu.

Anton wusste, dass sie seine Frage durchaus so verstanden hatte, wie sie gemeint war. Es ging ja nicht darum, ob es okay wäre, sich nach dem Fortlauf der Geschichte zu erkundigen. Es ging darum, ob es okay war, bei *Paul* anzurufen. Bei jedem anderen hätte Anton das ohnehin getan. Na ja, bei fast jedem. Aber hier ging es schließlich nicht um Paul. Oder darum, dass sie nicht gerade die besten Freunde waren. Es ging um ein unschuldiges Kind. Und er würde sich einfach besser fühlen, wenn er wüsste, was los war. Denn abgesehen davon, dass er sich natürlich Gedanken um Pina machte, war da noch etwas anderes, das dafür sorgte, dass er sich extrem unbehaglich fühlte, und er wäre verdammt froh, wenn sich herausstellen würde, dass er falsch lag.

Donnerstag, 31.07.2014

Ich habe eben bei Manu angerufen, und jetzt weiß ich echt nicht, was ich davon halten soll: Manu ist schon seit vier Tagen wieder da! Ich habe mich also nicht vertan, und sie war zwei Wochen mit Nina weg, nicht drei. Ich habe sie gefragt, warum sie sich nicht bei mir gemeldet hat und nicht ans Handy gegangen ist, als ich versucht habe, sie anzurufen. Und sie hat gesagt, ihr Handy wäre kaputt gewesen und sie hätte so viel zu tun gehabt, dass sie es noch nicht geschafft hätte, sich bei allen zurückzumelden. Hä? Was zum Henker hat sie denn zu tun? Sich die Fußnägel lackieren? Und wieso eigentlich »bei allen«? Bin ich »alle«? Ich dachte, ich wäre ihre beste Freundin! Oder zumindest eine ihrer besten Freundinnen! Oder wenigstens ihre Freundin! Aber »alle«? Vielleicht hat sie sich von mir angegriffen gefühlt, weil ich gefragt habe, warum sie sich nicht bei mir gemeldet hat. Aber ist diese Frage denn so daneben? Früher hätte sie sich doch auch direkt bei mir gemeldet!
Jedenfalls haben wir uns für morgen verabredet. Und zum Glück ist Nina nicht da, sie ist nämlich noch für ein paar Tage zu ihrer Großmutter gefahren.

Als ich das hörte, musste ich an meine eigene Oma denken, bei der ich früher auch ab und zu ein paar Tage verbracht habe, bevor sie dann diese Psychose bekam und ich nicht mehr alleine zu ihr durfte. Die Erinnerung daran hat mich ziemlich

traurig gemacht, obwohl das alles jetzt schon so lange her ist. Damals lebte ja sogar Mama noch.
Na ja, egal. Auf jeden Fall freue ich mich sehr auf das Treffen, bin aber auch ein bisschen aufgeregt, wie es wohl zwischen uns sein wird.

Samstag, 16.05.2015

Anton ließ das Telefon neben sich auf die Bettdecke fallen und starrte gedankenversunken auf die weiße Wand in seinem Zimmer. Paul war ziemlich freundlich zu ihm gewesen und hatte sich sogar bei ihm bedankt, dass er sich nach Pina erkundigte – wer hätte das gedacht –, aber er hatte nicht die Antwort erhalten, die er sich so sehnlich gewünscht hatte. Denn Pina war immer noch verschwunden. Die Polizei war eingeschaltet und die Suche nach dem vermissten Kind lief auf Hochtouren.

»Meine Mutter ist voll neben der Spur«, hatte Paul gesagt. »Wir alle sind das, kannst du dir ja vorstellen, aber sie dreht echt am Rad! Sie hat die Polizeibeamten, die hier waren, voll angeschrien, dass sie sich diesen verdammten Pädo vorknöpfen sollen, aber die wollten nichts davon wissen. Sie meinten, der Typ sei ein unbescholtener Bürger und sie sollte vorsichtig mit ihren Beschuldigungen sein. Aber ich sage dir, wenn ich den erwische …«

»Welcher Pädo?«, hatte Anton gefragt, obwohl er natürlich wusste, von wem Paul sprach.

»Na, der Kinderfi…« Paul sprach das Wort nicht aus, als ihm auf einmal bewusst wurde, was es bedeutete. Jetzt, wo es um seine kleine Schwester ging.

»Herr Schirmer ist kein Kinderficker«, sagte Anton.

»Natürlich ist er das«, widersprach Paul, und seine Stimme überschlug sich vor Aufregung. »Das wissen doch alle, Mann! Der war doch sogar im Knast deswegen!«

Anton schüttelte den Kopf. Es hatte im Augenblick wohl keinen Sinn, an Pauls Verstand zu appellieren. Der war ausgeschaltet. Sollte er jemals an gewesen sein.

Und dann hatte sich Paul für seinen Anruf bedankt und gemeint, er müsse sich nun wieder um seine Eltern kümmern, die würden sonst komplett durchdrehen. Und außerdem müsse er die Leitung frei halten, falls die Polizei anriefe.

Jetzt ruhte Antons Blick auf dem Foto vom Uluru, dem roten Felsen im australischen Outback, das an seiner Wand hing. Irgendwann in seinem Leben wollte er ihn mal in echt sehen. Anna hatte das Wahrzeichen des fünften Kontinents auch gefallen. Aber sie würde den Plan, gemeinsam mit ihm dorthin zu fliegen, nicht mehr in die Tat umsetzen können.

Und Pina? Welche Träume hatte sie? Und würde sie noch eine Gelegenheit bekommen, sich ihre Träume zu erfüllen?

Freitag, 01.08.2014

Heute bin ich so glücklich wie schon lange nicht mehr. Ich war den ganzen Tag bei Manu, und es war alles genau wie früher, als es nur uns beide gab. Wir haben viel gelacht und uns alles von unseren Urlauben erzählt. Einmal hat sich Manu sogar über Nina lustig gemacht. Sie waren nämlich zusammen reiten und Nina hat sich auf dem Pferd so blöd angestellt, dass sie beinahe runtergefallen wäre. Manu hat nachgemacht, wie Nina auf dem Pferd ausgesehen hat, und ich habe mir vor Lachen fast in die Hose gepinkelt. Ich glaube jetzt nicht mehr, dass Manu an Nina mehr liegt als an mir, ich meine, sonst hätte sie das doch wohl nicht gemacht! Man macht sich schließlich nicht über die beste Freundin lustig, oder?
Ich habe mich dann auch getraut, Manu nach ihrem neuen Profilbild bei Facebook zu fragen, und sie hat gesagt, das hätte sie nur gemacht, weil ihr das alte Bild inzwischen zu kindisch vorgekommen wäre. Sie hat vorgeschlagen, wir könnten ja mal ein neues Bild von uns beiden aufnehmen, dann würde sie das als Profilbild nehmen.
Wir haben uns gleich für morgen wieder verabredet, und ich kann nur den Kopf über mich schütteln, dass ich mir in der letzten Zeit so viele komische Gedanken gemacht habe.
Alles wird gut!

Samstag, 16.05.2015

Diese verdammte Unruhe! Anton hatte das Gefühl, er müsste irgendetwas tun, ohne zu wissen, was. Er konnte doch nicht einfach hier rumsitzen und abwarten! Er zappelte unentwegt mit dem Fuß, obwohl das normalerweise gar nicht seine Art war.

Ohnmacht. Das war es. Er fühlte sich ohne Macht, etwas zu unternehmen, den Lauf der Dinge zu verändern. Ohnmächtig und hilflos. Aber wenn er nur hier rumsaß und nichts tat, während … ja, während … Wie sollte er sich das jemals verzeihen können? Er hatte schon bei Anna versagt. Das durfte nicht noch einmal passieren.

Anna. Warum nur hatte er das Gefühl, dass alles, was in der letzten Zeit passiert war, mit ihr zusammenhing? Jonathans Großmutter war alt gewesen. Alte Menschen starben nun einmal. Aber was hatte es dann mit diesem Pferd auf sich?

Und nun Pina. Warum verschwand ausgerechnet Pauls Schwester? Und warum ausgerechnet jetzt? Eigentlich brauchte er nur eins und eins zusammenzuzählen, aber sein Verstand schien sich zu weigern, das Ergebnis dieser simplen Rechnung auszuspucken. Wahrscheinlich war das alles sowieso nur ein dummer Zufall, und er zermarterte sich ganz umsonst das Hirn.

Paul und seine Eltern schienen davon überzeugt zu sein, dass Michael Schirmer Pina in seiner Gewalt hatte. Aber Gott sei Dank war die Polizei da schlauer. Die wusste natürlich, was

Anton auch wusste und was er von Anna erfahren hatte, nämlich dass Herr Schirmer gar nicht auf kleine Mädchen stand. Zumindest war es das, was Anton glaubte. Sicher sein konnte er sich da auch nicht. Es gab da ganz einfach zwei verschiedene Geschichten, und woher sollte er wissen, welche die richtige war?

Aber diese andere Möglichkeit erschien ihm genauso unrealistisch. Niemals würde … Nein, das war einfach ausgeschlossen. Er konnte sich doch nicht dermaßen in einem Menschen irren, den er fast sein ganzes Leben lang kannte!

Oder doch?

Anton seufzte und stand von seinem Bett auf. Er konnte nicht länger hier herumsitzen und sich den Kopf zerbrechen. Er musste etwas tun. Irgendwas.

Samstag, 16.08.2014

Bald sind die Sommerferien zu Ende und die Schule fängt wieder an. Ich glaube, ich habe mich in meinem ganzen Leben noch nie so wenig auf die Schule gefreut wie dieses Jahr. Wenn es wieder so ätzend wird wie im letzten Jahr, habe ich echt keinen Bock mehr. Dann sage ich Papa, er soll mir eine andere Schule suchen oder mich zu Maite und Milan aufs Internat schicken oder so. Maite hat mir letztens ein paar Fotos von ihrer Schule geschickt. Die haben sogar ein eigenes Schwimmbad! Voll abgefahren! Aber natürlich wäre ich dann weg von Elrond, und diese Aussicht gefällt mir auch nicht. Na ja, vielleicht mache ich mir ja auch ganz umsonst Sorgen, und alles wird cool. Immerhin waren die letzten Wochen mit Manu auch völlig normal – sogar seit Nina wieder da ist. Wir haben uns gut verstanden und uns manchmal zu dritt, manchmal aber auch ohne Nina zu zweit verabredet. Und morgen kommt Anton zurück, und darauf freue ich mich auch. Also gibt es eigentlich gar keinen Grund für mich, so depri in die Zukunft zu blicken.

Außerdem habe ich ja bald auch noch Geburtstag! Vielleicht lade ich Manu, Charlie und Nina zur Pyjamaparty ein oder so. Dann können wir zusammen Filme anschauen und kiloweise Chips futtern, bis uns schlecht wird.

Samstag, 16.05.2015

Anton stapfte, die Fäuste fest in den Jeanstaschen vergraben, an der kleinen Menschenansammlung vorbei, die sich im friedlichen Protest vor Michael Schirmers Haus versammelt hatte. ***P**latzverbot für **P**ädophile* stand auf dem Schild, das eine junge Frau in die Höhe hielt. Den Buchstaben P zweimal besonders dick mit rotem Edding gemalt. Nein, wie kreativ! Eine schon ältere und ziemlich dicke Frau hatte sich für den Slogan *Opferschutz vor Täterschutz* auf ihrem Plakat entschieden. Und ein Mann, dessen Alter Anton schwer schätzen konnte, riet allen: *Schützt Eure Kinder!*

Anton beachteten sie zum Glück nicht. Vermutlich passte er mit seinen 1,84 und dem ersten zarten Flaum auf den Wangen bereits nicht mehr in ihr Beuteschema. Aber einen vielleicht achtjährigen Jungen, der auf der anderen Straßenseite stand und staunend das Treiben beobachtete, forderten sie auf, zu verschwinden. »Hier ist es gefährlich für dich, Junge«, sagte ein Mann ohne Plakat.

Anton war versucht, ihm zuzustimmen. Ein halbes Dutzend selbst ernannter Hilfssheriffs, die sich dazu bestimmt sahen, das Gesetz in die eigenen Hände zu nehmen, da sah man lieber zu, dass man Land gewann.

Das Gesetz in die eigenen Hände nehmen – war es das, was Simon getan hatte?

Im Haus der Martins war alles dunkel. Nirgends ein Anzeichen dafür, dass jemand zu Hause war. Anton klingelte und klopfte. Dann klingelte und klopfte er noch einmal. Und noch einmal. Er brauchte Gewissheit! Aber wie sollte er die bekommen, wenn Simon nicht da war? Es gab tausend mögliche Gründe für seine Abwesenheit. Aber einer von diesen tausend möglichen Gründen, nur ein einziger, bereitete Anton großes Kopfzerbrechen. Er stieg die wenigen Stufen, die zur Haustür führten, wieder hinunter und schlenderte möglichst lässig um das Gebäude herum. Falls ihn jemand beobachtete, wollte er nicht den Eindruck erwecken, etwas Verbotenes zu tun. Dabei hatte er genau dieses Gefühl: dass er etwas Verbotenes tat.

Als er die Rückseite des Hauses erreicht hatte, schirmte er seine Augen mit den Händen vor dem Sonnenlicht ab und versuchte, einen Blick durch die Terrassentür ins Innere zu erhaschen. Aber auch da war nichts. Simon war nicht zu Hause. Oder wenn doch, dann jedenfalls nicht in dem großzügigen Erdgeschoss. Nicht in der offenen Küche mit den modernen Hochglanzfronten und der Kochinsel, von der seine Mutter immer so schwärmte, für die ihr ebenfalls zur Küche hin offenes Wohnzimmer aber nicht genug Platz bot. Er sah ihn auch nicht an dem langen Tisch, an dem locker mindestens zwölf Esser sitzen konnten, und nicht im hinteren Bereich, wo die Ledercouch und der Fernseher standen. Okay, den allerletzten Winkel konnte Anton von seiner Position aus nicht einsehen. Aber mitten vor dem Fernseher würde Simon wohl nicht ausgerechnet liegen.

Als er das Martinshorn hörte, zuckte er schuldbewusst zusammen. Hatte einer der Nachbarn die Polizei gerufen, weil er ihn für einen Einbrecher hielt?

Anton versuchte, möglichst unschuldig auszusehen und schlenderte, genauso langsam wie er gekommen war, wieder um das Haus herum in den Vorgarten. Das Polizeiauto hielt aber zum Glück nicht vor dem Haus der Martins, sondern etwa 50 Meter entfernt vor dem Mietshaus, in dem Michael Schirmer wohnte. Ein etwas dicklicher und behäbiger Polizist, den Anton bereits seit seinen Kindergartentagen kannte, als er den Vorschülern die Polizeiarbeit erklärt hatte, hievte sein beachtliches Gewicht soeben mit hochrotem Kopf aus dem Fahrzeug, schob seine Dienstmütze zurecht und schlenderte mit wichtigtuerischer Miene auf die Demonstranten zu, die seiner Ankunft erwartungsvoll entgegensahen. Dabei zog er sich den Hosenbund hoch.

Dirk, fiel es Anton ein. Dirk hieß der Polizist mit Vornamen. So hatte er sich damals vor neun Jahren den Vorschulkindern vorgestellt. Aber das half ihm im Augenblick auch nicht weiter.

Mittwoch, 20.08.2014

Heute war der erste Schultag, und Frau Heintze hat uns allen ein Eis mitgebracht, weil sie in den Sommerferien Geburtstag hatte. Das finde ich echt nett von ihr. Die Jungs sind in den Ferien alle ein gutes Stück gewachsen, außer Thomas, der – wenn überhaupt – in die Breite gegangen ist, wie er selbst feststellte. Darüber haben wir alle sehr gelacht. Ich habe Manu, Nina und Charlie schon mal gefragt, was sie von einer Pyjamaparty halten, und alle drei meinten, das wäre eine super Idee. Also mache ich das so und schau schon mal, welche Filme wir dann ansehen könnten. Und dann will ich noch Einladungskarten basteln und Deko kaufen. Ach, ich freu mich, das wird bestimmt cool!

Samstag, 16.05.2015

Anton starrte bereits seit zehn Minuten auf das Klingelschild und zögerte immer noch. Sollte er wirklich? Wenn er diesen Schritt machte, konnte er ihn nachher nicht wieder rückgängig machen.

Und würde Paul ihn überhaupt anhören? Er sah sich um. In dieser Straße war er noch nie gewesen, obwohl sie gar nicht weit von seinem Elternhaus entfernt lag, vielleicht drei oder höchstens vier Kilometer. Und sie sah auch so ähnlich aus wie die Straße, in der er wohnte: Reihenhäuser mit kleinen Vorgärten und einem etwas heruntergekommenen Spielplatz am Ende der Straße. Am liebsten hätte Anton sich einfach wieder umgedreht und wäre gegangen. Aber wenn er nicht mit Paul sprach und seine Befürchtung begründet war – würde er sich das jemals verzeihen können?

Anton holte noch einmal tief Luft und drückte auf die Klingel. Sein Herz raste. Er hörte Schritte, und dann öffnete ihm jemand die Tür: Paul.

»Du?« Es klang weder freundlich noch unfreundlich. Eher überrascht.

»Kann ich reinkommen?«, fragte Anton.

Paul zögerte. »Ich weiß nicht, hier herrscht gerade der Ausnahmezustand …«

»Deshalb bin ich hier«, sagte Anton. »Ich muss mit dir reden.« Und als Paul immer noch nicht reagierte, fügte er hinzu: »Wegen Pina. Vielleicht weiß ich was.«

»Wer ist denn das, Paul?«, ertönte eine weibliche Stimme im Hintergrund.

»Niemand«, antwortete Paul, »nur ein Kumpel von mir.« Und er hielt Anton die Tür auf.

Anton trat in den Flur, der schmaler war als bei ihnen zu Hause. *Niemand* hatte Paul gesagt. Er war ein *Niemand.* Nun, das traf es aus seiner Sicht wahrscheinlich ziemlich gut. Und dann hatte er ihn einen Kumpel von sich genannt. Anton wusste nicht, was von beidem ihm lieber war.

Mittwoch, 03.09.2014

Ich habe Geburtstag! Den 14.!

Da ich ja Freitag die Pyjamaparty feiern will, haben nur Papa und ich heute Nachmittag mit Anton zusammen Kuchen gegessen, den ich selber gebacken habe. Manu musste mit ihren Eltern zu einem Verwandtenbesuch und war ziemlich genervt davon. Da wir ja Freitag zusammen feiern, fand ich es auch nicht schlimm, dass sie nicht kommen konnte. Mit Anton habe ich heute geredet, weil ich ihn ja zu einer Pyjamaparty schon wieder schlecht dazubitten kann: Vier Mädchen und ein Junge, das wäre irgendwie komisch, finde ich, aber ich will halt auch nicht, dass er deswegen sauer ist. Ist er auch nicht, aber er hat mich gefragt, warum ich nicht statt Nina, die ich ja eigentlich nicht leiden könne, Vera einladen würde, mit der ich nach Manu und Charlie – und halt eben zwangsweise Nina – doch noch am meisten zu tun hätte.
Darüber habe ich natürlich auch nachgedacht, aber irgendwie habe ich mit Vera im letzten Schuljahr eben doch nicht mehr so viel zu tun gehabt, und es ist auch nicht so, dass ich Nina gar nicht leiden kann. Sie kann schon witzig sein und so, sie geht mir halt manchmal auf die Nerven, und ich mag es nicht, wie Manu sich verändert hat, seit Nina da ist. Aber dafür kann Nina ja nichts.
Außerdem habe ich Angst, dass Manu sauer ist, wenn ich Nina nicht einlade. Aber das gebe ich natürlich ungern zu. Also habe

ich Anton geantwortet, dass Nina eben einfach dazugehört, auch wenn sie manchmal eine blöde Kuh ist. Sie nicht einzuladen, geht irgendwie nicht. Anton hat mich komisch angeguckt, aber gesagt hat er nichts mehr. Na ja, er muss ja auch nicht alles verstehen oder gut finden, was ich mache.
Jedenfalls werde ich Manu, Nina und Charlie morgen in der Schule die Einladungen geben, die ich gebastelt habe. Ich habe mir ziemlich viel Mühe damit gemacht, und sie sehen echt super aus. Ich freue mich schon auf ihre Gesichter!

»Zieh die Schuhe aus«, forderte Paul und stieg bereits, ohne auf Anton zu warten, die Treppe hoch. Anton streifte seine Turnschuhe ab und folgte seinem Klassenkameraden.

Pauls Zimmer war klein. Kleiner als seins. Aber es war ebenso wie Antons mit einem Bett, einem Schreibtisch, einem Kleiderschrank und einem Regal ausgestattet, auf dem eine Minianlage stand. Gegen den kleinen Lautsprecher war ein Foto von Manu und Paul gelehnt. Offenbar ein ausgedrucktes Selfie. An den Wänden hingen nicht wie bei Anton Fotos vom Uluru, vom Mount Everest und vom Kilimandscharo, sondern Poster von Fußballspielern, einige davon mit Autogrammen, und das offenbar von Kinderhänden gemalte Bild einer roten Katze. Die Signatur PINA, das P und das N seitenverkehrt, zeugten von der Urheberin des Kunstwerks.

Statt des Sitzsacks, den Anton in seinem Zimmer hatte, stand in Pauls Zimmer ein reichlich zerfetzt aussehender alter Sessel. Tausende von Kratzspuren, herausgerissene Fasern und eine durchgängige Schicht feiner rötlicher Haare auf der Sitzfläche deuteten darauf hin, dass sich hier das porträtierte Tier selbst verewigt hatte.

»Setz dich«, forderte Paul Anton auf und deutete auf den Sessel. Er selbst nahm auf dem Bett Platz und klappte seinen Laptop zu, der neben ihm lag. Dann sah er Anton erwartungsvoll an.

»Ich weiß nicht, wo ich anfangen soll«, begann Anton. »Eigentlich wollte ich dich nur fragen, was Annas Vater zu dir gesagt hat, als er sich auf der Beerdigung neben dich gestellt hat und kurz danach so ausgerastet ist.«

Paul wurde rot. »Wieso willst du das wissen? Ich dachte, du wärst hier, weil du mir irgendwas über Pina zu sagen hast!«

»Bin ich ja auch«, antwortete Anton. »Ich frage mich halt, ob da irgendein Zusammenhang besteht.«

Paul schüttelte verständnislos den Kopf. »Was soll das mit Pina zu tun haben?«

»Ich hatte das Gefühl, dass Simon ziemlich sauer auf dich war, und frage mich, was der Grund dafür sein könnte.«

»Simon?«

»Annas Vater.«

Paul schwieg. Aber seine Gesichtsfarbe wechselte von Rot zu Weiß.

»Könnte Simon … Herr Martin aus irgendeinem Grund dir die Schuld an Annas Tod geben?«

Plötzlich spiegelte sich Erkenntnis auf Pauls Gesicht. »Du meinst … Aber Pina! Wieso sollte er Pina … Die hat doch gar nichts damit zu tun, die ist doch total unschuldig!«

»Anna war auch unschuldig.«

»Anna war eine eingebildete blöde Kuh, die hatte es noch nicht mal nötig, einem eine Antwort zu geben, wenn man sie freundlich was gefragt hat!«

Anton ballte die Hände zu Fäusten.

»Ich will ja nicht schlecht über Tote reden, aber unschuldig? Anna und Pina – das ist doch nicht dasselbe!«

»Für Simon vielleicht schon.«

»Wenn dieses Schwein meine kleine Schwester hat, dann … dann …« Paul presste die Kieferknochen aufeinander und seine Augen wurden schmal.

»Für Simon bist vielleicht du das Schwein«, entgegnete Anton.

Paul stand auf, stellte sich ans Fenster und schaute hinaus. »Wenn es so ist, wie du sagst, dann müssen wir zur Polizei«, sagte er, ohne Anton dabei anzublicken.

»Ja«, sagte Anton. »Aber vorher will ich wissen, ob ich richtig liege. Ich habe nämlich nicht die geringste Lust, Simon in irgendeine Scheiße zu reiten, wenn er gar nichts damit zu tun hat. Er hat genügend Probleme am Hals. Oder was glaubst du, wie sich ein Vater fühlt, der gerade sein einziges Kind verloren hat?«

Paul wandte Anton immer noch den Rücken zu.

»Also sprichst du nun mit mir, oder soll ich wieder gehen?«

Paul zuckte mit den Schultern. Dann drehte er sich zu Anton um. »Warte hier«, sagte er, »ich rufe Johnny an. Den Scheißhaufen räume ich bestimmt nicht allein weg.«

Donnerstag, 04.09.2014

Also jetzt reicht's mir echt! Ich bin so was von stinksauer!!!

Heute wollte ich in der Pause meine Einladungen verteilen. Wollte, wohlbemerkt! Charlie hat sich auch total gefreut, als ich ihr die Karte gegeben habe, aber Manu und Nina schauen einander mit hochgezogenen Augenbrauen an, als ich ihnen sage, sie können dann wie verabredet morgen Abend zu mir kommen und mein Papa kocht uns was Leckeres und wir gucken DVDs, bis uns die Augen aus dem Kopf fallen und so, und da sagt Manu doch glatt, es täte ihr leid, aber morgen Abend könnten sie und Nina nicht, da würden sie auf ein Konzert gehen, die Karten dafür hätten sie schon ganz lange und das stünde auch schon ganz lange fest und so. Und ich sag noch, mein Geburtstag steht auch schon ganz lange fest, wir haben doch darüber geredet und das Datum kennst du, und Manu sagt, ja, aber das müsste ich schon verstehen, die Band würde halt nun einmal genau an diesem Tag in unserer Stadt das Konzert geben, und nicht einen Tag früher oder später, da könnte sie doch auch nichts dafür … Sie hätte nicht gewusst, dass ich ausgerechnet diesen Freitag meinen würde, als ich von der Pyjamaparty gesprochen hätte.
Mir ist der Mund offen stehen geblieben, als sie das gesagt hat. Welchen Freitag sollte ich denn sonst gemeint haben? Den in einem halben Jahr oder was? Ich meine, okay, wenn das Konzert nun einmal genau an dem Tag ist und sie da unbedingt hin

will, meinetwegen, aber wieso erzählt sie mir das dann nicht? Wieso weiß Nina Bescheid und geht sogar mit und ich nicht? Wäre es andersherum gewesen, dann hätte ich sie doch vorher auf jeden Fall gefragt!
Moment … Ich glaube, mir fällt da gerade was ein: Vielleicht planen Manu und Nina eine Überraschung, und sie haben zusammen für mich auch eine Konzertkarte besorgt, die sie mir zum Geburtstag schenken wollen, und morgen Abend stehen dann plötzlich beide vor meiner Tür und machen TATA!
Oh mein Gott, jetzt geht es mir schon wieder besser! Klar, so wird es sein, ich meine, es kann gar nicht anders sein! Manu würde doch niemals einfach meinen Geburtstag vergessen, oder noch schlimmer, ihn nicht vergessen, sondern einfach in ihrer Planung außer Acht lassen! Nein, bei allem, was in den letzten Monaten passiert ist, aber das wäre echt too much! Puh! Ich dachte schon, das war's mit Manu und mir. Jetzt muss ich also nur so tun, als hätte ich keinen blassen Schimmer. Charlie habe ich ja schon abgesagt, weil eine Party zu zweit einfach wenig Sinn macht und ich dann lieber gar nicht feiere oder wir die Party an einem anderen Tag nachholen. Ach, ich freu mich so! Juchu, ich gehe auf mein erstes Konzert! Was für eine geile Idee von Manu und Nina!

Paul ließ die Zimmertür offen stehen, und Anton hörte tiefe Schluchzer und aufgeregte Stimmen aus dem Erdgeschoss. Er war noch keine Minute allein, da tauchte ein rot gestreifter Stubentiger im Türrahmen auf. Er musterte Anton aus zusammengekniffenen Augen, während seine Schwanzspitze langsam hin und her zuckte.

»Hi Katze«, sagte Anton. »Sitz ich auf deinem Platz?«

Als hätte die Katze seine Worte verstanden, maunzte sie, machte kleine trippelnde Schritte auf Anton zu und stieß ihr Köpfchen gegen sein Schienbein.

Anton beugte sich vor und streichelte die Katze, die daraufhin mit einem Satz auf seinen Schoß sprang, wo sie mehr oder weniger zärtlich ihre Krallen in Antons Jeans vergrub und so laut schnurrte, als hätte sie einen kaputten Dieselmotor verschluckt. Schließlich rollte sie sich zusammen, leckte sich noch ein wenig die Pfoten und begann selig zu schlafen.

Anton blieb ruhig sitzen und dachte über sein Gespräch mit Paul nach. Offenbar lag er mit seinem Verdacht gar nicht so falsch. Pauls Reaktion war eigentlich ziemlich eindeutig ausgefallen. Irgendetwas verbarg er. Irgendetwas ließ auch ihn glauben, dass an Antons Vermutung, Simon könnte einen Grund zur Rache haben, etwas dran war.

Paul hatte mit richtigem Hass über Anna geredet. So, als hätte sie ihn verletzt, und nicht andersherum. Anton wurde wütend, während er daran dachte, und die Katze auf seinem

Schoß spürte das. Sie blinzelte ihn einmal an und hieb ihre Krallen fester in seinen Oberschenkel. Konnte es tatsächlich sein, dass Paul sich im Recht fühlte? Dass er nicht kapierte, wie mies er sich Anna gegenüber verhalten und was er ihr angetan hatte?

»Er kommt gleich«, sagte Paul, der in diesem Augenblick zurückkam, und schloss die Tür hinter sich. Sein Blick fiel auf die Katze auf Antons Schoß und er lächelte kurz. »Das ist Blümchen«, erklärte er. »Sie gehört meiner Schwester. Eigentlich sollte sie Hexe heißen, wenn du mich fragst. Nachts streunt sie durch die Gegend und killt Mäuse, und tagsüber schläft sie hier auf dem Sessel, als könnte sie kein Wässerchen trüben, und haart mir dabei alles voll.«

Blümchen alias Hexe streckte sich einmal und schlief dann weiter. Offenbar hatte auch sie kein Mitleid mit den Mäusen, die sie auf dem Gewissen hatte. Es war eben alles nur eine Frage der Perspektive.

Freitag, 05.09.2014

Ich sitze auf meinem Bett und heule mir die Augen aus dem Kopf. Ich kann kaum sehen, was ich schreibe, die Buchstaben verschwimmen vor lauter Tränen auf dem Papier. Es ist jetzt kurz nach acht. Das Konzert hat vor einer Stunde angefangen, und mittlerweile steht fest: Niemand kommt, um mich abzuholen. Manu und Nina sind tatsächlich alleine auf das Open-Air-Konzert gegangen. Ohne mich. Ich durfte mir aber netterweise ein paar Fotos im Klassenchat anschauen, die sie dort gepostet haben: Nina und Manu, Arm in Arm mit rausgestreckten Zungen und einem Plastikbecher voll Bier in der Hand in einer gigantischen Menschenmenge und mit Kommentaren wie: »ist das geil hier, leute!«

Und ich blöde Kuh habe mich sogar geschminkt und gestylt, weil ich dachte, dass Manu sich darüber freuen wird. Sie hat in der letzten Zeit häufig gemotzt, dass ich mehr aus mir machen soll, statt immer nur in Jeans und T-Shirt rumzulaufen. Sie selbst rennt ja mittlerweile nur noch in bauchfreien Tops rum, auch im Winter, und trägt 12 Kilo Schminke im Gesicht. Sogar in der Schule.

Was bin ich nur für eine Idiotin! Ich verstehe das einfach nicht. Was habe ich bloß falsch gemacht? Irgendetwas muss doch mit mir los sein! Warum will Manu plötzlich nichts mehr mit mir zu tun haben? Wenn sie mir wenigstens sagen würde, was sie an mir stört, dann könnte ich daran ja was ändern, aber so?

Papa war schon zweimal in meinem Zimmer und hat sich erkundigt, was denn los sei. Er sah irgendwie besorgt aus. Aber sein Mitleid macht es nur noch schlimmer! Als wüssten alle anderen etwas über mich, das ich nicht weiß.
Gott sei Dank ist morgen keine Schule. Ich wüsste nicht, wie ich es aushalten sollte, Manu und Nina ins Gesicht zu schauen, ohne auszurasten oder loszuheulen. Mir ist richtig übel, als müsste ich gleich kotzen.

Samstag, 16.05.2015

Jonathan starrte Anton grimmig an, als er das Zimmer betrat. Es war nicht zu übersehen, dass es ihm ganz und gar nicht gefiel, Anton hier zu begegnen.

»Was ist das für ’ne Scheiße, Mann, die du am Telefon erzählt hast?«, sagte er zur Begrüßung. »Hat sich der Spasti hier das ausgedacht?«

»Pass auf«, erwiderte Paul, und Anton hatte bei dem Ton, den die beiden anschlugen, das Gefühl, dass es um die Freundschaft der beiden augenblicklich nicht sonderlich gut bestellt war. »Ich weiß nicht, ob du das kapiert hast, aber irgendein Irrer hat sich meine kleine Schwester geschnappt. Und wenn du glaubst, ich lehne mich zurück und drehe Däumchen, wenn mir einer sagt, er weiß vielleicht, wo Pina ist, dann hast du dich verdammt noch mal geirrt, klar?«

Zumal du wahrscheinlich ein ziemlich schlechtes Gewissen hast, weil du nicht so auf Pina aufgepasst hast, wie du solltest, dachte Anton, sagte aber nichts.

»Okay«, lenkte Jonathan ein, »und wo ist Pina?«

»Das weiß ich nicht«, gab Anton zu, »aber ihr solltet mal darüber nachdenken, wer einen Grund haben könnte, euch eine Lektion zu erteilen.«

»Uns?«, wollte Jonathan wissen. »Wieso ›uns‹? Meine kleine Schwester ist nicht verschwunden.«

»Stimmt«, sagte Paul, »aber deine Großmutter ist tot.«

Jonathan wurde blass. »Sie war 78 und herzkrank, Mann.

Wir haben schon lange damit gerechnet, dass sie's nicht mehr ewig macht.« Sein lässiger Tonfall stand im krassen Gegensatz zu seinem ganz und gar nicht lässigen Gesichtsausdruck. Er kämpfte sichtlich mit den Tränen. »Und was Pina angeht, du hast doch selbst gesagt, dass dieser Pädo dahintersteckt.«

»Herr Schirmer ist kein Pädo«, sagte Anton. »Er war im Knast, ja, und zwar weil er ein Verhältnis mit einer 16-Jährigen hatte, als er selbst Mitte zwanzig war. Dummerweise war er auch noch ihr Lehrer, und so was geht halt nicht. Er hat sie dann später geheiratet und hatte zwei Kinder mit ihr, bis sie ihn wegen eines anderen sitzen gelassen hat. Aber er steht nicht auf Kindergartenkinder, kapiert?«

»Woher willst du das wissen?«, fragte Jonathan. Er schien nicht so leicht bereit, ihm zu glauben.

»Herr Schirmer ist mit Annas Vater befreundet, und ihm hat er die Geschichte irgendwann mal erzählt.«

Jonathan stieß harsch die Luft aus, was wohl so viel bedeuten sollte wie »du glaubst auch jeden Scheiß«.

»Also, wie sieht es aus?«, fuhr Anton fort. »Wenn wir zur Polizei gehen wollen, dann müssen wir wissen, was wir denen sagen. Die werden uns wohl kaum glauben, wenn wir keinen Grund für unseren Verdacht angeben können.«

»Wer redet denn hier von der Polizei, Mann!«, regte sich Jonathan wieder auf. »Ich werde den Teufel tun und zur Polizei gehen, klar?«

»Und wenn es stimmt, was Anton sagt, und Annas Vater Pina entführt hat?«

»Wieso sollte er das tun?« Jetzt schrie Jonathan fast. »Der ist doch nicht irre!«

Anton wunderte sich. In der Schule wirkte es immer so, als

ob Paul der Boss und Jonathan sein Untergebener war. Hier aber schien es plötzlich andersherum zu sein.

»Sei leiser«, ermahnte Paul seinen Freund. »Nicht, dass meine Eltern uns hören. Die drehen schon am Rad, und ich will sie nicht noch mehr aufregen!«

»Aber das ist genau die entscheidende Frage, die Jonathan gestellt hat«, mischte sich Anton ein: »Wieso sollte Herr Martin das tun?«

Paul und Jonathan sahen einander an und schwiegen.

Samstag, 06.09.2014

Es ist Viertel nach drei in der Nacht, und ich kann nicht schlafen. Papa hat mich überredet, mit ihm ins Kino zu gehen, und anschließend waren wir noch 'ne Pizza essen. Auch wenn ich vom Film nicht allzu viel mitgekriegt und die Pizza kaum angerührt habe, bin ich Papa natürlich dankbar, dass er versucht hat, mich abzulenken. Klar haben wir darüber geredet, was zwischen Manu und mir los ist, aber ich habe das Gefühl, dass Papa mich nicht richtig versteht oder das Ganze nicht ernst nimmt, so als wäre das alles nur ein alberner Kindergartenstreit. Alles, was er sagt, klingt nach »Das wird schon wieder« und »Nimm es dir nicht so zu Herzen«. Aber ich nehme es mir nun mal zu Herzen! Es macht mich regelrecht fertig! Und ich weiß, dass es zwischen Manu und mir aus ist, dass nichts mehr jemals wieder so werden wird, wie es einmal war. Dieses ganze Hin und Her in der letzten Zeit, seit Nina da ist, hat mein Vertrauen komplett zerstört, und Manus letzte Aktion, mich an meinem Geburtstag so hängen zu lassen, das war nur der finale Todesstoß für eine Freundschaft, die es schon lange nicht mehr gibt. Ich wollte es wohl nur einfach nicht wahrhaben. Aber jetzt weiß ich: Ich will nicht mehr!
So, jetzt geht es mir etwas besser, nachdem ich mir das von der Seele geschrieben habe: Jawohl, i c h w i l l n i c h t m e h r!

Paul seufzte. »Also gut. An dem Tag, als Anna starb ...«, begann er, aber weiter kam er nicht, denn in diesem Moment stürzte sich Jonathan auf ihn, packte ihn an den Schultern, schüttelte ihn und schrie ihn mit hochrotem Kopf an: »Halts Maul, Alter, ja! Halt bloß dein verfluchtes Maul! Wir haben nichts damit zu tun, gar nichts, verstehst du? Die Alte war doch komplett durchgeknallt, das weiß doch jeder, Mann!« Dann stieß er Paul plötzlich von sich, als hätte er sich die Hände an ihm verbrannt, fuhr sich mit den Fingern durch die Haare und lief im Zimmer auf und ab wie ein Tiger im Käfig.

Paul und Anton starrten ihn sprachlos an.

»Okay, okay«, fuhr Jonathan fort, während er weiter durchs Zimmer marschierte, »nehmen wir einfach mal an, der Typ ist tatsächlich so verrückt und vergreift sich an kleinen Mädchen, weil er sich in seinem kranken Hirn irgendeine Scheiße ausdenkt. Wundern würde es einen ja nicht, immerhin fällt der Apfel nicht weit vom Stamm.« Er lachte über seinen eigenen Witz.

Anton stand so abrupt auf, dass die Katze, die sich bislang wenig von dem Streitgespräch hatte stören lassen, von seinem Schoß fiel und trotz des Tiefschlafmodus sicher auf allen vier Pfoten auf dem Boden landete. Erst einmal guckte sie verdutzt, dann machte sie einen Buckel. »Mir reicht's jetzt«, sagte er und ging mit energischen Schritten auf die Zimmertür zu. Er hatte gerade die Hand auf die Klinke gelegt und wollte sie runterdrücken, als Paul neben ihm stand und sich gegen die Tür lehnte.

»He, warte mal«, sagte er, »Johnny meint das nicht so, okay?«

Anton starrte ihn schweigend an.

Paul verzog das Gesicht. »Bitte«, sagte er leise, und Anton konnte sehen, wie viel Überwindung es ihn kostete, diese fünf Buchstaben auszusprechen. »Bitte bleib. Es geht um meine kleine Schwester.«

»Ist das rührend«, sagte Jonathan von hinten.

Anton und Paul drehten sich beide gleichzeitig zu ihm um, und Jonathan hob abwehrend die Hände, als er die geballte Ladung Wut in ihren Gesichtern erkannte. »O-oh«, machte er. Dann ließ er die Hände sinken und sagte: »Also meinetwegen, tut mir leid, Hirni, war nicht so gemeint.«

»Johnny!«, ermahnte Paul seinen Freund.

Jonathan stöhnte. »Tut mir leid, *Anton.* Geht's jetzt wieder?«

Anton zögerte. Natürlich hätte er liebend gern den Abgang gemacht. Er hatte nicht die geringste Lust, noch eine Minute länger mit diesen Idioten in einem Raum zu sein. Aber was würde dann aus Pina werden? Und was aus Simon? Wenn Annas Vater tatsächlich so verzweifelt war, dass er sich zu so einer Tat hatte hinreißen lassen, dann brauchte auch er Hilfe. Und zwar Antons Hilfe. Denn wen hatte er sonst noch?

Montag, 08.09.2014

Jetzt glaube ich wirklich langsam, ich werde verrückt. Heute in der Pause haben Manu und Nina die ganze Zeit mit Paul, Jonathan und Thomas über das Konzert gequatscht, denn – oh Wunder – Paul, Jonathan und Thomas waren auch da! Na, da wird mir ja manches klarer! Mit keinem Wort hat Manu meine Einladung am Freitag noch einmal erwähnt, als wäre das alles ganz normal, dabei ist hier ja wohl echt gar nichts mehr normal! Ich war so stinksauer, ich hab mich einfach dazugestellt und bei jedem: »weißt du noch« und »war das nicht geil« hab ich nur ganz trocken gesagt, das hätte ich auch gerne miterlebt. Paul hat mich dann jedes Mal angelächelt und geantwortet, das wäre cool gewesen, wenn ich auch da gewesen wäre, das nächste Mal sollte ich doch einfach mitkommen. Manu und Nina haben die ganze Zeit so getan, als wäre ich Luft. Aber als Paul sagte, das nächste Mal solle ich doch mitkommen, hat Manu mich voll angegiftet.

Später, als die Jungs weg waren, habe ich Manu und Nina ganz direkt gefragt, warum sie mich nicht mitgenommen haben, und Manu hat ganz überrascht getan. Sie meinte, wir hätten doch darüber geredet und ich hätte doch gesagt, dass ich nicht mitkommen könnte. Ich habe sie angestarrt wie ein Auto. Wann haben wir denn bitte schön darüber geredet? Leide ich jetzt an Alzheimer oder was? Den Teufel haben wir darüber geredet! Daran würde ich mich ja wohl erinnern! Aber vielleicht hat Manu ja geträumt, dass sie mit mir darüber gesprochen hätte.

Die Katze hatte jedenfalls genug. Sie setzte sich demonstrativ mit zuckender Schwanzspitze vor die geschlossene Zimmertür und fixierte Paul, bis er die Tür öffnete und sie hinausschlüpfen konnte.

Anton blickte ihr sehnsüchtig hinterher. Sobald Paul die Tür hinter der Katze geschlossen hatte, lehnte Anton sich dagegen und verschränkte die Arme vor der Brust. Noch ein falsches Wort, und er würde es der Katze gleichtun und durch diese Türe verschwinden.

»Okay, also noch mal von vorn«, begann Jonathan. Er bemühte sich tatsächlich um einen etwas freundlicheren Ton. »Mal angenommen, Annas Alter glaubt aus irgendwelchen Gründen, wir hätten was mit Annas Tod zu tun, was natürlich totaler Schwachsinn ist, dann würde er doch wohl zu den Bullen gehen und denen erzählen, was er denkt, oder nicht? Ich meine, wieso sollte er sich an einem kleinen, unschuldigen Mädchen vergreifen? Was hätte er davon? Er ist doch nicht verrückt, oder?«

Anton zuckte die Schultern. »Ich weiß es nicht. Ich weiß nur, dass Simon sonderbar geworden ist. Er hat Schwierigkeiten, Annas Tod zu verkraften.« Er erinnerte sich an das Bild von Simon in Pyjamahose, mit Bierflasche und Zigarette in den Händen. »Und er hat in der letzten Zeit so komische Sachen gesagt, die richtig unheimlich waren. Wenn wir also annehmen, dass der Pädo…« – jetzt fing er schon selbst mit diesem Pädokram an –

»… dass Herr Schirmer nichts mit Pinas Verschwinden zu tun hat, wer war es dann?« Er schaute von Jonathan zu Paul, und sein Blick blieb an ihm hängen. »Was war los auf der Beerdigung? Was hat Simon zu dir gesagt, als er sich neben dich ans Grab gestellt hat? Und warum habt ihr, Jonathan und du, danach darüber gesprochen, ob er was weiß? *Was* soll er wissen?«

Paul schwieg mit versteinertem Gesicht, und Jonathan zuckte die Achseln.

»Keine Ahnung, Mann.«

»Okay, solange ihr nichts sagt, kommen wir nicht weiter«, stellte Anton fest, drehte sich um und wollte die Tür öffnen, als er Pauls Hand auf seiner Schulter spürte.

»Warte«, bat Paul.

»Ich hab 'ne Idee«, sagte Jonathan hastig. »Wenn Annas Vater Pina entführt hat, dann muss er ja irgendwo mit ihr sein, nicht wahr? Warum gehen wir nicht einfach zu ihm und schauen nach?«

»Ich war schon da«, erklärte Anton. »Das Haus ist leer.«

»Warst du drin?«, wollte Jonathan wissen.

»Nein, natürlich nicht!«

»Woher willst du dann wissen, dass er sich nicht mit Pina im Keller versteckt oder sonst wo!«

Jetzt war es Anton, der schwieg. Jonathan hatte recht. Er konnte nicht wissen, ob Simon sich nicht irgendwo im Haus aufhielt. Wenn er wirklich Pina bei sich hatte, dann würde er sich wohl kaum mit ihr in den Garten setzen oder auf dem Wohnzimmerteppich mit Bauklötzen spielen. Dann wäre er in einem der oberen Zimmer – oder vielleicht tatsächlich im Keller, auf jeden Fall irgendwo, wo niemand ihn und Pina sehen konnte.

»Also bevor wir uns bei den Bullen lächerlich machen«, fuhr Jonathan fort, »sollten wir vielleicht erst mal nachsehen, ob an Hirn… an Antons Verdacht was dran ist.«

»Willst du jetzt auch noch in ein Haus einbrechen, oder was?«, brauste Paul auf.

»Das ist vielleicht gar nicht nötig«, überlegte Anton laut. Er hatte da eine Idee, und er musste zugeben, dass Jonathans Plan gar nicht so übel war. Vielleicht war Simon ja auch inzwischen wieder zu Hause, und alles stellte sich als blinder Alarm heraus. Niemand wäre darüber glücklicher als er selbst.

Donnerstag, 23.10.2014

Jetzt habe ich eine ganze Weile nichts mehr geschrieben. Es ging mir nicht so gut, und ich hätte gar nicht gewusst, was ich schreiben soll, weil meine Gedanken und Gefühle mit mir Karussell fahren. Mit Manu und Nina habe ich gar nichts mehr zu tun.

Die beiden hängen in der Schule nur noch miteinander ab, ohne sich um mich zu kümmern. Also nicht, dass sie sich um mich kümmern müssten, aber sie ignorieren mich irgendwie völlig, behandeln mich wie Luft, stehen in der Pause mit den Jungs zusammen und gackern wie die Hühner, sobald Paul auch nur den Mund aufmacht, um zu gähnen. Und das ist mir echt zu blöd.

Interessanterweise hängt jetzt auch Chiara viel mit ihnen ab, obwohl Manu früher immer behauptet hat, sie könne Chiara nicht leiden. Nun, Geschmäcker ändern sich anscheinend. Die Einzige aus meiner Clique, die noch so zu mir ist wie früher, ist Charlie. Und die anderen aus der Klasse haben sich natürlich auch nicht verändert. Aber mit denen habe ich einfach nicht so viel zu tun. Jetzt verbringe ich die Pausen entweder alleine, manchmal mit Charlie und ganz selten mit Anton. Mit Anton ist es halt schwierig, weil wir uns dann immer blöde Sprüche über verliebte Ehepaare und so einen Scheiß von den anderen anhören müssen, und das nervt ihn genauso wie mich.

Heute war es in der Schule wieder besonders ätzend. Frau Schulz hat uns in Deutsch eine Gruppenarbeit aufgegeben. Wir sollten uns zu viert, maximal zu fünft zusammentun. Aber als ich mich zu »meinen Freunden« setzen wollte, da waren sie schon zu fünft, nämlich Manu, Nina, Charlie, Vera und Chiara, und Frau Schulz hat direkt gesagt, dann müsste ich mir eine andere Gruppe suchen.
Ich schaue mich also um, aber überall sind schon fünf in einer Gruppe, sogar Anton hat sich mit Finn, Oskar, Leon und Nico zusammengetan – außer bei Paul, der zusammen mit Jonathan, Benny und Thomas eine Vierergruppe bildet. Paul schaut mich an und sagt ganz freundlich, ich könnte ja bei ihnen mitmachen. Was bleibt mir anderes übrig? Ich gehe also zu den Jungs rüber und setze mich neben Paul, da höre ich, wie Manu hinter mir wütend schnaubt.
Hallo? Was soll das denn? Soll ich vielleicht die Gruppenarbeit alleine machen, damit Madame nicht denkt, ich wolle ihr ihren Paul wegschnappen?

Ich bin so froh, dass ich Elrond habe. Nur wenn ich nachmittags bei ihm bin, seinen Stall ausmiste, ihn putze und mit ihm ausreite, schaffe ich es mal längere Zeit, nicht an das Horrorpärchen Manu und Nina zu denken, das mir neuerdings die Schulzeit echt vermiest.
Wenn Elrond nicht wäre, würde ich Papa noch heute bitten, mich zu Maite und Milan auf das Internat zu schicken. Die beiden senden mir regelmäßig Nachrichten und Fotos, aber ich habe jetzt schon lange nicht mehr geantwortet, weil ich nicht weiß, was ich schreiben soll. Ich kann ihnen schlecht die Ohren vollheulen, wie gemein meine Freunde in der Schule zu

mir sind. Da käme ich mir irgendwie doof vor und hätte Angst, dass die beiden mit mir auch nichts mehr zu tun haben wollen, weil sie denken, wenn die anderen so doof zu mir sind, dann muss ja auch irgendetwas mit mir nicht in Ordnung sein.

»Du kannst das Fahrrad von meinem Vater nehmen«, sagte Paul und deutete auf ein schon etwas älteres Crossrad, das an der Hauswand lehnte.

Jonathan wendete bereits seinen Drahtesel, und Paul schwang sich auf sein Mountainbike, das direkt neben dem Rad stand, das er soeben Anton angeboten hatte.

Anton musterte die beiden Fahrräder. Das MTB von Paul war deutlich kleiner als das Crossrad, das er zugeteilt bekommen hatte. Und trotzdem hatte das Rad von Pauls Vater genau die richtige Größe für ihn. Er musste noch nicht einmal den Sattel tiefer stellen. Zum ersten Mal wurde ihm bewusst, wie viel größer er war als Paul. Und Paul ging es offensichtlich genauso.

»Du bist ganz schön groß«, sagte er. »Eins achtzig?«

»Eins vierundachtzig«, antwortete Anton. »Und du?«

»Eins sechsundsiebzigeinhalb«, antwortete Paul und grinste.

Jonathan fuhr vorneweg, drehte sich aber nach ein paar Metern um und rief Anton zu: »Wo geht's eigentlich lang? Fahr mal vor!«

Anton trat in die Pedale und überholte Paul und Jonathan. *Komisch*, dachte er dabei, *dass ich noch nie gemerkt habe, wie klein Paul ist. Als ob seine große Klappe ihn größer erscheinen ließe, als er in Wirklichkeit ist.*

Mit dem Fahrrad benötigten sie für den Weg gerade einmal eine Viertelstunde. Bereits bevor Anton in den Zypressenweg einbog, in dem das Haus der Martins stand, konnte er die aufgeregten Stimmen hören, und sein Herzschlag beschleunigte sich. Und dann sah er sie: Aus dem halben Dutzend mehr oder weniger friedlicher Demonstranten, die sich vor Michael Schirmers Haus versammelt hatten, war in der Zwischenzeit eine 20 Kopf starke Truppe geworden, die laut und aggressiv auf ihre Bürgerrechte pochte und die Staatsmacht zum Handeln aufforderte. Dirk, der Streifenpolizist, hatte seine Behäbigkeit abgelegt, und nicht nur die Schweißperlen auf der Stirn zeugten von seinem erhöhten Stresslevel.

Sogar Paul und Jonathan wirkten überrascht, und Paul atmete erleichtert auf, nachdem sie sich endlich mit ihren Fahrrädern einen Weg durch die grölende Menschenmenge gebahnt hatten.

»Ist das krass«, kommentierte Jonathan, als sie ihre Räder vor Simon Martins Gartentor abstellten und gerade in dem Moment zurückblickten, als der erste Stein gegen die Hauswand flog.

»Sind die alle wegen dem Pädo da?«, fragte Paul.

»Ist anzunehmen«, sagte Jonathan.

»Wissen die etwa von Pina?«

»Anscheinend.«

»Aber woher?«

»Da hört einer den Polizeifunk ab, und schon geht's los«, mutmaßte Jonathan. Dann wandte er sich an Anton: »Und wie geht's jetzt weiter?«

Freitag, 31.10.2014

Heute habe ich Charlie mit zum Ausritt genommen. Sie war ja in der letzten Zeit häufiger mit mir im Stall, vor allem in den Herbstferien war sie fast jeden Tag mit da, und Leni hat uns heute vorgeschlagen, dass Charlie auf Missy reiten könnte. Die kleine Stute gehört einer älteren Frau, die sich nicht mehr so richtig um ihr Pferd kümmern kann. Missy ist total ruhig und sanftmütig, und sie liebt Elrond, läuft ihm immer hinterher. Insofern macht es nichts, dass Charlie nicht die erfahrenste Reiterin ist. Aber sie hat das toll gemacht! Es war total schön im Wald, richtig herbstlich, und ich bin echt froh, dass ich Charlie habe. Wir verstehen uns sehr gut und es macht Spaß, mit ihr zusammen zu sein. Vor allem, weil sie Pferde genauso liebt wie ich. Natürlich habe ich Charlie und Missy nicht mit auf die Lichtung genommen. Die Bundesstraße mit den beiden zu überqueren, habe ich mich dann doch nicht getraut. Aber es war auch so superschön, und wir haben sogar wieder Paul und Jonathan an dem kleinen Bach getroffen! Mich würde echt mal interessieren, was die beiden im Wald suchen. Ich meine, die sind ja keine zehn mehr und bauen Staudämme oder so. Charlie hatte auch keine Idee, was die beiden im Wald wollen. Sie meinte dann, bestimmt wären sie wegen mir hier, es wüsste ja jeder in der Klasse, dass ich mit Elrond Ausritte im Wald mache, aber das war natürlich nur ein Scherz, um mich aufzuziehen.

Jedenfalls freue ich mich, denn Leni hat gesagt, wenn wir wol-

len, können wir Missy häufiger mitnehmen, sie hat das mit der Besitzerin abgesprochen, und die hat nichts dagegen. Im Gegenteil, sie findet es gut, dass ihr Pferd mehr bewegt wird.
Wenn die Vormittage in der Schule nicht so nervig wären, dann würde es mir im Augenblick eigentlich ganz gut gehen. Nur morgens habe ich jetzt immer schlechte Laune. Ich brauche bloß an die Schule zu denken, schon fühle ich mich scheiße.
Ich weiß nicht, wie Anton das all die Jahre aushält, denn bei ihm ist es ja eigentlich noch viel schlimmer! Mir tut wenigstens keiner was, ich werde halt »nur« nicht beachtet. Vielleicht kann ich ihn heute Abend mal danach fragen, denn er hat sich neuerdings angewöhnt, abends noch mal für ein Stündchen oder so zu mir rüberzukommen. Dadurch, dass er dreimal in der Woche Training hat, schaffen wir es sonst ja auch nicht oft, uns zu sehen. Aber die Gespräche mit ihm bedeuten mir viel, denn Papa hat ja immer wenig Zeit für mich, und ich fühle mich dann gerade abends oft allein, wenn er erst spät nach Hause kommt.
Ja, mit Anton, Charlie und Elrond kann ich es schon aushalten. Ich muss halt nur die Scheißschule jeden Tag überstehen.

Anton hatte zwar ein schlechtes Gewissen, aber er hielt den Schlüssel in den Händen, den er unter dem Vorwand, Herr Martin habe ihn darum gebeten, von Simons Nachbarin geholt hatte, die sich glücklicherweise noch gut an ihn erinnerte.

»Schön, dass du dich ein wenig um ihn kümmerst«, hatte die alte Frau Weber ihn gelobt, nachdem sie erst einmal ihrer Überraschung darüber Ausdruck verliehen hatte, wie groß er geworden war. »Er hat ja sonst niemanden mehr nach dieser schrecklichen Sache mit Anna.«

Sie fachsimpelten noch ein wenig über die Demonstranten vor Herrn Schirmers Haus, und Frau Weber vertraute Anton hinter vorgehaltener Hand an, dass sie gehört hätte, ein kleines Mädchen sei verschwunden und dieser Kinderschänder stecke dahinter. Deshalb würden all diese Menschen jetzt vor seinem Haus stehen und ein schnelles Eingreifen der Polizei fordern. »Man ist ja heute nirgends mehr sicher«, sagte sie zum Schluss und verriegelte anschließend sorgfältig ihre Tür hinter Anton.

»Nun mach schon«, forderte Jonathan jetzt und deutete mit einem Kopfnicken auf den Schlüssel in Antons Händen.

Anton zögerte. War es wirklich richtig, was er hier tat? Oder verrannte er sich gerade in eine völlig abwegige Geschichte? Je länger er darüber nachdachte, desto unglaubwürdiger kam es ihm vor, dass Simon tatsächlich so verrückt sein könnte, ein kleines Mädchen zu entführen, um seine Rache zu befriedigen. Oder welches Motiv sollte sonst dahinterstecken?

Auch Paul schien Skrupel zu haben. »Und was machen wir, wenn sich alles als Irrtum herausstellt? Dann sind wir einfach in ein Haus eingebrochen!«

»Wir brechen ja nicht ein, wir haben einen Schlüssel«, sagte Jonathan. »Außerdem bist du doch derjenige, der wissen will, wo seine kleine Schwester steckt!«

»Sollen wir nicht doch lieber zur Polizei gehen?«, versuchte Paul es noch einmal.

Jonathan schüttelte entschieden den Kopf. »Auf keinen Fall, Mann, die halten uns doch für bekloppt, wenn wir denen mit so 'ner Geschichte kommen, ohne etwas davon beweisen zu können.«

Er hat recht, dachte Anton. *Entweder halten sie uns für bekloppt, oder sie glauben uns, obwohl alles Humbug ist. Und dann kann ich Simon nie wieder unter die Augen treten, wenn er mitkriegt, dass ich ihn verdächtigt habe.*

Er steckte den Schlüssel ins Schloss und drehte um.

Montag, 10.11.2014

Okay, Charlie hat wohl doch recht gehabt, dass Paul was von mir will: Er hat mich heute in der Pause gefragt, ob ich nicht mal Lust hätte, mich mit ihm zu treffen, wir könnten ja zusammen ins Kino gehen oder so. Jetzt frage ich mich, ob Paul tatsächlich im Wald war, um mir aufzulauern, und das ist mir fast ein bisschen unheimlich. Ich meine, ich finde Paul zwar ganz nett, aber ich habe echt kein Interesse an ihm! Auch an keinem anderen Jungen. Also habe ich ihm gesagt, dass ich leider keine Zeit hätte, weil ich mich ja um Elrond kümmern müsste. Ich will ihm keine falschen Hoffnungen machen, auch wenn natürlich nichts dabei wäre, wenn wir uns mal träfen.
Paul meinte, das sei kein Problem, er müsse sich ja nachmittags auch oft um seine kleine Schwester Pina kümmern. Und Pina wäre ganz vernarrt in Pferde. Er könne ja mal mit Pina zu Elrond und mir auf den Pferdehof kommen.
Ich kenne Pina, sie ist ein süßes kleines Ding mit ihren blonden Locken. Und ich weiß auch, dass Paul sich super um sie kümmert, weil seine Eltern beide lange arbeiten. Das ist eigentlich auch das Netteste, was ich über Paul zu sagen weiß, dass er ein toller großer Bruder ist – so einer, wie ich mir auch immer einen gewünscht habe.
Trotzdem habe ich nur den Kopf geschüttelt.
»Und abends?«, hat Paul gefragt. Ich wusste echt nicht, was ich noch sagen soll. Zu allem Überfluss stand nämlich auch noch Nina neben uns und hat alles mitgekriegt, was wir gere-

det haben. Ich konnte sehen, wie ihre Ohren größer und größer werden. Und man braucht kein Mathegenie zu sein, um sich auszurechnen, dass sie unsere Unterhaltung schnurstracks eins zu eins Manu weitererzählen wird.
Ich kann zwar nichts dafür, dass Paul mich anquatscht, aber ich habe einfach keine Lust, weiter Öl ins Feuer zu schütten. Die Sache mit Manu ist auch so schon ätzend genug für mich. Also habe ich Paul einfach stehen lassen. Das hat mir zwar leidgetan, denn er sah richtig unglücklich aus, aber was hätte ich denn sonst machen sollen?
Natürlich ist Nina wie erwartet regelrecht zu Manu rübergerannt! Sie hat sich noch nicht mal Mühe gegeben, wenigstens so zu tun, als ginge es um was anderes! Ich konnte sehen, wie die beiden die Köpfe zusammenstecken und tuscheln. Dann hat Manu zu mir rübergeguckt, und ich schwöre, sie hätte mich am liebsten getötet. Ich habe natürlich so getan, als sei mir das scheißegal, und ihren Blick so lange erwidert, wie ich konnte. Ich bin mal gespannt, was da jetzt noch nachkommt. Charlie meinte jedenfalls, Manu sei stinksauer auf mich. Soll sie doch, die blöde Kuh!

Der Flur sah aus wie immer. In der Ecke standen sogar noch Annas Schuhe, als hätte sie sie eben erst ausgezogen, und ihre Jacke hing am Garderobenhaken.

Anton bemerkte, dass Paul die Sachen ebenfalls gesehen hatte und schnell den Blick abwandte.

»Cooler Schuppen«, sagte Jonathan und sah sich um. »Die haben echt Schotter, was?«

Anton sah die Eingangshalle noch einmal neu mit Jonathans Augen. Der Fußboden bestand, wie im gesamten Erdgeschoss, aus dunkelbraunem, echtem Nussholzparkett, die alte Holztreppe, die in den ersten Stock führte, war weiß lackiert, ein alter Kronleuchter baumelte von der hohen, mit Stuck verzierten Decke, die breite zweiflügelige Glastür, die ins Wohnzimmer führte, stand offen. Schon allein die Größe des Flurs war beeindruckend.

Jonathan betrat ohne Zögern das Wohnzimmer und stieß einen anerkennenden Pfiff aus, als er den 80 Quadratmeter großen, lichtdurchfluteten Raum sah. Anton begann sich unwohl zu fühlen. War es in Ordnung, was er hier tat? Wie hätte Anna es empfunden, wenn sie gewusst hätte, dass er ausgerechnet mit Paul und Jonathan hier herumstöberte? Daran hatte er noch gar nicht gedacht! Aber hätte sie nicht gewollt, dass er sich um Simon kümmerte?

Paul folgte seinem Freund wesentlich zaghafter. Er schien sich ebenso wie Anton wie ein Eindringling zu fühlen.

Auch das Wohnzimmer war weitestgehend aufgeräumt. Wobei der Ausdruck »aufgeräumt« nicht ganz zutreffend war. Es sah eher unbewohnt aus, und die Luft war abgestanden und muffig. Als hätte sich hier schon lange niemand mehr aufgehalten, um seine Freizeit zu genießen.

Anton musterte den Raum auf der Suche nach irgendwelchen außergewöhnlichen Veränderungen. Aber er konnte nichts feststellen – abgesehen von der unermesslichen Anzahl von Bierflaschen, die etwas versteckt auf dem Küchenfußboden standen oder lagen. Wie viele waren es? 30? 40? Auf jeden Fall zu viele.

Herd und Arbeitsfläche waren dagegen blitzeblank. Gegessen hatte Simon offensichtlich schon lange nichts mehr. Dafür aber umso mehr getrunken.

Paul war neben dem großen Esstisch im Wohnzimmer stehen geblieben, auf dem etliche Fotos verstreut lagen. Fotos von Anna. Anna mit ihrer Mutter. Anna mit Elrond. Anna mit Manu. Anna mit ihrem Vater. Anna allein. Anna mit Anton. Anna, Anna, Anna … Paul nahm ein Foto in die Hand und betrachtete es genauer. Er runzelte die Stirn, als er erkannte, was das Bild zeigte: die Unfallstelle, an der Anna gestorben war. Die farbigen Markierungen auf dem Asphalt, die den Unfallhergang skizzierten, und die Umrisse des Unfallopfers, die seine Position wiedergaben, waren noch deutlich sichtbar.

Anton stellte sich neben Paul und griff ebenfalls nach einem der Fotos, auf dem er neben Anna vor einem Holzhaus mitten im Wald stand. Er konnte sich noch gut an den Augenblick vor mehr als zwei Jahren erinnern, als das Foto entstanden war. Simon hatte die Aufnahme geschossen, und er, Anton, war auf dem Bild fast einen Kopf kleiner als Anna. Zum Schluss war es eher umgekehrt gewesen. Das Foto stammte von dem Wochenende, das Anna und er allein in der Blockhütte von Michael Schirmer verbracht hatten, als Simon anlässlich des zwölften Geburtstags seiner Tochter heimlich Annas Zimmer renoviert hatte. Anton musste unwillkürlich lächeln, als er jetzt daran zurückdachte.

»Spielt Anna etwa noch mit Puppen?«

Anton drehte sich um und sah Jonathan, der mit einer Fußspitze irgendetwas unter einem Schrank hervorholte. Auf seinem Gesicht lag ein höhnisches Grinsen.

»Nein«, antwortete er entschieden. »Für Puppen hat sich Anna ihr ganzes Leben lang nicht interessiert.«

»Nun, dann hat sich das offenbar vor Kurzem geändert«, sagte Jonathan. »Oder sie hat Geheimnisse vor dir.«

Anton stellte fest, dass Jonathan von Anna sprach, als würde sie noch leben. Und er konnte ihn verstehen. Hier, in diesem Haus, war es umso schwerer vorstellbar, dass Anna nicht mehr da war und nie mehr hier sein würde. Vielmehr kam es ihm so vor, als müsste sie jeden Augenblick lächelnd durch die Tür treten.

»Was hast du denn da?«, fragte Paul und ging zu Jonathan hinüber.

»Barbie und Ken, Fab Life Beach Bundle«, las Jonathan vor, was auf der aufgerissenen rosaroten Verpackung stand. »29 Euro 90. Und hier haben wir noch das Barbie Two Story Beach House zum unschlagbar günstigen Preis von nur 69,90.«

Anton schüttelte den Kopf. »Quatsch!«, sagte er. »Anna hat sich immer über diesen Barbiemist lustig gemacht!« Er stellte sich neben Paul und Jonathan und blickte wie sie auf die leeren Verpackungen, die auf dem Fußboden lagen. Dann bückte er sich und hob einen kleinen weißen Zettel vom Boden auf. »Der Kassenbon«, stellte er fest. »Vom 13.05.2015 um 11 Uhr 34.«

»Tja, da hat Anna ihre Einstellung zu Barbies wohl nach ihrem Tod geändert«, stellte Jonathan fest.

»Das Strandhaus von Barbie«, sagte Paul tonlos. »Das war Pinas größter Weihnachtswunsch. Aber sie hat es nicht bekommen, weil es meinen Eltern zu teuer war.«

Anton sah Paul an. Sein Mitschüler war ziemlich blass geworden.

»Nun, dann sieht es so aus«, bemerkte Jonathan trocken, »als sei ihr größter Wunsch jetzt doch noch in Erfüllung gegangen.«

Mittwoch, 12.11.2014

Ich hatte ja schon damit gerechnet, aber trotzdem macht es mich total fertig. Meine Wangen zittern und mein Augenlid zuckt schon den ganzen Tag.
Als ich heute in der Pause aufs Klo gegangen bin, kamen mir Manu, Nina und Chiara hinterher. Sie haben im Waschraum auf mich gewartet, bis ich die Tür vom Klo wieder aufgemacht habe. Ich wusste sofort, dass jetzt was kommt, als ich ihre Gesichter gesehen habe, und ich hatte echt Schiss.
Nina hat mich gegen die Wand gedrückt, und Manu hat sich vor mir aufgebaut, die Hände in die Hüften gestemmt und mich beschimpft, was ich für 'ne linke Bazille sei. Wenn sie noch einmal mitkriegen würde, wie ich Paul anbaggere, dann könnte ich was erleben!
Ich habe rumgestottert, dass ich Paul nicht angebaggert hätte, sie solle doch ihre tolle Freundin Nina fragen, die hätte schließlich alles gehört, was ich gesagt hätte, aber Manu hat nur noch mehr geschrien. Ich sei eine Kapitalistensau und würde mir wohl einbilden, was Besseres zu sein als sie, nur weil mein Papa ein reiches Arschloch wäre, und ich solle mal in den Spiegel gucken, ob ich tatsächlich glauben würde, es gäbe auf der ganzen Welt auch nur einen einzigen Jungen, der mich sexy fände, so wie ich aussähe und mit den Klamotten, in denen ich rumlaufe.
Chiara hat die ganze Zeit danebengestanden und von einem Ohr bis zum anderen gegrinst, und mir sind fast die Tränen in

die Augen gestiegen. Ich musste mich tierisch beherrschen, um nicht loszuheulen.
Zum Glück kam kurz danach eine Oberstufenschülerin in den Waschraum.
Nina hat mich losgelassen, ich habe sie zur Seite gestoßen und bin abgehauen. Ich weiß nicht, was die sonst noch mit mir gemacht hätten. Ich hatte echt das Gefühl, gleich knallt mir Manu eine.
Danach hatten wir ausgerechnet noch eine Doppelstunde Englisch bei Frau Heintze. Ich konnte mich nicht konzentrieren, und natürlich hat Frau Heintze wieder so einen »lustigen« Kommentar abgegeben, ob ich sightseeing veranstalten würde, statt zu arbeiten. Die ganze Klasse hat gegeiert, und ich wäre am liebsten im Erdboden versunken.

Nach der Schule habe ich Charlie auf dem Weg nach draußen gefragt, ob wir heute wieder zusammen mit Elrond und Missy ausreiten, gerade als sich Nina und Manu im Treppenhaus an uns vorbeiquetschten. Nina hat mich voll angerempelt, sodass ich fast die Stufen runtergeflogen wäre, dann aber so getan, als wäre das ein Versehen gewesen. Charlie hat zwischen Nina und mir hin und her geguckt und dann gesagt, sie könnte heute nicht. Das kommt mir komisch vor, denn bisher hatte sie mittwochs immer Zeit. Aber vielleicht entwickle ich ja langsam Wahnvorstellungen, so wie Oma, die hat auch geglaubt, alle wären hinter ihr her und wollten ihr was antun.

Einige Sekunden lang war es so still, dass sie die aufgeregten und aggressiven Stimmen auf der Straße sogar durch die geschlossenen Fenster hören konnten. Dann ertönte eine Stimme besonders laut, offenbar sprach jemand durch ein Megafon und forderte die Menschenmenge auf, den Platz zu räumen.

»Dirk!«, entfuhr es Anton.

Paul und Jonathan sahen ihn verständnislos an.

»Der Polizist auf der Straße«, erklärte Anton. »Wir nehmen die Verpackungen und den Kassenbon, gehen zu ihm und erzählen ihm alles, was wir wissen!«

Paul bückte sich bereits, um die leeren rosaroten Kartons aufzuheben, als Jonathan sagte: »Wartet mal. Wir haben uns doch noch gar nicht richtig umgesehen. Wenn Annas Alter tatsächlich Pina hat, wo ist sie dann? Vielleicht hat er sie irgendwo hier im Haus versteckt. Wir wären doch blöd, wenn wir nicht erst einmal überall nachsehen würden, oder?«

Anton zögerte, doch Paul war sofort bei der Sache. »Du hast recht, Mann, vielleicht hält er sie im ersten Stock oder im Keller gefangen!«

Jonathan nickte. »Genau! Lasst uns mit der Suche im Keller anfangen!«

Anton schüttelte den Kopf, aber weder Paul noch Jonathan achteten auf ihn. Sie wandten sich um und eilten zurück in den Flur. Anton blieb nichts anderes übrig, als ihnen zu folgen.

»Hier ist der Kellerabgang«, sagte Jonathan und öffnete eine besonders niedrige und ebenfalls weiß lackierte Tür unterhalb der Treppe.

»Ey, Leute«, sagte Anton. »Pina ist bestimmt nicht im Keller. Das Haus hier ist uralt, da sind nur Weinflaschen, da kann man kein Kind verstecken!«

Doch Paul tastete sich bereits die ausgetretenen Stufen hinunter.

Jonathan grinste Anton an und machte eine einladende Handbewegung, die ihn aufforderte, Paul zu folgen.

Anton seufzte. Na, dann sahen sie sich halt noch im Keller um und gingen danach zu Dirk. Auch wenn er nicht glaubte, dass Simon das Mädchen hier eingesperrt hatte, so verstand er doch, dass Paul Gewissheit haben wollte.

An der Kellerdecke hing nur eine einzelne nackte Glühbirne. Die Wände bestanden aus unverputztem Mauerwerk, und es roch modrig. An einer Seite stand ein Regal voller Weinflaschen.

»Ist ja richtig gruselig«, stellte Jonathan fest, nachdem er Paul und Anton gefolgt war.

»Hab ich doch gesagt, das Haus ist über 100 Jahre alt«, erklärte Anton, »das ist kein Keller, in dem man irgendwas machen könnte, geschweige denn eine Geisel verstecken!«

»Und was ist da hinten?«, fragte Jonathan und deutete auf einen schmalen Gang, der zum hinteren Teil des Kellers führte.

Anton zuckte die Schultern. »Keine Ahnung«, sagte er, »ist ja nicht so, als ob wir ständig hier im Keller abgehangen hätten.«

Paul bahnte sich bereits einen Weg durch die Dunkelheit. »Hier ist noch eine Tür«, rief er den anderen beiden zu. »Sie ist verschlossen, aber der Schlüssel steckt.« Die Tür quietschte in den Angeln, als Paul sie öffnete. »Sieht aus wie ein Werkzeugraum«, sagte er.

»Lass mal sehen«, forderte Jonathan und folgte Paul.

Anton verdrehte die Augen und ging hinterher. Er hatte das Gefühl, dass sie nur wertvolle Zeit verschwendeten.

»Gibt's hier keine Lampe?«, wollte Paul wissen und sah sich suchend in dem kleinen quadratischen Raum um. Dabei trat er Anton, der jetzt direkt hinter ihm stand, beinahe auf die Füße.

Es war stockfinster. Nur ganz oben, knapp unterhalb der Decke, fiel durch ein kleines, mattes Fenster, das mit einer Eisenstange vor Einbrechern geschützt war, etwas Tageslicht. Die Wände waren mit Regalen vollgestellt, in denen alles Mögliche an Werkzeugen lagerte.

Anton seufzte. »Können wir jetzt gehen?«

»Ja, lasst uns abhauen«, sagte Paul und wandte sich zur Tür um.

Jonathan war im Türrahmen stehen geblieben und versperrte ihnen den Durchgang. »Tut mir leid, aber ihr geht nirgendwo hin«, sagte er und fuchtelte mit irgendetwas in seiner Hand herum.

Anton kniff die Augen zusammen, um besser sehen zu können.

»Was soll das denn, Alter?«, fragte Paul und machte einige Schritte auf Jonathan zu.

Jonathan hob die rechte Hand und zielte mit dem Ding, das er hielt, auf Paul, der schlagartig stehen blieb.

Und jetzt konnte Anton im Dämmerlicht erkennen, was Jonathan in der Hand hatte.

Es war eine Pistole.

Mittwoch, 12.11.2014

Also ich habe keine Wahnvorstellungen: Heute Nachmittag habe ich Elrond gerade in der Stallgasse angebunden und fange an, ihn zu striegeln, als Charlie plötzlich hinter mir steht. Sie starrt auf ihre Schuhe und druckst rum, und schließlich schafft sie es, mir in die Augen zu gucken und sich zu entschuldigen. Sie hat mir vorgeschlagen, dass wir uns heimlich treffen, ohne dass die anderen in der Schule das mitkriegen. Dabei hat sie fast geheult.

Ich frage, warum, und sie sagt, sie hätte Angst, dass die anderen sauer auf sie sind, wenn sie mitkriegen, dass wir uns treffen. Nina, Chiara und Manu würden dann vielleicht nichts mehr mit ihr zu tun haben wollen und alle gegen sie aufstacheln, so wie sie es bei mir tun. Zuerst war ich natürlich stinksauer, ich meine, was soll das? Was soll ich dazu sagen? »Klar, liebe Charlie, lass uns heimlich Freundinnen sein, weil ich so eine dumme Tussi bin, dass man sich nicht mit mir sehen lassen kann«?

Aber dann habe ich gemerkt, wie viel Angst Charlie hat. Sie kann ja nichts dafür. Ich weiß, wie sie ist. Also habe ich mit den Schultern gezuckt und gesagt: »Meinetwegen, du weißt ja, wo du mich findest.«

Aber natürlich bin ich trotzdem fix und fertig. Das war's dann wohl auch mit Charlie und mir. Sie wird jetzt noch ein-, zweimal in den Stall kommen, und dann hat sich das auch erledigt. Obwohl ich sie verstehen kann, ist mir zum Heulen zumute. Was habe ich denen bloß getan?

Samstag, 16.05.2015

Mit einem gezielten Kick hätte Anton Jonathan die Waffe aus der Hand treten können. *Hätte.*

Aber erstens war er so schockiert, dass er den richtigen Moment verpasste, und zweitens stand Paul ihm im Weg.

Also schlug Jonathan die Tür mit einem lauten Knall zu, und Anton hörte, wie er den Schlüssel im Schloss umdrehte.

»Johnny!«, schrie Paul und warf sich gegen die Tür.

»Tut mir leid, Mann, aber ich habe keinen Bock, deinetwegen 'ne Menge Ärger zu kriegen«, konnte man Jonathans Stimme dumpf durch die Tür hören.

Anton stand immer noch wie zur Salzsäule erstarrt mitten im Raum. Was war das denn jetzt? War er in einem Albtraum gelandet, oder was?

»Mensch, Johnny, mach keinen Scheiß«, flehte Paul. »Der Typ hat meine Schwester!«

»Ja und? Er will seine Rache, soll er sie haben, dann ist er selbst dran! Das wird er sich dreimal überlegen.«

»Das kann nicht dein Ernst sein!«

Auf der anderen Seite der Tür blieb es still. Dann hörten sie Schritte, die sich eilig entfernten.

Paul sackte auf dem Boden zusammen und verbarg das Gesicht hinter seinen Händen.

»Woher hat er die Waffe?«, wollte Anton wissen, bekam aber keine Antwort. »Woher hat er die Waffe?«, wiederholte Anton dringlicher.

»Ist doch scheißegal, Mann!«, schrie Paul, nahm die Hände vom Gesicht und starrte ihn wütend an. »Er hat sie halt, das reicht doch, oder?«

»Ist sie echt?«

»Na klar ist sie echt, was denkst du denn? Dass sie aus Kaugummi ist?«

»Und was macht er jetzt damit?«

»Woher soll ich das wissen?«

Anton ließ sich ebenfalls auf den kalten Boden sinken. »Hält der sich für den Terminator? Das ist doch alles total verrückt!«

In der Stille konnte er Paul schluchzen hören.

Ich weiß langsam nicht mehr, was mit mir los ist, ich könnte den ganzen Tag nur noch heulen. Meine Finger zittern und mein Herz beginnt zu rasen, sobald ich morgens die Augen aufmache und mir die Schule einfällt. Heute war es besonders horror. Schon vor dem Unterricht haben Paul und Jonathan Anton und mir aufgelauert, als wir von der Bushaltestelle kamen. Und natürlich haben sich Manu, Nina und Chiara auch nicht lange bitten lassen. Paul baut sich vor Anton auf und schubst ihn zu Jonathan hinüber, während Nina und Manu kichern und mit den Augen klimpern, die dummen Gänse.
»Hört doch mit dem Mist auf!«, habe ich zu Paul gesagt, »langsam wird's echt langweilig.« Aber meine Stimme war kaum mehr als ein Krächzen.
Da sagt Manu neben mir: »Ich glaube, ich habe gerade einen Floh husten hören« und Paul legt demonstrativ eine Hand hinter sein Ohr und lauscht, sagt dann: »Du musst dich geirrt haben, ich höre nichts.« Manu, Nina und Chiara gackern erwartungsgemäß los wie die Hühner, und ich drehe mich um und gehe. Ich gehe! Ich schäme mich so sehr, dass ich keine Worte dafür finde, aber ich bin gegangen und habe Anton allein gelassen mit diesen Arschlöchern!
Was hätte ich denn tun sollen? Ich habe das Gefühl, dass es noch schlimmer ist, wenn Anton und ich zusammen auftauchen. Also habe ich gedacht, wenn ich gehe, dann lassen sie Anton vielleicht in Ruhe. Und tatsächlich haben sie ihn nur

noch ein-, zweimal hin und her geschubst und dann die Lust verloren. Aber trotzdem schäme ich mich. Was ist aus mir geworden? Was haben die aus mir gemacht, dass ich mich nicht mal mehr traue, für meinen Freund einzustehen?
Ich hasse mich dafür! Ich verachte mich! Ich verdiene es, wie Dreck behandelt zu werden.

Aber das ist erst der Anfang des beschissensten Tages ever: In der zweiten Stunde haben wir Englisch bei Frau Heintze, und zum Ende des Unterrichts verteilt sie Zettel mit den Hausaufgaben. Wir sollen einen Lückentext ausfüllen und den ganzen Text anschließend von Present ins Perfect umschreiben. Alle murren, weil das so viel sei, und vor allem Manu quietscht laut los, wie sie das alles schaffen solle.
Ich weiß nicht, wer oder was in mich gefahren ist, aber ich hatte auf einmal so eine Stinkwut in mir, die einfach rauswollte, dass ich das Nachdenken für einen kurzen Moment vergessen habe. Ich drehe mich also zu Manu um und schnauze sie vor der ganzen Klasse an: Wenn sie ein bisschen weniger Zeit vor dem Spiegel verbringen würde, um sich 20 Tonnen Schminke ins Gesicht zu kippen, die ohnehin keine Wirkung hätten, dann könnte das schon klappen, sogar bei ihrer begrenzten Intelligenz.
Plötzlich ist es so still, dass man die Vögel vor dem geschlossenen Fenster draußen singen hören kann. Manu wird knallrot, und Frau Heintze sagt mit Grabesstimme zu mir, es sei kein Wunder, dass die anderen Schwierigkeiten mit mir hätten, so arrogant, wie ich mich benähme.
Klar, das war ein blöder Spruch von mir, aber der kommt ja auch nicht von ungefähr! Wenn Frau Heintze wüsste, was

Manu, Nina und Chiara mit mir machen, dann würde sie vielleicht auch anders denken, aber sie weiß es ja nicht.

In der Pause baut sich Nina dann vor mir auf und beschimpft mich. Manu steht daneben und tut so, als wäre sie ein bemitleidenswertes armes Würstchen. Plötzlich bin ich von Nina, Manu, Chiara, Paul, Jonathan, Thomas und Benny umringt, und alle schreien mit wutverzerrten Gesichtern auf mich ein. Paul schubst mich, sodass ich gegen Jonathan pralle, und beschimpft mich als eingebildete Schlampe.
Auf einmal steht Anton neben mir im Kreis. Ich weiß nicht, wie er dahin gekommen ist, denn mir erschien der Ring aus Leibern um mich herum wie eine undurchdringliche Mauer. Er steht in Angriffsstellung da und fixiert Paul. Natürlich lachen alle über Anton, keiner nimmt ihn ernst. Paul lässt von mir ab und macht ein paar drohende Schritte auf Anton zu. Er hat gerade mal einen Arm in Richtung Anton ausgestreckt, da liegt er auch schon stöhnend auf dem Boden.
Manu, Nina und Chiara kreischen wie geisteskranke Groupies. Jonathan, Thomas und Benny helfen Paul auf und stützen ihn, während er davontaumelt, als hätte er 12 Runden gegen einen der Klitschkobrüder hinter sich. Bei Anton ist nicht mal die Brille verrutscht.
In mir streiten zwei Gefühle miteinander: Einerseits bin ich Anton dankbar, dass er mich verteidigt hat, zugleich schäme ich mich, weil es gerade mal ein paar Stunden her ist, dass ich ihn in der gleichen Situation alleingelassen habe. Andererseits bin ich sauer auf Anton, denn ich weiß, dass er meine Situation damit höchstens für den Augenblick verbessert hat. Manu und Nina werden das nicht auf sich sitzen lassen. Vielleicht

hat Anton in Zukunft mehr Ruhe vor Paul und Jonathan, kann sein, und das freut mich für ihn, wurde ja auch mal Zeit, dass er den anderen zeigt, was er drauf hat. Aber ich werde das auf jeden Fall zu spüren kriegen, dass er Nina und Manu um ihre Rache gebracht hat.
Ich weiß, ich bin ungerecht, aber ich schnauze Anton an, dass er das gefälligst nicht noch einmal machen soll. Anton guckt mich mit seinen großen treuen Augen hinter der Brille an und schüttelt dann traurig den Kopf.
»Du musst dich wehren«, sagt er zu mir, und ich kriege fast einen Lachkrampf.
»Ich muss mich wehren? Und was ist mit dir? Du wehrst dich doch auch nie!«
»Sprich mit deinem Vater. Oder mit Frau Heintze«, rät Anton. »Das ist erst der Anfang! Wenn du dich jetzt nicht wehrst, wird es noch schlimmer.«
Noch schlimmer? Was, bitte schön, kann denn noch schlimmer werden? »Frau Heintze kann mich doch auch nicht leiden«, antworte ich.
»Dann sprich mit deinem Vater«, beharrt Anton.

Und das habe ich dann heute Abend versucht. Was für eine bescheuerte Idee! Ich meine, was soll er schon tun? Paul verprügeln? Mit Manus Mami reden, als hätten wir uns im Sandkasten um eine Schaufel gezankt?
Was für ein Schwachsinn!
Er sitzt im Arbeitszimmer, ich gehe zu ihm und fange an zu erzählen, dass ich mich mit Manu gestritten hätte, dass es zwischen uns nicht mehr so wäre wie früher, seit Nina da ist.
Papa schaut mich an, und ich sehe, dass er mit den Gedanken

eigentlich ganz woanders ist, bei seiner Arbeit oder was weiß ich wo.
Ja, sagt er, das hätte er schon gemerkt und das täte ihm sehr leid für mich. Das wäre im Leben manchmal so, dass Menschen sich unterschiedlich entwickeln, und was früher gepasst hätte, würde auf einmal nicht mehr passen und blablabla. Er erzählt mir lang und breit von seinem Kindergartenkumpel, den er immer Bruderherz genannt hätte. Unzertrennlich wären sie gewesen. Aber dann wären sie auf unterschiedliche Schulen gegangen, und zunächst hätte das keinen Unterschied gemacht, sie hätten sich nach wie vor jeden Nachmittag getroffen. Nach und nach jedoch hätte jeder von ihnen auch andere Freundschaften geschlossen, und aus den täglichen Treffen seien wöchentliche Treffen geworden und schließlich …
Ich sage, so ist das nicht, Manu ist ziemlich gemein zu mir. Sie glaubt, ich wolle ihr ihren Typen ausspannen, und als ich das sage, lächelt mein Vater mich so an, dass mir plötzlich irgendwie die Worte ausgehen. Ich kapiere, dass ich sagen kann, was ich will – er wird nur seine kleine Prinzessin in mir sehen, seinen Augenstern, der so toll ist, dass niemand ihm etwas Böses tun will. Ich schlucke, denn plötzlich frage ich mich, ob ich es überhaupt übers Herz bringe, ihm diese Illusion zu rauben. Was, wenn er mich plötzlich so anguckt wie die anderen? Als ob ich eklig wäre? Aber dann nehme ich einen neuen Anlauf und erzähle ihm, was Frau Heintze über mich sagt.
Und da reißt er die Augen auf und sagt: »Frau Heintze? Deine Lehrerin? Das kann ich mir nicht vorstellen! Die ist doch Pädagogin! Das hast du bestimmt in den falschen Hals gekriegt, mein Liebling.«
Tja, und dann habe ich gesagt, er hätte wahrscheinlich recht.

Ich bin einfach aufgestanden, und er hat die Arme nach mir ausgestreckt und mir einen Kuss auf die Stirn gegeben, bevor er sich wieder in seine Papiere vertieft hat.
Und ich fühle mich jetzt noch mieser als jemals zuvor.

Samstag, 16.05.2015

Der Boden war so kalt, dass Anton das Gefühl hatte, er bekäme allmählich Frostbeulen am Hintern. Aber nicht nur der Boden war zum Einfrieren – die Stimmung war es auch. Und das nicht erst, seit sie festgestellt hatten, dass Antons Handy in diesem Kellerloch keinen Empfang hatte. Paul hatte seins gar nicht dabei.

Paul hatte mehrere Minuten vor sich hin geschluchzt, dann lautstark die Nase hochgezogen, sich mit dem Handrücken über das Gesicht gewischt, und seitdem saß er da und starrte stumm geradeaus in die Dunkelheit.

»Was ich mich die ganze Zeit frage …«, überlegte Anton laut. »Wie hat er es geschafft, dass Pina mit ihm gegangen ist? Sie kennt ihn doch gar nicht! Hat er deshalb diesen Barbiekram besorgt? Um sie damit zu locken?«

Zuerst sah es so aus, als würde Paul wieder nicht antworten. Doch dann sagte er mit heiserer Stimme: »Pina würde mit jedem mitgehen, der freundlich zu ihr ist. Meine Mutter regt sich darüber schon die ganze Zeit auf. Meine Schwester sagt zu jedem, dem sie auf der Straße begegnet, Hallo und hat gar kein Problem damit, sich wildfremden Menschen in die Arme zu werfen, wenn sie sie nett findet. Einmal waren wir in Berlin bei meiner Tante zu Besuch. Und Pina ist mitten auf dem Kudamm rumgehüpft und hat jedem, wirklich *jedem*, Hallo gesagt.« Paul schnaubte durch die Nase und schüttelte den Kopf bei der Erinnerung. »Kannst du dir das vorstellen? Da sind

Hunderte von Leuten! Junkies, Penner, Punks, Nutten … egal, Pina hat sie alle angelächelt und freundlich gegrüßt, als wäre sie hier bei uns auf dem Dorf, und alle haben zurückgelächelt, wirklich alle!«

Anton konnte sich Pauls kleine Schwester gut vorstellen, wie sie Obdachlose und Prostituierte mit einem einfach »Hallo« zum Lächeln brachte. Bei Junkies und Punks fiel ihm das schon etwas schwerer.

»Also, wenn er Barbies Strandhaus deswegen gekauft hat«, fuhr Paul fort, »das Geld hätte er sich sparen können. Bei Pina reicht es, nett und lustig zu sein, und schon ist man ihr bester Freund.« Er schwieg einen Moment, dann fügte er hinzu: »Wenn das Schwein meiner Schwester auch nur ein Haar krümmt, dann bring ich ihn um, das schwör ich dir!«

Anton schüttelte den Kopf. »Er wird ihr nichts tun, das glaube ich nicht.«

»Woher willst du das wissen?«

»So ist Simon nicht.« Aber noch während Anton das letzte Wort aussprach, stiegen bereits die ersten Zweifel in ihm auf. Ja, woher wollte er das eigentlich wissen? Simon hatte Pina entführt – das lag wohl ziemlich klar auf der Hand. Und hätte er nicht noch vor wenigen Stunden geschworen, dass Simon so etwas niemals tun würde? Dass der Vater seiner besten Freundin niemals und unter gar keinen Umständen ein kleines Mädchen kidnappen würde?

Und vor wenigen Minuten hätte er auch noch nicht geglaubt, dass Jonathan mit einer Waffe rumlief und sie auf seinen besten Freund richtete. Vielleicht war es mit seiner Menschenkenntnis einfach nicht besonders weit her …

Freitag, 12.12.2014

Die guten Tage sind jetzt die, an denen die anderen mich wie Luft behandeln. Obwohl … ich weiß nicht so genau, ob das stimmt. Ich versuche, in der Schule so unsichtbar wie möglich zu sein, melde mich nicht mehr im Unterricht und verbringe die Pausen auf dem Klo, wo mich keiner sieht. Nur manchmal vergesse ich, dass es nicht mehr so ist wie früher. Heute zum Beispiel habe ich in Mathe Jakob neben mir gefragt, ob er mir mal seinen Anspitzer leihen kann, denn ich habe meinen irgendwie verloren. Jedenfalls finde ich ihn nicht mehr.
Ich frage also Jakob, und der starrt einfach weiter auf sein Blatt. Ich frage noch mal, weil ich glaube, er hat mich nicht gehört, aber Jakob starrt weiter auf seine Aufgabe, nur seine Wangen werden knallrot. Da höre ich Manu hinter mir kichern, und auf einmal fällt es mir wieder ein: Ich bin unsichtbar, nicht existent, eine »persona non grata«, nicht erwünscht. Wenn Jakob mit mir reden oder mir gar seinen Anspitzer leihen würde, dann hätte er danach nichts mehr zu lachen.
Also mache ich mit meinem stumpfen Bleistift weiter, bis Herr Förster sich über mich beugt und fragt, was ich da tue. Ich erkläre ihm, dass mein Bleistift stumpf ist und ich die geometrische Form deshalb nicht besser hinkriege, und er sagt, dann spitz ihn doch an, und ich sage, ich habe meinen Anspitzer verloren. Er sieht mich an, als wäre ich nicht mehr ganz dicht, und sagt, dann sollte ich Jakob bitten, mir seinen zu leihen. Jakob reicht mir wortlos seinen Anspitzer, ohne mich dabei an-

zugucken, und Herr Förster legt Jakob die Hand auf die Schulter, als wollte er sagen »guter Junge«.
Ich spitze also meinen Bleistift an und kämpfe mit den Tränen, gebe Jakob seinen Anspitzer zurück und sage Herrn Förster, ich müsste mal aufs Klo. Er nickt, und ich renne aus dem Klassenzimmer, weil sonst alle sehen, dass ich heule.
Im Waschraum schaue ich in den Spiegel und erschrecke vor meinem eigenen Spiegelbild. Ich kenne das Mädchen mit den dunklen Rändern unter den rotgeweinten Augen, dem zusammengekniffenen Mund, den roten Flecken auf den Wangen und dem strähnigen Haar nicht. Ich schütte mir kaltes Wasser ins Gesicht, versuche mich zu beruhigen.
Als ich wieder in die Klasse zurückkomme, mich auf meinen Platz setze und den frisch gespitzten Bleistift in die Hand nehme, ist es so, als würde mir jemand mit der geballten Faust in den Magen schlagen: Die Spitze vom Bleistift ist abgebrochen!
Zum Glück klingelt es in diesem Moment, und ich versuche, so schnell wie möglich meine Sachen in die Tasche zu packen, damit ich den Bus kriege, bevor die anderen kommen. Da spüre ich eine Hand auf meiner Schulter.
Ich drehe mich um und sehe Chiara, die mich anlächelt.
»Hast du noch einen Augenblick Zeit, Anna?«, fragt sie freundlich.
Ich bin komplett irritiert. »Ja, klar«, antworte ich. »Was gibt's denn?« Dabei denke ich, dass ich mir bloß nicht anmerken lassen darf, wie viel Schiss ich in Wahrheit habe.
»Wir machen ab jetzt jeden Freitag eine kleine Umfrage«, erklärt mir Chiara, während sich Manu, Nina, Vera, Charlie und die anderen Mädchen um uns versammeln. Alle grinsen dämlich.

»Ja und?«, frage ich und tue so, als würde es mich interessieren. »In der Umfrage geht es darum, herauszufinden, wer das unbeliebteste Mädchen der Klasse ist«, erklärt Chiara weiter, und falls das überhaupt noch geht, wird ihr Grinsen immer breiter. »Tja, und es tut mir leid, dir sagen zu müssen, dass die Wahl diesen Freitag auf dich gefallen ist.« Sie guckt mich an, als täte es ihr tatsächlich leid.

Nina und Manu kichern, Vera und die anderen sehen ziemlich unbeteiligt aus. Nur Charlie sieht man an, dass sie sich in ihrer Haut nicht wohlfühlt, was sie aber offenbar nicht davon abhält, bei den anderen zu stehen und dieses Scheißspiel mitzuspielen.

»Vielleicht sieht es ja nächsten Freitag besser für dich aus, hm?«, sagt Chiara und reicht mir einen Zettel, auf dem dick und fett mein Name steht. Nur mein Name, sonst nichts.

Ich starre auf den Zettel und kriege gar nicht mit, dass die anderen sich umdrehen und gehen, mich stehen lassen. Als ich schließlich wieder aufschaue, trifft mein Blick auf den von Paul, der als Einziger übrig geblieben ist und mich angewidert mustert.

Heute Nachmittag war ich dann noch mit Papa an Mamas Grab. Wir haben ihr ihren Geburtstagsstrauß gebracht. Und während ich da so stehe, muss ich tierisch anfangen zu heulen, weil Mama mir so fehlt und ich ihr so gerne erzählen würde, was in der Schule los ist. Vielleicht hätte sie einen Rat für mich. Vielleicht könnte sie mir sagen, was ich tun muss, damit das aufhört.

Papa schaut mich an und legt den Arm um mich, und dann fängt er auch an zu heulen. Ich kapiere, dass er glaubt, ich wäre traurig wegen Mama. Das bin ich ja auch, aber nicht so, wie er denkt. Ich bin ganz kurz davor, ihm zu sagen, was wirklich los ist, von meiner Wahl zum unbeliebtesten Mädchen der Klasse, und dass die anderen mich echt fertigmachen, wo es nur geht, mich ignorieren und bedrohen, und dass ich nicht mehr in diese bekackte Schule gehen will, aber da sagt er: »Sie fehlt mir auch.«

Und ich schlucke runter, was ich sagen wollte, denn er ist so unfassbar traurig, dass ich denke, ich kann ihm jetzt nicht auch noch mit meinem Scheiß kommen, dann ist alles aus. Was soll er auch schon tun? Das ist ganz allein mein Problem, und ich muss selbst sehen, wie ich damit zurechtkomme. Auch wenn ich keine Ahnung habe, wie.

»Was will Jonathan überhaupt mit der Waffe?«, versuchte Anton es noch einmal. Nachdem Paul nun doch anscheinend wieder bereit war, mit ihm zu reden, würde er vielleicht auch auf diese Frage eine Antwort erhalten. Was sollten sie schließlich auch anderes tun außer reden? »Läuft der jetzt da draußen durch die Gegend und ballert rum?«

Paul zuckte mit den Schultern. »Ich weiß es nicht, Mann, keine Ahnung. Wenn du mich fragst, sind die alle verrückt geworden.«

»Und wie zum Teufel kommt er überhaupt an eine Pistole? Ich meine, die gibt's ja nicht im Tante-Emma-Laden an der Ecke!«

»Sein Vater ist bei der Security und bewacht Werttransporte und so was. Außerdem ist er Sportschütze, der totale Waffenfreak. Er hat mehrere Knarren zu Hause im Schrank. Ich nehme mal an, eine davon fehlt im Augenblick.«

»Ich hab gedacht, so was gibt's nur in Amerika«, sagte Anton. »Ist das denn überhaupt erlaubt?«

Paul lachte. »Dass ein 14-Jähriger mit der Knarre seines Vaters rumläuft? Eher nicht, würde ich mal sagen.«

»Das ist mir klar, aber ich meine, dass Jonathans Vater Waffen besitzt und zu Hause rumliegen lässt, das ist doch auch nicht legal, oder?«

»Soweit ich weiß, schon«, antwortete Paul. »Du brauchst natürlich 'nen Waffenschein und 'ne Waffenbesitzkarte und ein astreines polizeiliches Führungszeugnis und all so was, aber wenn du das alles vorweisen kannst, dann darfst du natürlich auch bei uns eine Waffe haben. Oder was denkst du, was die im Schützenverein machen? Topflappen häkeln?«

Anton antwortete nicht. Schützenverein, Waffenbesitz – über solche Dinge hatte er sich noch nie Gedanken gemacht. Er war einmal mit seinem Vater beim Bogenschießen gewesen. Das hatte ihm gefallen. Aber sonst?

»Ich verstehe das einfach nicht«, brach Paul das Schweigen, »warum tut er das?«

»Wen meinst du denn jetzt? Annas Vater oder Jonathan?«, wollte Anton wissen.

Pauls Antwort ließ einige Sekunden auf sich warten. Dann sagte er: »Beide.«

»Nun, was Annas Vater betrifft«, überlegte Anton laut, »die Antwort weißt du von uns beiden am besten. Und was Jonathan angeht ...« Er zuckte die Schultern, aber das konnte Paul in der Dunkelheit nicht sehen.

Sonntag, 14.12.2014

Warum kann nicht immer Wochenende sein? Morgen fängt die Schule wieder an, und ich muss das Referat vor der Klasse halten. Ich habe es jetzt 100 Mal vor dem Spiegel geprobt, aber trotzdem weiß ich, dass ich morgen blöd rumstottern werde und allen einen guten Grund gebe, mal wieder über mich zu lachen.

Heute Nachmittag war Charlie bei mir im Stall. Sie wollte sich bei mir entschuldigen für die Geschichte am Freitag mit der Wahl zum unbeliebtesten Mädchen der Klasse. Und sie hat mich gewarnt: Manu erzählt offenbar allen, ich würde es mit meinem altersschwachen Reitlehrer treiben und es auch für Geld machen. Mittlerweile würde die ganze Parallelklasse glauben, dass ich nur deshalb so reich wäre, weil ich auf den Strich gehe. Und ich habe mich schon gewundert, warum die Jungs aus der Nachbarklasse in der letzten Zeit immer so Fickgeräusche machen, wenn sie mich sehen. Okay, jetzt kenne ich den Grund.
Ich habe mich bei Charlie dafür bedankt, dass sie mich gewarnt hat, obwohl ich ihr lieber was von Elronds Mist ins Gesicht geschleudert hätte. Wenn wenigstens eins der Mädchen den Mumm hätte, zu mir zu stehen! Aber vielleicht ist das zu viel verlangt?
Eigentlich komisch, dass nur Anton genug Zivilcourage hat, sich von den anderen nicht ins Bockshorn jagen zu lassen.

Vielleicht hängt das damit zusammen, dass er sowieso nichts mehr zu verlieren hat? Und trotzdem haben wir in der Schule nichts miteinander zu tun, denn sobald die anderen uns zusammen sehen, geht die Stichelei los.
Ich weiß nicht, wie Manu dazu kommt, solche Gerüchte über mich zu verbreiten. Ich habe noch nicht mal mehr einen Reitlehrer. Das ist schon Jahre her! Vermutlich erinnert sie sich daran, dass ich damals ziemlich für Robert geschwärmt habe, aber das war doch bloß eine Kinderei! Ich meine, damals war ich 9 oder 10, und Robert, mein Reitlehrer, 29! Jetzt frage ich mich, welches meiner Geheimnisse, die ich irgendwann mal Manu anvertraut habe, sie sonst noch so umdrehen kann, dass es zu einer gemeinen Lüge wird. Und ich frage mich, was ich dagegen tun kann. Aber die Antwort auf diese Frage lautet schlicht und ergreifend: nichts. Ich kann nichts tun. Ich kann nur stillhalten und alles ertragen, denn sobald ich den Mund aufmache und mich wehre, wird alles nur noch schlimmer.
Das habe ich auch Anton gesagt, als er auf mich eingeredet hat, ich solle mit meinem Vater reden. Ich habe ihn angeschnauzt, das hätte ich schon versucht, aber das würde nichts bringen. Er würde das nicht verstehen.
Dann solle ich mit Frau Heintze reden, hat Anton vorgeschlagen, sonst würde er das tun. Da bin ich ihm fast ins Gesicht gesprungen, ich meine, ausgerechnet Frau Heintze! Geht's noch? »Wenn du das tust«, habe ich zu Anton gesagt, »dann bist du die längste Zeit mein Freund gewesen.« Ich hoffe, er hat verstanden, wie ernst es mir damit ist.

Die Stimmung war noch aufgeheizter als vorhin, als er zusammen mit Paul und dem Hirni hier vorbeigekommen war. Inzwischen flossen ganze Ströme von Eiglibber die Hausfassade hinunter, und ein Fenster im Erdgeschoss war bereits zu Bruch gegangen. Der Lärm der schreienden Menschen war ohrenbetäubend. Und das war gut so. Jetzt konnte es nicht mehr lange dauern. Jetzt musste die Polizei bald eingreifen und diesen Kinderficker endlich überführen. Und dann würde Paul schon sehen, vor was für einer großen Dummheit er ihn bewahrt hatte.

Jonathan stellte sich so unauffällig wie möglich an den Rand des Geschehens. Sobald der dicke Polizist den Pädo in Handschellen abführte, konnte er Paul und Anton aus ihrem Gefängnis befreien. Er hoffte nur, dass Annas Vater nicht schon vorher nach Hause kam und die beiden Weicheier in seinem Keller fand.

Paul, die Memme, hatte sich von dem Hirni ganz schön weichkochen lassen. Als ob einer wie Annas Vater ein kleines Mädchen entführte, um sich an zwei Teenagern zu rächen! So einen Schwachsinn hatte er ja schon lange nicht mehr gehört.

Nein, bestimmt war es Anton, der dahintersteckte und versuchte herauszufinden, was an dem Tag, als Anna starb, im Wald geschehen war. Hoffentlich hielt Paul jetzt den Mund! Aber selbst wenn nicht – wer würde Anton schon zuhören, sobald Pina wieder da und alles in Butter war!

Und hoffentlich konnte die Polizei Pina unversehrt aus den Klauen dieses kranken Typen befreien. Warum waren die Bullen eigentlich nicht schon längst da drin? Oder waren sie es, und hier draußen bekam das nur keiner mit?

Jonathan hätte sich am liebsten selbst in den Hintern getreten, dass ausgerechnet er diese Puppenverpackungen zutage befördert hatte. Ohne die hätte er Paul vielleicht noch davon überzeugen können, dass Anton Schwachsinn erzählte. Aber was bewiesen die Verpackungen schon! Herr Martin hatte Barbiepuppen gekauft. Na und? Wahrscheinlich hatte er eine Nichte, der er die Sachen schenken wollte. Und jetzt war er gerade dort und überreichte ihr den rosaroten Mädchentraum.

Nein. Er hatte richtig gehandelt und Paul vor dem größten Fehler seines Lebens bewahrt. Und sich selbst vor den schlimmsten Prügeln seines Lebens. Denn wenn sein Vater rausbekäme, was der ach so missratene Sohn wieder mal verbockt hatte, dann könnte er sich nur noch ans andere Ende der Welt wünschen. Und selbst das wäre vermutlich noch nicht weit genug weg.

Montag, 15.12.2014

Als ich heute Morgen in die Klasse gekommen bin, hat die eine Hälfte meiner Klassenkameraden gewiehert wie ein Pferd, und die andere hat den Kopf abgewendet und sich die Nase zugehalten, als würde es stinken. »Riecht es hier nicht irgendwie plötzlich nach Pferd?«, hat Chiara laut gefragt, und alle haben gelacht. Ich habe mich schnell auf meinen Platz gesetzt und hatte gerade die Unterlagen für mein Referat rausgeholt, als Frau Heintze reinkam.
Das Referat war dann wie erwartet eine Katastrophe. Nina hat demonstrativ die ganze Zeit gegähnt und Manu vielsagende Blicke zugeworfen, Chiara und Vera haben ununterbrochen gekichert, und ich habe natürlich angefangen zu stottern und keinen einzigen vernünftigen Satz mehr rausgekriegt.
Frau Heintze hat währenddessen ganz hinten in der Klasse gesessen und irgendwelche Arbeiten korrigiert und kein einziges Mal zu mir hergeblickt. Dafür haben aber ihre Armbänder so laut geklimpert, dass ich es vorne an der Tafel hören konnte. Als ich fertig war, meinte Frau Heintze, ich hätte mich wohl nicht gut genug vorbereitet. Das nächste Wochenende sollte ich vielleicht weniger mit Reiten und mehr mit Schularbeiten zubringen. Für gute Noten müsse man arbeiten, die könne man sich nicht mit Geld kaufen.

Anton hat mich auf dem Nachhauseweg getröstet und gesagt, ich solle mir das von Frau Heintze nicht gefallen lassen. Er würde mich begleiten, wenn ich mich beschweren gehen wollte. Aber bei wem soll ich mich denn beschweren? Und was würde das bringen? Dann würden mich die anderen Lehrer nur genauso schief angucken wie Frau Heintze. Das tun sie ja zum Teil jetzt schon! Herr Förster zum Beispiel glaubt doch auch, ich hätte sie nicht mehr alle. Nein, eine Krähe hackt der anderen kein Auge aus. Und vielleicht hat Frau Heintze ja auch recht: Vielleicht bringe ich es einfach nicht.

Das Gespräch war wieder zum Stillstand gekommen, und Anton hatte sich so weit beruhigt, dass er in der Lage war, über ihre Lage nachzudenken. Die Lampe war offensichtlich kaputt. Er hatte den Schalter zwar gefunden, versteckt hinter einem der Regale, und mehrmals draufgedrückt, aber leider ohne Ergebnis.

Seine Augen hatten sich jedoch mittlerweile an die Dunkelheit gewöhnt, und er konnte das meiste in dem Raum wenigstens schemenhaft erkennen: Die Tür, das sah er jetzt, war ziemlich stabil. Außergewöhnlich stabil im Vergleich zum Rest des Kellers. Da würden sie auf keinen Fall durchkommen. Sie sah aus, als wäre sie nachträglich eingebaut worden. Vielleicht ebenfalls zum Schutz vor Einbrechern. An der Wand hinter ihm stand ein hohes Metallregal, vollgestopft mit allerlei Werkzeug, Farbresten, Tapetenkleister und so weiter.

An der gegenüberliegenden Wand stapelten sich einige Kisten, Kartons und alte Koffer. Vermutlich mit Klamotten gefüllt, die keiner mehr brauchte. So war es zumindest in ihrem Keller zu Hause. Ansonsten war der Raum leer. Das bisschen Licht, das hereinfiel, kam durch das kleine, vor Schmutz und Spinnweben blinde Fenster unterhalb der Decke. Anton schätzte die Höhe des Fensters auf mindestens zweieinhalb Meter. Aber selbst wenn sie da irgendwie hochgelangten, nützte ihnen das nichts, denn das Fenster war ja zum Schutz vor Dieben mit einer eisernen Querstange gesichert.

Zum x-ten Mal versuchte er, seinem Handy ein Lebenszeichen zu entlocken – vergebens. Und bald würde auch noch der Akku leer sein. Er hatte gerade noch acht Prozent. Das war wohl genau das, was man im Allgemeinen eine aussichtslose Situation nannte.

Wie oft hatte seine Mutter sich schon über ihn lustig gemacht, weil er zwar ein Handy besaß, aber irgendwie immer vergaß, es aufzuladen, und deshalb im entscheidenden Moment nicht verwenden konnte.

Paul hatte sich bereits vor geraumer Zeit wieder aufs Schweigen verlegt, deshalb zuckte Anton jetzt zusammen, als sein Klassenkamerad plötzlich sagte: »Wenn ich das Schwein erwische, bringe ich es um.«

»Wen? Jonathan oder Annas Vater?«

»Beide«, antwortete Paul grimmig. »Aber mit dem Alten fange ich an.«

»Den hast du doch schon umgebracht«, sagte Anton tonlos. »Ich weiß zwar immer noch nicht genau, wie, aber Simon ist an dem Tag gestorben, als Anna verunglückte. Und irgendwas hast du damit zu tun. Ich weiß nur noch nicht, was.«

»Wieso ausgerechnet ich?«, brauste Paul auf. »Was ist denn mit all den anderen, hä? *Alle* haben gewiehert, sich die Nase zugehalten und gesagt, es stinkt nach Pferd, wenn Anna die Klasse betreten hat. *Alle* haben gesagt, Anna wäre eine Nutte und würde es für Geld machen! *Alle* haben sie wie Luft behandelt! Sogar Frau Heintze konnte sie nicht leiden! Wieso dann ausgerechnet ich?«

Ja, wieso eigentlich ausgerechnet Paul? Das war genau die Frage, die Anton sich auch die ganze Zeit stellte. Wieso Paul, und warum nicht zum Beispiel er? Vielleicht wäre alles ganz anders gekommen, wenn er nicht damals diesen Riesenfehler gemacht hätte. Er hatte geglaubt, das Richtige zu tun, aber irgendwie war danach alles nur noch schlimmer geworden.

Mittwoch, 07.01.2015

Die Weihnachtsferien sind zu Ende. Heute war der erste Schultag im neuen Jahr, und sofort ging es wieder los: Manu hat in der Pause Einladungen verteilt. Offenbar haben ihr ihre Eltern dieses Jahr erlaubt, eine große Party zu schmeißen und die ganze Klasse einzuladen. Und sie hat wirklich allen eine Einladung gegeben. Allen außer mir. Sogar Anton hat eine Einladung bekommen! Ich glaube, das macht sie nur, um mir eins reinzuwürgen. Anton wird natürlich nicht hingehen, aber ich wette, damit hat Manu gerechnet. Es ging ihr nur darum, mir zu zeigen, dass ich das Allerletzte bin, sogar unbeliebter als Anton. Aber das wusste ich schon. Und ich habe es noch nicht mal in den Weihnachtsferien vergessen können, obwohl wir über die Feiertage wie immer bei meiner Tante und meinen Cousinen waren, wo eigentlich immer so viel los ist, dass ich gar nicht zum Nachdenken komme.

Bevor wir zu Tante Dagmar gefahren sind, habe ich mein Tagebuch auf dem Küchentisch liegen lassen. Aufgeschlagen auf der letzten Seite. Ich habe so getan, als hätte ich es vergessen, aber in Wahrheit hatte ich mir gewünscht, dass Papa heimlich reinguckt, damit er weiß, was los ist, ohne dass ich was sagen muss. Denn inzwischen ist es so schlimm, dass ich keinen ganzen Satz mehr rausbringen würde, ohne direkt loszuheulen.
Aber natürlich hat Papa nicht reingeguckt. Und ehrlich gesagt, hätte ich mir das auch vorher denken können. Er hat mir das

Buch in mein Zimmer zurückgebracht, als wäre es giftig oder zerbrechlich. Mit weit ausgestrecktem Arm und spitzen Fingern. »Du hast dein Buch vergessen«, hat er zu mir gesagt und mir zugezwinkert. »Ich habe nicht reingeguckt, versprochen«, hat er dann noch hinzugefügt. Offenbar dachte er, mein entsetzter Blick würde bedeuten, dass ich davor Angst hätte. »Du kannst dich auf mich verlassen, kleine Prinzessin, ich achte deine Geheimnisse und würde dich niemals hintergehen.«
Ich weiß nicht, wie ich es geschafft habe, zu lächeln, aber offenbar hat es geklappt. Papa hat mir einen Kuss auf die Stirn gegeben und ist wieder gegangen. Zurück in sein Arbeitszimmer.
Tja, das war's dann wohl.
Das war definitiv mein letzter Versuch, mit ihm zu reden.

Samstag, 16.05.2015

Ein bisschen wunderte sich Simon über sich selbst. Er hatte es getan, und es war einfacher gewesen, als er gedacht hatte. Doch konnte er auch weiterhin durchstehen, was er sich vorgenommen hatte? Würde er den Mut aufbringen, die Sache bis zum bitteren Ende durchzuziehen?

Er sehnte sich nach einem Bier. Damit könnte er die Zweifel an der Richtigkeit seines Handelns ertränken. Das würde ihn vielleicht ruhiger werden lassen. Aber er wollte nüchtern bleiben. Er *musste* nüchtern bleiben, um die Kontrolle zu bewahren. Und wenn er jetzt im Vollbesitz seiner geistigen Kräfte darüber nachdachte, wusste er, dass er das einzig Richtige getan hatte. Er konnte keine Rücksicht nehmen. Er *musste* so handeln. Das war seine einzige Chance, gehört zu werden. Seine einzige Chance, allen begreiflich zu machen, was sie Anna angetan hatten. Und was sie *ihm* angetan hatten.

Sie mussten verstehen, damit so etwas nie wieder geschah. Wenn er das schaffte, dann hatte er Annas Tod wenigstens den Hauch eines Sinns gegeben. Und für dieses Ziel war er mehr als bereit, Schuld auf sich zu laden.

Sein Blick ruhte auf dem kleinen Mädchen, das völlig in sich versunken über die Wiese vor dem Haus spazierte und wilde Blumen pflückte. Gelber Hahnenfuß, Hundsveilchen, Wiesenkerbel, Blauer Lattich, Margeriten, Hornkraut …

Jetzt sah es zu ihm auf, als hätte es seine finsteren Gedanken gespürt, und lächelte. Es hüpfte fröhlich auf ihn zu, die kleine Hand mit den bunten Blumen vor sich ausgestreckt, die blonden Locken wippten auf und ab. »Für dich«, sagte sie, als sie ihn erreicht hatte und vor seinem Stuhl, den er sich vor die Tür gestellt hatte, um das Kind im Auge zu behalten, stehen geblieben war.

Sein Herz schnürte sich vor Kummer zusammen, aber er versuchte, sich nichts anmerken zu lassen, und nahm die Blumen mit gespielter freudiger Überraschung entgegen.

»Für mich?«, fragte er. »Das ist aber lieb von dir! Du bist ja wahrhaftig ein kleiner Engel. Komm, wir gehen rein und suchen eine Vase für den schönen Strauß.« Und er nahm das Mädchen an die Hand und führte es ins Innere des Hauses.

Die Tür fiel hinter ihnen ins Schloss.

Mittwoch, 04.02.2015

Jeden Morgen das gleiche Spiel: Sobald ich die Klasse betrete, wiehern alle und rümpfen die Nase, als würde es plötzlich anfangen zu stinken. Ich habe mir im Drogeriemarkt so eine Bürste gekauft, mit der schrubbe ich mich jetzt jeden Tag unter der Dusche, bis die Haut rot ist. An den Innenseiten der Oberschenkel habe ich schon ganz viele Pusteln, aber ich fürchte trotzdem noch, nach Pferd zu stinken.

In der Pause kam heute ein Junge aus der 9. auf mich zu und hat mich gefragt, ob ich ihm für 5 Euro einen blase. Das Schlimmste daran war, dass ich das Gefühl hatte, er meint die Frage ernst. Es ging ihm nicht darum, mich zu ärgern – er hat echt gedacht, ich mache das! Ich hab's noch nicht mal geschafft, ihm einen blöden Kommentar reinzuwürgen, konnte mich nur so schnell wie möglich umdrehen, damit er nicht sieht, wie mir die Tränen in die Augen schießen.

Ich versuche, zu allen möglichst nett zu sein. Frau Heintze meint ja, es läge an mir, dass mich keiner mag. Jakob hat mich heute nach meinem Radiergummi gefragt. Ich habe es ihm natürlich gegeben und dann vergessen. Später lag es wieder auf meinem Platz: in viele kleine Stücke zerschnibbelt.

Wenn morgens der Wecker klingelt und ich aufstehen muss, würde ich mir am liebsten das Kissen aufs Gesicht drücken, bis ich aufhöre zu atmen. Ich habe auch schon versucht, nicht mehr zu atmen, bis ich tot bin, aber das geht natürlich nicht. Dann stehe ich vor dem Spiegel und betrachte mein Gesicht. Ich hasse diesen Anblick! Ich hasse mich! Weil ich nichts mehr essen kann, bin ich ziemlich dünn geworden. Über den Schlüsselbeinen habe ich jetzt so richtige Kuhlen. Das sieht voll eklig aus. Und meine Jeans rutschen neuerdings. Ich muss jetzt immer einen Gürtel tragen und ziehe lange, weite Pullis und Sweatshirts an, damit Papa nicht sieht, wie viel ich abgenommen habe. Ich will nicht, dass er sich Sorgen um mich macht.

Als ich da so vor dem Spiegel stand und mich betrachtet habe, da stieg auf einmal so eine unbändige Wut auf mich selbst in mir hoch, dass ich mich nicht mehr beherrschen konnte, und ich habe mir selbst eine Ohrfeige gegeben. Es war zugleich schrecklich und befreiend. Ich konnte diesen ganzen Hass auf mich endlich rauslassen, und der Schmerz, den ich dabei gespürt habe, der hat mir auf irgendeine komische Weise richtig gutgetan. Ich konnte mich endlich mal wieder fühlen! Ich wusste, dass ich wer bin, wenn auch nur ein Haufen Scheiße, aber ich bin jemand. Und ich habe den Schmerz genossen! Denn ich habe ihn verdient! Und dann habe ich mich noch mal geschlagen. Und noch mal. Und immer fester. Und dabei habe ich ganz laut geschrien und geheult, bis ich auf dem Fliesenboden vor dem Waschbecken zusammengesackt bin. Ich weiß nicht, was da mit mir los war. Ich schäme mich dafür und habe Angst, verrückt zu werden. Ich meine, wer ist denn schon so bekloppt und schlägt sich selbst? Aber gleichzeitig könnte ich jetzt sofort damit weitermachen. Mir selbst weh-

tun. Mich kaputtmachen, bis ich nicht mehr da bin. Dann braucht sich keiner mehr mit mir abzugeben. Auch ich nicht. Dann habe ich Ruhe vor mir.

Samstag, 16.05.2015

Das Handy in seiner Hand vibrierte. Für einen Augenblick glaubte Anton, er hätte eine Nachricht empfangen. Und das würde bedeuten, er könnte auch Nachrichten versenden! Aber es war nur die Akkuanzeige, die ihn darauf aufmerksam machte, dass er das Handy an die Stromversorgung anschließen musste.

Paul war wieder still geworden, und Anton hatte mehr Zeit, als ihm lieb war, über ihren letzten Wortwechsel nachzudenken. Auch er verstand nicht, warum Simon sich ausgerechnet Paul für seine Rache ausgesucht hatte. Denn wenn Annas Vater inzwischen, wodurch auch immer, begriffen hatte, was in den letzten Monaten mit seiner Tochter geschehen war, dann musste er auch wissen, dass es nicht das Werk eines Einzelnen gewesen war.

Anton dachte daran, wie oft Anna versucht hatte, mit ihrem Vater über das zu reden, was mit ihr geschah. Aber er hatte ihr irgendwie nie richtig zugehört.

Denn es war nicht nur Paul gewesen, der Anna das Leben zur Hölle gemacht hatte. Viele hatten dazu beigetragen, dass ihr Leben nicht mehr lebenswert gewesen war. Auch er selbst. Jetzt noch bekam er vor Scham einen heißen Kopf, wenn er daran zurückdachte.

Er hatte geglaubt, das Richtige zu tun, als er hinter Annas Rücken mit Frau Heintze über sie gesprochen hatte. Aber das war ja so was von in die Hose gegangen!

Frau Heintze hatte ihm aufmerksam zugehört, und er hatte das Gefühl gehabt, dass sie ihn ernst nähme, dass sie verstand, was er ihr sagen wollte. Zum Schluss hatte sie ihm versichert, dass es richtig gewesen sei, zu ihr zu kommen, und sie hatte ihm versprochen, sich um alles zu kümmern.

Und dann hatte sie kurze Zeit später, als Anna einmal fehlte, die Gelegenheit genutzt, um mit der Klasse über ihr Verhalten Anna gegenüber zu reden. Schon zu Beginn des Gesprächs hatte Anton das Gefühl gehabt, da laufe was schief. Frau Heintze hatte die Frage an die Klasse gerichtet, was sie denn an Anna stören würde und was Anna ändern müsse, damit sie sie akzeptieren könnten.

Anton hatte geglaubt, sich zu verhören! Wieso gab Frau Heintze den anderen auch noch eine Bühne, um über Anna herzuziehen? Wieso gab sie der Klasse zu verstehen, da wäre etwas an Anna, das falsch sei? Das ihnen das Recht gäbe, sie so zu behandeln, wie sie es taten?

Seine Klassenkameraden hatten mehr oder weniger einstimmig gesagt, Anna sei hochnäsig, eingebildet, unfreundlich und würde glauben, sie sei die Tollste, Reichste, Schönste und Klügste. Anton wusste noch, wie er mit Charlie einen entsetzen Blick ausgetauscht hatte. Nur sie und er hatten sich nicht an dem Gespräch beteiligt. Charlie aus Angst, und er, weil er jetzt endlich kapiert hatte, dass jedes weitere Wort von ihm die Sache nur noch schlimmer machen würde.

Frau Heintze hatte der Klasse das Gefühl gegeben, es wäre verständlich, dass sie was gegen Anna hatten, und dass sie selbst genauso dächte. Sie hatte behauptet, sie würde mit Anna sprechen, und die anderen gebeten, Anna noch eine Chance einzuräumen.

Und Anton wusste, dass er einen Riesenfehler gemacht hatte. Er schämte sich, weil er nie den Mut aufgebracht hatte, Anna davon zu erzählen. Er hatte sich eingeredet, dass es besser für sie sei, wenn sie davon nichts wüsste, weil es sie nur noch mehr runterziehen würde. In Wahrheit aber hatte er sich einfach zutiefst geschämt. Schließlich hatte er ihr das Versprechen gegeben, mit niemandem darüber zu reden. Nicht mit Frau Heintze und erst recht nicht mit ihrem Vater. Anna hatte das nicht gewollt. Sie hatte befürchtet, dass die ganze Angelegenheit dadurch nur noch schlimmer werden würde. Und nach seinem Gespräch mit Frau Heintze hatte Anton zugeben müssen, dass Annas Befürchtung richtig gewesen war.

Und warum brachte Paul nicht den Mut auf, ihm zu erzählen, was Simon auf der Beerdigung zu ihm gesagt hatte? Was war es, wovon Paul und Jonathan fürchteten, dass Simon es wissen könnte?

Schämte sich sein Klassenkamerad etwa auch für das, was er getan hatte? Unwahrscheinlich. Auf ihn wirkte es eher so, als glaubte sich Paul nach wie vor im Recht. Als meinte er immer noch, dass Anna es auf irgendeine Weise verdient hatte, was mit ihr geschehen war.

Montag, 16.03.2015

Heute hatte Frau Heintze mal wieder eine tolle Idee: Sie meinte, wir könnten vor den Osterferien noch mal die Sitzordnung ändern, damit wir Gelegenheit hätten, »uns zu beschnuppern«. Natürlich haben bei diesem Wort alle angefangen zu wiehern. Sie hat dann ausgerechnet Nina neben mich gesetzt. »Dann könnten wir vielleicht gegenseitig auch ein paar nette Eigenschaften aneinander entdecken«, sagte sie.
Hahaha! Natürlich hat Nina so getan, als fände sie die Idee super, und hat mich freundlich angelächelt. Als sie neben mir saß, habe ich mich kaum noch getraut zu atmen. Mein Herz raste und meine Hände haben so gezittert, dass ich sie festhalten musste, damit Nina es nicht sieht.
»Nun guck doch nicht so verbissen«, hat Frau Heintze zu mir gesagt. »Schau mal, die Nina gibt dir doch eine Chance, dann schaffst du das wohl auch!«
Ich hätte mich fast übergeben, vor allem, als Nina daraufhin eifrig genickt hat, die scheinheilige Kuh.
Dann ist Frau Heintze rausgegangen, um ein paar Arbeitsblätter für uns zu holen. Kaum war die Tür hinter ihr zu, hat Nina laut aufgeschrien und auf meine Unterarme gedeutet, die vom vielen Schrubben mit der Bürste rote Flecken haben und ganz rau sind.
»Iihhh!«, hat sie gekreischt, »Anna hat eine ansteckende Hautkrankheit! Rettet mich!«
Alle haben gelacht. Alle!

Und ich habe rotgesehen.
Ich bin aufgesprungen und habe volle Suppe gegen Ninas Stuhl getreten, sodass der Stuhl umgekippt und Nina auf den Boden geknallt ist. Genau in dem Moment kommt Frau Heintze wieder rein und schreit mich an, was mir einfiele! Ich wäre ja von allen guten Geistern verlassen!
Nina steht auf und reibt sich den Ellbogen und sagt mit tränenerstickter Stimme, sie habe Angst, neben mir zu sitzen, ich sei nicht zurechnungsfähig.
Frau Heintze schnauzt mich an und fragt mich, was das soll, und ich erkläre ihr, dass Nina gesagt hat, ich hätte eine ansteckende Hautkrankheit. Nina behauptet, das stimme gar nicht, sie habe mich nur teilnahmsvoll gefragt, was ich da an den Unterarmen hätte, und Chiara sagt, das stimmt, das habe sie gehört – obwohl sie ja ganz woanders sitzt und gar nichts gehört haben kann!
Frau Heintze geht mit Nina und mir raus, und Nina fängt draußen an zu heulen und macht einen auf bemitleidenswert.
»Was soll das, Anna?«, fragt Frau Heintze mich, und es platzt aus mir heraus, dass alle ständig auf mir rumhacken, gemeine Lügen über mich verbreiten und mich wie Luft behandeln, als wäre ich eine Aussätzige. Und was sagt Frau Heintze? Sie erklärt mir, ihr Opa hätte früher immer ganz viele Sprichwörter benutzt, und einer seiner Lieblingssprüche sei gewesen: »Wie man in den Wald hineinruft, so schallt es auch heraus.« Ob ich mir vorstellen könne, was damit gemeint sei. Ich weiß nicht, ob ich losheulen oder ihr eine knallen soll. Ich meine, was soll ich denn noch machen? Ich merke, wie mein Augenlid wieder anfängt zu zittern, und Frau Heintze sagt: »Gib dir doch einfach mal ein bisschen Mühe, netter zu den anderen zu sein, Anna.

Du darfst dich nicht wundern, wenn die anderen dich nicht leiden können, so wie du dich aufführst.«
Nina streckt mir die Hand entgegen, als wolle sie sich mit mir versöhnen, und Frau Heintze sagt, das fände sie eine großartige Geste von Nina, und blickt mich auffordernd an.
Ich reiche also Nina die Hand, was soll ich auch anderes tun, und Nina lächelt mich freundlich an, während sie meine Hand so fest drückt, wie sie kann. Aber das sieht Frau Heintze natürlich nicht. Frau Heintze sieht nur Ninas Lächeln. Und mein zusammengekniffenes Gesicht, damit ich den Schmerz besser ertrage, während Nina meine Handknochen gegeneinanderpresst. Und wenn ich Frau Heintze sagen würde, dass Nina meine Hand zerquetscht? Dann würde sie mich wohl auffordern, mit meinen ständigen Beschuldigungen aufzuhören und nicht immer so empfindlich zu sein.

Manchmal wünschte ich, sie würden mich schlagen. Denn wenn man geschlagen wird, gucken die Leute hin! Nur wegen ein paar gemeiner Worte oder böser Blicke greift niemand ein. Wenn sie mich schlagen würden, dann hätte ich sichtbare Wunden! Dann könnte ich sagen: »Schaut her, diesen blauen Fleck hat Manu mir zugefügt! Und diese Beule Nina! Der blutende Kratzer stammt von Chiara, und die Platzwunde an der Lippe, das war Paul …«
Aber ich habe keine blauen Flecken, keine blutenden Kratzer, keine Beulen oder Platzwunden. Meine Wunden sind tiefer. Sie sind unter meiner Haut verborgen und damit unsichtbar. Sie sind in meinem Herzen, in meinem Bauch, meinem Kopf und meiner Seele. Sie zerstören mich von innen heraus.
Und niemand bekommt es mit.

Völlig unerwartet sprang Paul auf und hämmerte mit der Faust gegen die Tür. »Ich will hier raus, verdammt! Wir können doch nicht hier rumsitzen und nichts tun, während dieser Typ Pina hat!«, brüllte er.

Und Jonathan draußen mit einer Knarre rumläuft und einen auf Wildwest macht, dachte Anton. »Ich habe eine Idee, wie wir es versuchen könnten«, sagte er.

»Und das erzählst du mir erst jetzt?«

»Ich habe bis gerade eben darüber nachgedacht.«

Paul ließ sich Antons Plan erklären und ballte dabei immer wieder die rechte Hand zur Faust, als stünde er bereits vor dem Entführer seiner Schwester und könnte sich kaum noch beherrschen, nicht zuzuschlagen.

Anton staunte über den blinden Hass und die Rachegelüste seines Klassenkameraden. Wie schnell das doch ging, dass ein Mensch dazu bereit war, einem anderen zu schaden, wenn er sich von ihm verletzt fühlte. Nur dass Paul offensichtlich nicht verstand, dass es in Simon seit Annas Tod mindestens genauso schlimm aussehen musste wie jetzt in ihm! Dass es bei Annas Vater die gleichen Gefühle waren, die Paul empfand und die ihn zu dem trieben, was er tat: Trauer, Wut, Verletzung, Ohnmacht und das Gefühl, versagt zu haben.

Aber Paul schien das nicht zu verstehen. Er schien nur sich und seinen eigenen Schmerz wahrzunehmen. Oder verstand er es und wollte es nur nicht zugeben?

»Okay«, sagte Paul schließlich, als Anton mit seinen Erklärungen fertig war. »Lass es uns versuchen.«

Sie ruckelten und zogen die stabileren Kartons und Kisten durch den Raum und stapelten sie mit vereinten Kräften unter dem Fenster übereinander. Anton betrachtete das Gebilde mit Skepsis. Würde es halten?

Im Regal fanden sie nach einigem Suchen einen Hammer und eine Säge, die ihnen geeignet schien.

Das Einschlagen des Fensters ging erwartungsgemäß schnell. Anton zog die restlichen Scherben aus dem bröckligen Fensterkitt, damit sie sich nicht daran verletzten, wenn sie nachher durch das Fenster krochen.

Beim Zersägen der Eisenstange, die Einbrechern den Weg nach innen versperren sollte, wechselten sie sich ab. Schweißperlen tropften von Antons Stirn. Es war nicht nur anstrengend zu sägen, es stellte auch eine große Herausforderung dar, dabei nicht von dem wackligen Turm aus Kartons zu fallen, der ihnen den Weg zum Fenster erst ermöglichte. Zum Glück war es nur eine einzige Querstange, die sie zu durchtrennen hatten. Und zum Glück war die Querstange innen hohl. Aber auch so war es anstrengend genug, und zwischendurch zweifelte Anton daran, dass sie es jemals schaffen würden.

»Die kriegen wir nie durch«, sagte auch Paul gerade in dem Moment, als die Eisenstange unter Antons Händen nachgab. Durch den fehlenden Gegendruck verlor Anton das Gleichgewicht und stürzte mit einem lauten Poltern von der obersten Kiste.

Der Kellerboden war nicht nur kalt, er war auch verdammt hart, wie Anton feststellte, als er unten ankam. Stöhnend rieb er sich den Fußknöchel, während Paul bereits ein Freudengeheul anstimmte. Beim Blick nach oben, der jetzt endlich den Weg in die Freiheit zeigte, ließen Antons Schmerzen schlagartig nach.

Sie hatten es geschafft!

Mittwoch, 18.03.2015

Ich habe mich ja schon gewundert, warum ich keine Nachrichten aus dem Klassenchat mehr bekomme. Eine Weile habe ich gedacht, der Chat wäre ganz einfach eingeschlafen. Dann wurde mir klar, dass nur ich keine Nachrichten mehr erhalte. Nun, jetzt bekomme ich wieder welche. Das heißt, ich natürlich nicht! Die Nachrichten sind nicht an mich, sondern über mich. Ich soll sie nur lesen. Da steht dann:

Chiara: Habt ihr gesehen, was die heute wieder anhatte?
Manu: Voll peinlich!
Nina: Da muss man sich ja schämen, so jemanden in der Schule zu haben.
Paul: Kein Wunder, wenn man keinen Arsch in der Hose und keine Titten im T-Shirt hat, kann man auch nichts zeigen.
Nina: Ich hoffe nur, die landet bald da, wo ihre Mutter schon ist, dann haben wir endlich unsere Ruhe!
Chiara: Hört auf! Ich wiehere mich hier gerade zu Tode!

Ich hab »Hoffentlich!« gepostet und mich dann aus der Gruppe abgemeldet. Aber eine Minute später ging auf meinem Handy schon wieder ein Signalton nach dem anderen ein.

Jonathan: Ich frage mich nur, warum noch jemand Geld dafür bezahlt, die zu vögeln.
Paul: Es gibt halt Perverse auf der Welt!

Nina: Viele Perverse!
Jonathan: Genau! Deshalb sieht sie auch so fertig aus!
Paul: Fertig und benutzt.

Ich habe mich wieder abgemeldet. Offensichtlich hatten sie für den Moment alles Wesentliche gesagt, denn danach herrschte Ruhe.
Aber meine Hände haben gezittert. Am liebsten hätte ich das Scheißhandy gegen die Wand geschleudert, dass es in tausend Teile zerbricht. Aber selbst dafür fehlte mir die Kraft.
Stattdessen habe ich getan, was ich in der letzten Zeit häufiger tue, wenn ich es gar nicht mehr anders aushalte: Ich habe mich geschlagen. Zuerst mit der flachen Hand und dann mit der Faust. Und wie immer habe ich mich danach endlich für eine Weile etwas ruhiger gefühlt. Das ist so ein Gefühl, wie ich es als kleines Kind hatte, wenn ich krank war und kotzen musste. Das Kotzen ist Horror. Es dreht einem das Innerste nach außen und man weiß nicht mehr, wo oben und wo unten ist. Aber danach fühlt man sich so unglaublich erschöpft, dass einem alles andere egal ist und die Gedanken daran, dass man gleich kotzen muss, wenigstens für einen Moment weg sind.
Leider sind diese Idioten clever genug, meinen Namen nicht zu nennen. So können sie sich immer rausreden, ich sei ja gar nicht gemeint gewesen, falls ich mich irgendwo beschweren wollte.
Aber das will ich gar nicht. Ich will einfach nur, dass das endlich aufhört! Ich will meine Ruhe! Sonst nichts!

Samstag, 16.05.2015

Anton ignorierte den Schmerz in seinem anschwellenden Knöchel, während er Paul nach oben stemmte.

»Shit!«, hörte er Paul fluchen. Wenigstens das konnte er auf Englisch.

»Was ist?«, fragte er.

»Hier liegen überall die Glasscherben, ich habe mich an einer geschnitten!« Paul strampelte mit den Füßen und Anton musste ausweichen, damit er nicht von einer Schuhsohle an der Nase getroffen wurde. Dann tauchte Pauls grinsendes Gesicht im Fensterrahmen auf. »Bingo!«

»Zieh mich raus!«, bat Anton. Jetzt, wo der Weg nach draußen frei war, hatte er das Gefühl, es keine Sekunde länger in diesem Kellerloch aushalten zu können.

Doch Paul war verschwunden.

»Paul?« In Anton stieg Panik auf. Was sollte er tun, wenn Paul ihn jetzt hier versauern ließ? Ohne seine Hilfe würde er es kaum schaffen, sich durch das schmale Fenster nach oben zu ziehen.

»Moment«, hörte er da Pauls Stimme. »Ich räume die Glasscherben weg, sonst schneidest du dich auch noch.«

Anton atmete erleichtert auf, dann ergriff er die blutverschmierte Hand, die sich ihm entgegenstreckte.

Als er sich draußen aufrichtete und sich umblickte, erkannte er, dass ihn seine Orientierung nicht getäuscht hatte. Sie standen auf dem kleinen gepflasterten Weg, der an der Seite des

Gebäudes in den hinteren Teil des Gartens führte. Der Lärm des aufgebrachten Mobs vor Herrn Schirmers Haus war jetzt deutlich zu hören.

»Komm«, sagte Anton und zupfte an Pauls Ärmel, der seine blutende Hand betrachtete. »Wir haben keine Zeit zu verlieren.«

So schnell er konnte, humpelte Anton in Richtung Straße. Aus dem Augenwinkel bemerkte er, dass noch alle drei Fahrräder am Gartentor lehnten, und er fragte sich, wohin Jonathan zu Fuß unterwegs war.

Der Anblick der wütenden Menschen hatte etwas Verstörendes an sich. Wie wilde Tiere drängten sich mittlerweile mindestens fünfzig Leute vor Michael Schirmers Haus und versuchten gewaltsam, sich Einlass zu verschaffen. Sie stießen wüste Beschimpfungen aus und reckten die geballten Fäuste in die Höhe.

Anton schüttelte den Kopf, und auch Paul wirkte erschrocken. Es war unmöglich, sich durch die Menschenleiber einen Weg nach vorn zu bahnen, wo Dirk gemeinsam mit einem Kollegen die Haustür sicherte. Beide Polizisten hatten hochrote Köpfe und wirkten in keiner Weise so, als hätten sie die Situation unter Kontrolle. Dirk schrie in sein Funkgerät und forderte dringend weitere Verstärkung an.

Zumindest nahm Anton das an, denn verstehen konnte er nichts von dem, was Dirk brüllte. Er versuchte, sich zwischen den dicht an dicht stehenden Körpern hindurchzuquetschen, doch niemand machte ihm Platz. Im Gegenteil. Sein Drängeln schien die anderen eher noch zu veranlassen, den Druck nach vorn zu verstärken.

Anton drehte sich zu Paul um und hob in einer Geste der Hilflosigkeit die Hände. »Das hat keinen Sinn«, sagte er.

»Und was sollen wir jetzt machen?«, fragte Paul mit Verzweiflung in der Stimme.

Anton holte sein Handy aus der Hosentasche und warf einen Blick aufs Display. Es war schwarz. Und es blieb auch schwarz, als er auf den Home-Button drückte. Der Akku war leer. Er verzog das Gesicht.

»Vielleicht weiß ich, wo Simon Pina versteckt hält«, sagte er schließlich zögernd. Er wusste nicht, ob es wirklich eine gute Idee war, sich alleine auf die Suche nach Annas Vater und dem verschwundenen Mädchen zu begeben, aber er hatte auch keine andere. Ehe sie jetzt einen Polizisten fanden, der ihnen von Anfang bis Ende zuhörte und ihnen dann auch noch Glauben schenkte, konnte es schon zu spät sein. Zu spät für Simon, zu spät für Michael Schirmer, zu spät für Pina.

»Und wo?«, wollte Paul wissen.

»Das erkläre ich dir unterwegs«, antwortete Anton und zog Paul mit sich fort.

Keiner von beiden bemerkte den Jungen in ihrem Alter, der sich plötzlich aus der Menschenmenge löste und ihnen folgte.

Freitag, 20.03.2015

Heute ist Freitag, und nach wie vor bekomme ich am Ende jeder Woche einen Zettel mit meinem Namen drauf. Ich weiß, was das bedeutet, auch ohne, dass man es mir erklären muss: Die Wahl des unbeliebtesten Mädchens der Klasse hat wieder stattgefunden, und die Wahl fiel, oh Wunder, auf mich. Weil ich eingebildet bin, weil ich hässlich bin wie die Nacht, weil ich dumm bin wie Stroh, weil ich scheiße bin, weil ich nach Pferd stinke …

Wenigstens hat Frau Heintze eingesehen, dass ihr Experiment mit der neuen Sitzordnung nicht geklappt hat. Seit heute sitze ich alleine an einem Tisch in der ersten Reihe, denn Jakob wollte auch nicht mehr neben mir sitzen. Und Anton durfte nicht.

Obwohl mein Kopf weiß, dass es Quatsch ist, schrubbe ich meine Haut jeden Tag, so fest ich kann, mit der Bürste ab, damit ich nicht stinke. Es tut weh, sehr weh, mehr als das Schlagen. Meine Haut ist an vielen Stellen schon ganz wund und blutig. Aber ich kann nicht aufhören. Je mehr es wehtut, desto stärker bürste ich. Ich will, *dass es wehtut. Ich empfinde es als Genugtuung, mir das anzutun. Ich hasse mich! Ich hasse meinen Körper! Es geschieht mir recht!*

In der vierten Stunde haben wir bei Frau Fuchs in Biologie einen Test geschrieben. Biologie ist eigentlich eins meiner Lieblingsfächer, aber ich hatte irgendwie einen Aussetzer und habe nur auf das Blatt mit den Fragen gestarrt und kein Wort verstanden.

Ich musste die ganze Zeit daran denken, was die im Klassenchat über mich geschrieben haben. Und was sie jetzt dort alles schreiben, was ich nicht mitkriege. Also habe ich Frau Fuchs ein leeres Blatt abgegeben. Sie hat mich ganz komisch angeguckt und gefragt, ob mit mir alles in Ordnung sei. Fast hätte ich angefangen zu heulen, und einen Moment lang habe ich echt überlegt, ob ich Frau Fuchs sagen soll, was los ist.
Aber dann kam Vera nach vorne, um ihr Blatt abzugeben. Sie stand direkt hinter mir, und ich habe nur geschluckt und Frau Fuchs gesagt, es wäre alles okay, mir würde es heute nur nicht so gut gehen, weil ich Kopfschmerzen hätte. Frau Fuchs hat gesagt, dann sollte ich besser nach Hause gehen und mich hinlegen.
Und das habe ich dann auch gemacht. Ich habe mich ins Bett gelegt und so getan, als würde ich schon schlafen, als Papa abends nach Hause kam. Aber er hat sich zu mir gesetzt, mir die Hand auf die Stirn gelegt, als wolle er prüfen, ob ich Fieber habe, und mich sorgenvoll angeguckt, weil Frau Fuchs ihn angerufen und gefragt hat, ob mit mir alles in Ordnung sei, ich hätte mich in der letzten Zeit so verändert, würde mich gar nicht mehr am Unterricht beteiligen und hätte heute beim Test ein leeres Blatt abgegeben, obwohl ich früher eine ihrer besten Schülerinnen gewesen sei.
Ich habe Papa angelächelt und gesagt: »Klar ist alles okay, ich habe nur Kopfschmerzen.«
»Das ist die Pubertät, meine Prinzessin, das geht wieder weg«, hat Papa gesagt, und ich habe zustimmend genickt.
Ich will einfach nicht, dass er weiß, was die anderen mit mir machen. Ich würde mich schämen, wenn ich ihm sagen müsste, dass mich fremde Jungen ansprechen, ob ich ihnen für 5 Euro

einen blase, oder dass die anderen mir meine Tampons aus der Schultasche klauen und mir stattdessen blutverschmierte Binden reinlegen.
Ich will ihm nicht sagen, dass ich das Gefühl habe, nach Pferd zu stinken, und mir am liebsten die Haut vom Körper reißen würde, damit ich nicht nach Elrond rieche. Ich will ihm nicht sagen, dass ich mich regelmäßig schlage und letztens zum ersten Mal darüber nachgedacht habe, mir ein Messer aus der Küche zu holen und mir damit in die Arme oder Beine zu ritzen oder mir mit so einer dicken Rouladennadel in die Haut zu stechen.
Ich schäme mich so sehr für all das und könnte es nicht ertragen, wenn er mich so angucken würde wie die anderen. Ich habe Angst, dass er dann plötzlich das Gleiche in mir sieht wie meine Klassenkameraden. Dass er mich verachtet für das, was ich bin. Und dass er wie Frau Heintze sagt, ich müsse mich ändern. Denn ich weiß einfach nicht, wie ich mich ändern muss, damit das aufhört.
Ich habe auch mein Handy ausgeschaltet, nachdem Anton zigmal versucht hat, mich zu erreichen. Auch ihn will ich nicht mehr sehen. Ich will niemanden mehr sehen. Niemandem zur Last fallen. Mir kann sowieso keiner helfen. Am liebsten wäre ich einfach tot. Dann bräuchte ich nicht mehr in die Schule zu gehen. Dann hätte ich endlich meine Ruhe.

Samstag, 16.05.2015

»Fuck!« Jonathan kickte wütend einen Stein zur Seite. Wie hatten die beiden es bloß geschafft, sich aus dem Keller zu befreien? Und Anton hatte ein Handy aus seiner Hosentasche geholt und draufgeschaut! Was war er nur für ein Idiot, dass er daran nicht gedacht hatte! Vielleicht hatte der Hirni längst die Polizei informiert und jeden Augenblick rückten mehrere Bullen mit Blaulicht und Sirene auf der Suche nach ihm an! Was sollte er bloß tun?

Auf keinen Fall durfte er die beiden aus den Augen lassen! Er musste unter allen Umständen verhindern, dass sie irgendeinen Mist bauten. Denn wenn sein Vater rauskriegte, was geschehen war, dann konnte er sich auf was gefasst machen. Dabei war es gar nicht seine Idee gewesen, sondern Pauls. Zumindest am Anfang.

Er wurde jetzt noch wütend, wenn er daran dachte, wie mies Anna Paul behandelt hatte, die eingebildete Schlampe. Wie sie ihn einfach hatte stehen lassen, als wäre sie zu fein, um überhaupt mit ihm zu reden!

Und Paul? Ohne die Unterstützung seines Freundes hätte er sich das wahrscheinlich auch noch gefallen lassen, hätte die Demütigung geschluckt, ohne der Tussi zu zeigen, wer der Boss ist. Er hatte ja nicht geahnt, wohin das alles führen würde!

Jonathan wartete, bis Paul und Anton der Gruppe den Rücken zugewandt hatten, und beobachtete, wie sie mit eiligen Schritten zurück zum Haus der Martins liefen. Er runzelte die Stirn, als er sah, dass Anton stark humpelte. Dann löste er sich aus der Menschenmenge, die ihm bis jetzt Sichtschutz geboten hatte, und folgte den beiden unauffällig.

Dienstag, 24.03.2015

Noch drei Tage, dann habe ich es geschafft. Dann sind Osterferien. Papa meinte heute Morgen, wir könnten ja über Ostern nach Mauritius fliegen! Das täte uns beiden gut, und da könnten wir mal wieder richtig abschalten. Und dabei hat er mich ganz sorgenvoll angeguckt. Maite und Milan würden auch da sein, er hätte extra bei ihren Eltern angerufen, um die Reisezeiten abzustimmen.

Einerseits fände ich es ganz schön, Maite und Milan wiederzusehen, aber gleichzeitig habe ich auch Angst davor. Was, wenn die beiden dann auch merken, dass mit mir was nicht stimmt? Wir haben uns in den letzten Monaten auch gar nicht mehr geschrieben, weil ich nicht wusste, was ich überhaupt schreiben soll, außer dass es mir schlecht geht. Und außerdem weiß ich nicht, wie ich das machen sollte, dass Papa nicht merkt, dass ich 6 Kilo abgenommen habe. Auf Mauritius sind es jetzt bestimmt 30 Grad und alle gehen schwimmen! Ich kann aber meinen Bikini nicht anziehen, weil er mir erstens viel zu groß geworden ist, und zweitens, weil dann jeder sieht, was für ein Klappergestell ich geworden bin und wie scheiße ich aussehe mit den rausstehenden Rippen und Hüftknochen und der rotfleckigen Haut!
Also habe ich Papa gesagt, ich würde wegen Elrond lieber hierbleiben und hätte gar keine Lust, wegzufahren. Und ich glaube, er war ganz erleichtert, denn er meinte, er hätte auch

viel Arbeit, und wenn ich gar keine Lust hätte, dann wäre das auch okay. Wir könnten dann ja stattdessen ein paar Ausflüge zusammen unternehmen und vielleicht übers Wochenende einen Städtetrip nach London oder Paris machen.

Egal was, ich bin erst mal froh, dass ich es abwenden konnte, im Wintermantel auf Mauritius am Strand sitzen zu müssen. Ich weiß nicht, was ich getan hätte, wenn Papa darauf bestanden hätte, dass wir fliegen. Zum ersten Mal habe ich gedacht, dass ich mich dann vielleicht umbringen könnte. Es war ein ganz sachlicher Gedanke, so als wäre das einfach eine von mehreren Möglichkeiten zur Problemlösung. Ich habe erst eine gewisse Aufregung in mir gespürt, als ich überlegt habe, wie ich es tun würde. Wäre ich überhaupt in der Lage, mich selbst zu töten?

Ich könnte mich auf Elronds Rücken von einer Klippe stürzen. Einen Wimpernschlag lang absolute Freiheit und Schwerelosigkeit genießen, befreit von allen Lasten. Aber natürlich würde ich das niemals tun! Denn erstens gibt es hier nirgends Klippen, und zweitens könnte ich niemals etwas tun, was Elrond schadet! Nein. Wenn, dann müsste ich es anders machen. Aber wie?

Samstag, 16.05.2015

»Ich weiß nicht mehr genau, ob es hier war«, keuchte Anton. Er stand gemeinsam mit Paul an einer Wegkreuzung mitten im Wald und sah sich suchend um. »Es kann eigentlich nicht mehr weit sein, aber hier sieht jeder Weg gleich aus!«

Paul wartete. Mehr konnte er schließlich auch nicht tun. Er war noch nie in dieser Blockhütte gewesen, von der Anton ihm auf dem Weg hierher erzählt hatte und von der er meinte, dass sie für Simon und Pina ein ausgezeichnetes Versteck darstellte.

»Verdammt!«, stieß Anton hervor. »Das ist fast drei Jahre her, und damals sind wir mit dem Auto gefahren! Da ging alles viel schneller!«

»Und was machen wir jetzt?«

Anton zuckte mit den Schultern. »Wir müssen einfach ausprobieren, welches die richtige Abzweigung ist.«

»Dann los«, sagte Paul und fuhr an.

Anton folgte ihm. Zum Glück tat sein verletzter Knöchel beim Fahrradfahren deutlich weniger weh als beim Laufen.

Er wusste nicht, ob er mit seiner Vermutung, Simon könnte sich in der Waldhütte seines Freundes verstecken, richtig lag. Aber wenn er, Anton, ein kleines Mädchen entführt hätte, von dem er wollte, dass es vorerst nicht gefunden wird, dann würde er es so machen.

Ob Michael Schirmer in Simons Pläne eingeweiht war? Hatte er ihm vielleicht sogar höchstpersönlich die Schlüssel für sein Häuschen im Wald übergeben? Wusste er, dass der Mob ihn für etwas anklagte, was sein Freund Simon getan hatte? Und wenn ja, würde er der Polizei den entscheidenden Hinweis geben? Oder schweigend die Prügel für Simon einstecken.

Und was erwartete sie in der Waldhütte? Bislang hatte Anton noch gar keine Zeit gehabt, sich all die schlimmen Dinge auszumalen, die dort passiert sein konnten. Er konnte – oder wollte – sich einfach nicht vorstellen, dass Simon in der Lage wäre, einem kleinen Kind Schaden zuzufügen. Doch so, wie es jetzt aussah …

Warum tat Simon das? Er konnte es immer noch nicht begreifen. Aber wenn er sich ansah, was für eine rasende Wut Paul auf den Entführer seiner Schwester entwickelte, warum sollte Simon dann nicht die gleiche Wut auf diejenigen empfinden, die seiner Meinung nach an Annas Tod schuld waren? Aber würde er deshalb ein fünfjähriges Mädchen umbringen, das nichts damit zu tun hatte?

Das konnte er immer noch nicht glauben.

Sie rasten den holprigen Waldweg entlang. Paul legte ein Tempo vor, als müsste er ein Querfeldeinrennen gewinnen. Anton war so mit seinen Gedanken beschäftigt, dass er beinahe auf Pauls Hinterrad aufgefahren wäre, als der schlagartig bremste.

Vor ihnen parkte ein dunkelgrauer Volvo, der Anton sehr bekannt vorkam.

Sie hatten Simons Auto gefunden.

Montag, 06.04.2015

Osterferien! Ich kann gar nicht sagen, wie glücklich mich das macht, nicht in die Schule zu müssen. Anton ist in der Normandie, und ich brauche sein sorgenvolles Gesicht nicht zu sehen. Ich brauche gar kein Gesicht zu sehen, außer Elronds! Im Augenblick kann ich sogar ganz gut essen und habe wieder ein halbes Kilo zugenommen!
Am letzten Schultag hat Anton mir noch was über Suggestion erzählt. Er meinte, ich sollte das mal ausprobieren, vielleicht würde ich mich dann besser fühlen, und zwar soll ich mir jeden Abend im Bett dreimal sagen: »So wie ich bin, so bin ich gut, so wie ich bin, so mag ich mich.« Und dabei soll ich meine rechte Hand auf mein Herz legen, damit ich ganz und gar bei mir bin.
Okay, ich hab's ausprobiert, und so schlecht war es gar nicht, mal wieder was Nettes über mich zu hören, auch wenn ich es mir selbst sagen musste. Aber irgendwie habe ich dann immer eine Stimme im Kopf, die sagt: »So wie ich bin, so bin ich scheiße, so wie ich bin, so hasse ich mich.« Und das ist dann wohl nicht das, was Anton bezweckt hat. Also lasse ich das lieber wieder. Ich komme mir sowieso doof dabei vor.

Als ich gestern im Stall bei Elrond war, kamen zwei Frauen auf dem Weg zu ihren Pferden die Stallgasse herunter. Sie haben miteinander gequatscht, und plötzlich fingen beide schallend an zu lachen. Ich bin sofort zusammengezuckt und habe mich

hektisch umgeschaut, was ich falsch gemacht haben könnte. Mit einem Mal bekam ich keine Luft mehr, egal, wie schnell ich geatmet habe, und mir wurde schwarz vor Augen. Ich habe nicht eine Sekunde lang daran gezweifelt, dass die beiden über mich lachen! Dabei kannte ich sie gar nicht, und ich glaube, sie haben mich noch nicht einmal bemerkt! Aber mein Herz raste plötzlich, und meine Hand begann so zu zittern, dass mir die Kardätsche aus den Fingern glitt und zu Boden fiel. Elrond wurde direkt unruhig und schlug unwillig mit dem Kopf.
Was ist bloß mit mir los? Ich musste mich sogar für eine Weile auf den Boden setzen, bis ich wieder Luft bekam und das Zittern aufhörte.

Ach, wenn die Osterferien doch einfach nie zu Ende gingen … Vielleicht würde ich dann irgendwann wieder zu mir zurückfinden. Aber leider fängt nächsten Montag die Schule an. Noch sechs Tage Schonfrist, dann geht alles von vorne los. Und je näher der Moment rückt, desto mehr Angst habe ich.

Samstag, 16.05.2015

Er zog an seiner Zigarette. Zwar hatte er jedes Mal, wenn er den Rauch ausstieß, ein schlechtes Gewissen, aber mittlerweile hatte er sich wieder so an das Nikotin gewöhnt, dass er nicht mehr ohne auskam. Erst recht nicht in dieser Situation. Wenigstens standen alle Fenster sperrangelweit offen, und ein angenehm warmer Wind, der den Geruch des Waldes mit sich brachte, zog durch den Raum und ließ das Windspiel bimmeln, das über der Tür hing.

Simon Martins Blick ruhte auf Pina. Das Mädchen saß jetzt bestimmt schon seit zwei Stunden auf dem beigebraunen Teppich in der Mitte des Raumes und spielte immer noch hingebungsvoll mit Barbie und Ken. Mal saß das schöne junge Pärchen am pinken Tisch und trank Kaffee aus pinken Plastiktassen. Dann setzte es sich auf die rosafarbene Couch vor den violetten Fernseher, anschließend zog es sich seine pinkfarbenen Badesachen an – das heißt, Ken trug natürlich himmelblau gemustert – und ging an den Strand zum Schwimmen. Der Strand war der Teppich, und das Ende des Teppichs das Meer. Simon hatte sogar ein altes blaues Handtuch gefunden, das Pina gekonnt zu sanften Wellen aufgetürmt hatte.

Zwischendurch erkundigte sie sich zwar immer wieder, wann Paul käme, um sie abzuholen, aber wenn er ihr erklärte, es könne jetzt nicht mehr allzu lange dauern, war sie meistens schon wieder zu beschäftigt mit Barbie und Ken, um seine Antwort mitzukriegen.

Anna hatte nie mit Puppen gespielt. Daniela und er hatten ihr irgendwann einmal, als sie zwei war, eine hübsche weiche Anziehpuppe gekauft. Einen ganzen Tag lang hatte Anna die Puppe mit sich rumgeschleppt und sie Gustav getauft, obwohl es ein Mädchen war, dann hatte Gustav einen Platz in der Ecke gefunden, den sie – oder er? – fortan nicht mehr verließ.

Zum dritten Geburtstag hatte Anna sich ein Puppenhaus gewünscht. Und natürlich bekommen. Leider stand das Haus in einem von Erdbeben gebeutelten Gebiet, und schließlich hatte Daniela es nach nicht einmal einem Vierteljahr weiterverschenkt. Zu diesem Zeitpunkt sah es durch die vielen Erdstöße, denen es ausgesetzt gewesen war, schon ziemlich ramponiert aus.

Barbie und Ken kamen jetzt aus dem Wasser und legten sich zum Trocknen auf ihre rosafarbenen und hellblauen Strandlaken.

»Wann kommt Paul?«, erkundigte sich Pina und stopfte gleichzeitig eine Handvoll Gummibärchen in den Mund.

»Bald«, antwortete Simon und blickte dabei automatisch zur Tür, als könnte diese jeden Augenblick aufgehen und Paul im Türrahmen erscheinen.

Barbie und Ken waren offenbar trocken und gingen nun wieder in ihr Strandhaus.

Simon Martin überlegte, wer tatsächlich durch diese Tür kommen würde. Und wann. Wie lange würde es noch dauern, bis die Polizei herausgefunden hatte, wer für Pinas Verschwinden verantwortlich war und wo sie steckte?

Nun, letzten Endes konnte es ihm egal sein. Je länger es dauerte, desto mehr Zeit hatte Paul, zu verstehen, wie es sich anfühlte, wenn jemand nicht mehr da war, den man liebte und für den man sich verantwortlich fühlte. Aber im Gegensatz zu ihm würde Paul seine kleine Schwester ja zu guter Letzt wieder in die Arme schließen können. *Er* konnte das nicht! *Er* konnte Anna nie wieder in seine Arme schließen.

Simon Martin blinzelte die Tränen weg und zupfte, nachdem er die Zigarette im Aschenbecher ausgedrückt hatte, die Wildblumen in der Vase zurecht, die mitten auf dem Tisch stand. Dabei dachte er an Frau Fuchs, die Biologielehrerin, die ihn kurz vor den Osterferien angerufen hatte, weil sie sich Sorgen um Anna machte. Sie war die Einzige, die nicht nur zugesehen hatte. Aber auch sie war zu spät gekommen. Sie hatten vereinbart, dass sie nach den Osterferien noch einmal telefonieren und überlegen würden, wie sie Anna helfen konnten. Doch dazu war es nicht mehr gekommen. Vorher war Anna gestorben. Und deshalb saß er nun hier vor den Scherben seines Lebens.

Aber wenn die Polizei ihn erst verhaftet hätte, wäre sie auch bereit, ihm wirklich zuzuhören. Nicht so wie dieser Hornochse von Kommissar, der ihm den Rat gegeben hatte, die Sache abzuhaken und den Tod seiner einzigen Tochter während eines erholsamen Kurzurlaubs von ein paar Tagen zu vergessen.

Simon Martin lachte spöttisch, und Pina blickte für einen Augenblick zu ihm hoch, bevor sie sich wieder in ihr Spiel vertiefte.

Nein, dann würden ihm endlich alle zuhören müssen und verstehen, was sie getan hatten. Welche enorme und nicht mehr gutzumachende Schuld sie auf sich geladen hatten. Alle würden sie das verstehen, wenn die Zeitungen über den Fall berichteten. Und im Gefängnis hatte er dann genügend Zeit, sich um die anderen zu kümmern: um Nina und Manu, und nicht zuletzt um Frau Heintze. Auch sie sollten verstehen. Sie würden jeden gottverdammten einzelnen Tag Gelegenheit dazu haben, wenn sie an ihren Postkasten gingen und die Briefe rausholten, die er ihnen geschrieben hätte. Und er würde in jedem Brief ein Stück aus Annas Tagebuch zitieren. Genug Material hatte er ja.

Irgendeine höhere Macht hatte ihm den Weg gezeigt, als Jonathans Großmutter bei dem Anblick des »mysteriösen Pferdes« gestorben war. Ein Gruß aus dem Jenseits, den Anna geschickt hatte, um ihm zu zeigen, was er tun musste, um ihr erlittenes Unrecht wiedergutzumachen.

Und wenn er dann seine Buße hier auf Erden hinter sich gebracht hatte, wenn er seine Aufgabe erfüllt hätte, dann wäre der Weg frei. Dann wäre *er* frei. Wenn Anna nicht mehr zu ihm zurückkehren konnte, musste er halt zu ihr gehen. Dann musste er ihr auf dem Weg nachfolgen, den sie vorausgegangen war. Und endlich wären sie wieder vereint: Anna, Daniela und er selbst.

Ich weiß nicht, warum ich immer noch auf ein Wunder hoffe, wo ich doch wissen müsste, dass es das nicht gibt. Jedenfalls nicht für mich. Auch Wunder muss man wahrscheinlich verdient haben.
Heute bimmelte mein Handy. Ich dachte, es wäre eine Nachricht von Anton, der mir mitteilen will, dass er aus der Normandie zurück ist. Von anderen bekomme ich ja keine Nachrichten mehr. Höchstens manchmal noch von Papa, wenn er später von der Arbeit nach Hause kommt und mir Bescheid sagen will. Von Maite und Milan habe ich schon seit Monaten nichts mehr gehört. Jedenfalls gucke ich auf mein Display und sehe »Klassenchat«.
Ich hätte natürlich direkt auf Einstellungen gehen sollen, um mich wieder aus der Gruppe abzumelden, aber ich habe den Fehler gemacht und den Chatverlauf gelesen.
»Eingebildete Schlampe« war noch das Netteste, was da über mich stand. Weiter ging es mit »Hure«, worauf irgendjemand geantwortet hat, »Dafür würde ja wohl kaum einer auch noch Geld bezahlen«. Ich treibe es mit meinem Reitlehrer und auch schon mal mit meinem Pferd, und außerdem nehme ich Crystal Meth. Deshalb sehe ich in letzter Zeit so scheiße aus und habe eine Hautkrankheit. Alles Anzeichen für meinen Drogenkonsum.
Ich brauche jetzt also gar nicht mehr in die Schule zu gehen, um mich fertigmachen zu lassen, ich kann auch einfach zu

Hause bleiben. Ich habe das Gefühl, meine Klassenkameraden stehen neben mir in meinem Zimmer! Der letzte Platz, an dem ich mich noch irgendwie sicher gefühlt habe, ist jetzt auch weg. Sie sind überall! Ich kann ihnen nicht entkommen.
Und morgen fängt die Schule wieder an!

Ich habe eine Weile geheult, dann habe ich mir ein scharfes Messer aus der Schublade in der Küche geholt. Zuerst habe ich mich nicht getraut, feste zuzudrücken, und bin nur ein bisschen mit der scharfen Klinge über die Haut gefahren. Aber dann habe ich die Spitze des Messers genommen und mir damit in die Haut am Oberarm geritzt, bis das warme, rote Blut geflossen ist.
Ich bin also doch noch am Leben.

»Guck mal«, sagte Anton und deutete durch die getönten Scheiben ins Fahrzeuginnere. »Er hat sogar ’nen alten Kindersitz besorgt. Das würde er wohl kaum tun, wenn er deiner Schwester schaden wollte, oder?«

Pauls Kieferknochen mahlten aufeinander, bis seine Zähne knirschten. »Auf jeden Fall hat er Pina.«

Anton seufzte. Paul hatte recht. Simon hatte Pina entführt, das stand mittlerweile eindeutig fest, und er spürte eine ungeheure Enttäuschung in sich aufsteigen.

»Und wie geht es jetzt weiter?«, wollte Paul wissen.

Anton blickte den kleinen Trampelpfad entlang, der von hier aus zur Waldhütte führte. Noch hatte Simon sie mit Sicherheit nicht entdeckt. »Wir können umdrehen und die Polizei holen, oder …«

»Ich bin für *oder*«, unterbrach ihn Paul. »Wer weiß, was dieser Verbrecher mit meiner Schwester vorhat. Bis wir mit den Bullen zurück sind, haut er vielleicht einfach ab, und dann weiß wieder niemand, wo sie ist.«

»Okay«, gab Anton nach. »Warum nicht.« Er versuchte, sich selbst Mut zuzusprechen. Was sollte schon passieren? Immerhin war es nur Simon, über den sie hier sprachen. Auch wenn Paul ihn als Verbrecher bezeichnete – Anton konnte sich beim besten Willen nicht vorstellen, dass Simon für irgendjemanden eine ernsthafte Gefahr darstellte. Ganz im Gegensatz zu Jonathan, der immer noch mit seiner Knarre durch die Gegend lief.

Jonathan versuchte, so leise wie möglich zu atmen. Das war nicht einfach, denn er war bei der Verfolgungsjagd ganz schön aus der Puste gekommen. Jetzt duckte er sich hinter einen Strauch und beobachtete Anton und Paul, die vor einem grauen Volvo stehen geblieben waren, der hier mitten im Wald parkte. Ob das der Wagen von Annas Vater war? Hören konnte er nichts, aber es sah ganz so aus, als hätten Paul und Anton ihr Ziel erreicht.

Das Gewicht der SIG Sauer in seiner Jackeninnentasche war beruhigend und beunruhigend zugleich. Es war die Lieblingswaffe seines Vaters. Sein bestes Stück. Und er würde ihn wohl damit erschießen, wenn er jemals herausbekommen sollte, dass Jonathan sie sich aus dem Waffenschrank genommen hatte. Aber das würde nicht geschehen. Bevor sein Vater wieder zu Hause war und nachsehen konnte, wäre die Pistole wieder da, wo sie hingehörte.

Was sollte er jetzt bloß tun, damit er unbeschadet aus dieser blöden Geschichte rauskam? Er konnte ja schlecht einfach alle abknallen! Aber vielleicht konnte er Annas Alten erledigen und dann alles anders hinstellen. Wenn Herr Martin nicht mehr da war – wer sollte dann noch Nachforschungen über Annas Tod anstellen? Genau: niemand. Aber verdammt noch mal, er war doch kein Mörder!

Aber was war dann mit seinem Vater? Der würde ihn totschlagen, wenn er davon erfuhr! Er musste sich dringend was einfallen lassen.

Aber was?

»Siehst du?« Antons Stimme war nur ein Wispern. »Ich habe dir doch gesagt, es geht ihr gut.«

Pauls Augen schimmerten verdächtig, während er durch das kleine Fenster blickte.

Pina kniete auf einem Teppich mitten im Raum, spielte hingebungsvoll mit Barbie und Ken und stopfte sich eine Handvoll Gummibärchen nach der anderen in den Mund. Von Simon Martin konnten sie nur den Rücken sehen. Er saß an einem Tisch in der Mitte des Raumes, und sein Blick ruhte genauso wie ihrer auf Pina.

»Komm«, sagte Anton und richtete sich zu seiner vollen Größe auf. »Wir gehen jetzt da rein und reden mit Simon.«

Paul zog die Nase hoch. Er wollte Anton gerade folgen, der bereits vor der hölzernen Tür stand und die Faust erhoben hatte, um anzuklopfen – da spürte er eine eiskalte Hand auf seiner Schulter.

Als er sich umdrehte, schaute er direkt in Jonathans Augen. Er ließ den Blick sinken und erstarrte, als er den Lauf der Pistole auf sich gerichtet sah. »Mensch, Johnny, mach doch keine Scheiße«, flehte er.

Jetzt hatte auch Anton den Neuankömmling bemerkt, und seine zum Klopfen bereite Faust verharrte in der Luft.

»Ihr habt gedacht, ihr könnt die Sache hier ohne mich durchziehen, was?«, sagte Jonathan. »Aber da habt ihr euch verdammt noch mal geirrt.«

»Wieso?«, fragte Anton. »Du warst doch derjenige, der sich abgeseilt und uns in dem Kellerloch zurückgelassen hat!«

»Ja, weil ich meinen Freund Paul hier vor der größten Dummheit seines Lebens bewahren wollte!«

»Indem du ihn erschießt?«

»Sehr witzig«, kommentierte Jonathan.

»Ich bin froh, dass du da bist«, ergriff Paul wieder das Wort.

»Du kannst uns helfen, mit Annas Vater zu reden und ihm alles zu erklären. Vielleicht ist es das, was er will, und dann lässt er Pina mit mir nach Hause gehen.«

Jonathan lachte hämisch. Er wirkte total verrückt, fand Anton. Verrückt und hemmungslos. Zu allem bereit.

»Okay, dann lasst uns mal mit dem Alten abrechnen«, sagte Jonathan schließlich und schubste Paul voran.

Doch bevor Anton nun endlich an die Tür klopfen konnte, wurde sie bereits geöffnet, und Simon starrte ihn entgeistert an. »Du?«, fragte er überrascht. Sein Blick glitt zu Paul und Jonathan hinüber, und die Verwunderung in seinem Gesicht wurde noch größer.

»Paul!«, rief Pina in diesem Moment. Sie drängte sich an Simon vorbei und schlang die Arme um ihren großen Bruder. Dann erblickte sie Jonathans Pistole und fing an zu schreien.

Montag, 13.04.2015

Ich war heute nicht in der Schule. Ich habe so getan, als würde ich meine Sachen packen, und bin sogar aus dem Haus in Richtung Bus gegangen. Dann habe ich mich versteckt und gewartet, bis ich sicher sein konnte, dass Papa auf dem Weg zur Arbeit ist, und bin wieder zurückgegangen. Ich will nicht mehr in die Schule! Ich kann da nicht mehr hin! Nie wieder!
Stattdessen habe ich meinen Whatsapp-Account gelöscht und mir in der Stadt eine neue Simkarte besorgt. Ich habe lange darüber nachgedacht, ob ich das tun soll, denn irgendwie hatte ich das Gefühl, es wäre vielleicht besser, wenigstens Bescheid zu wissen, was die anderen über mich schreiben. Aber das halte ich nicht aus. Ich habe die ganze Nacht nicht geschlafen und nur darüber nachgegrübelt, was ich falsch gemacht habe und warum mich alle so hassen.
Ich kann nicht mehr.

Simon Martins Augen weiteten sich. »Ganz ruhig, mein Junge!«, sagte er und streckte beschwichtigend die Hände nach vorn.

»Ich bin nicht *Ihr Junge*!«, schrie Jonathan.

»Der nette Onkel hat gesagt, dass du mich abholen kommst«, platzte Pina dazwischen. »Ich habe Barbie und Ken im Strandhaus bekommen! Was macht Jonathan denn da?«

Ein klitzekleiner Teil von Anton wollte am liebsten loskichern. Aber der ganze große Rest von ihm kämpfte dagegen an. Die Situation war aber auch zu abgedreht! Pinas Reaktionen spiegelten die ganze Bandbreite seiner eigenen Gefühle wider. Auch er hätte am liebsten gleichzeitig geschrien, geheult und gelacht. Geschrien, weil er Angst hatte, geheult, weil er so traurig und enttäuscht von Simon war, und gelacht, weil er glücklich war, Pina und Simon gesund und munter vorzufinden.

»Nichts, Schätzchen«, antwortete Paul seiner kleinen Schwester und legte beschützend einen Arm um ihre Schulter. »Jonathan macht nichts.«

Doch Jonathan wedelte jetzt mit der Pistole und bedeutete ihnen, ins Haus zurückzukehren.

Anton überlegte, wie er Jonathan entwaffnen könnte, aber dann entschied er sich dagegen. Die Gefahr, dass sich ein Schuss löste, erschien ihm zu groß. Also tat er ebenso wie Simon, Paul und Pina brav das, was Jonathan von ihnen verlangte, und betrat die Hütte.

Jonathan schloss die Tür und blieb davor stehen. Wenn einer von ihnen rauswollte, musste er an ihm und seiner Pistole vorbei.

»Guck mal!«, sagte Pina aufgeregt zu Paul und hüpfte schnurstracks zurück auf den Teppich zu Barbie und Ken. Sie hob die Puppe hoch und schüttelte sie, bis Barbies blonde lange Haare hin und her flogen.

Paul kniete sich neben sie. »Das ist ja toll«, sagte er anerkennend. »Genau das hattest du dir doch gewünscht, oder?«

Pina strahlte über das ganze Gesicht und nickte heftig.

Anton war in der Mitte des Raumes neben dem Tisch stehen geblieben.

Simon lehnte mit verschränkten Armen an der Küchentheke. Direkt neben ihm ein Messerblock, bestückt mit mehreren langen Küchenmessern.

Auch Jonathan hatte bemerkt, dass Simon Martin nur die Hand auszustrecken brauchte, um sich mit einem der Messer zu bewaffnen. »Gehen Sie da weg!«, forderte er Annas Vater barsch auf.

Doch Simon grinste nur. »Und wenn nicht? Was machst du dann? Erschießt du mich? Nur zu, mein Junge, drück ab! Einen größeren Gefallen kannst du mir gar nicht tun! Ich werde mit einem seligen Lächeln auf den Lippen sterben, in der Gewissheit, dass du wenigstens für *diesen* Mord in den Knast gehst, wo du hingehörst!«

Anton warf einen Blick zu Pina hinüber. Das Mädchen starrte seine Puppen an und schien nichts mitzubekommen. Doch Anton kannte diesen Gesichtsausdruck von sich selbst und wusste, dass Pinas Sinnesorgane auf allerhöchste Empfangsbereitschaft geschaltet waren.

»Was reden Sie denn da für einen Scheiß, Mann! Ich hab niemanden ermordet!«

»Tja, da ist die Polizei mit dir einer Meinung – zumindest was den Mord an meiner Tochter angeht. Aber deswegen glaube *ich* dir noch lange nicht.«

»Ich hab Anna nicht angerührt, Sie sind doch total irre!«

»Es gibt viele verschiedene Arten, jemanden zu töten«, sagte Simon Martin leise, »und nicht bei allen braucht man die Hände.«

»Du warst bei der Polizei?«, erkundigte sich Anton. »Wegen Annas Unfall?«

»Es war kein *Unfall*«, antwortete Simon, »aber ja, ich war bei der Polizei.«

»Kein Unfall? Aber was war es dann?«

»Nun, für die Polizei war es ein Unfall, aber für mich …«

»Ach, können wir uns das jetzt neuerdings aussuchen?«, mischte Paul sich ein. Er streichelte Pina über den Kopf, die soeben Barbies Haare mit einem mikroskopisch kleinen, aber pink leuchtenden Kamm bearbeitete, und erhob sich.

Simon Martin zuckte mit den Schultern. Er wirkte total entspannt, und Anton begriff, dass er tatsächlich nichts zu verlieren, aber alles zu gewinnen hatte: Den eigenen Tod brauchte er nicht mehr zu fürchten – vielleicht wünschte er ihn sich sogar. Alles, was er wollte, war Klarheit über die Umstände von Annas Tod. Und so nah wie jetzt war er der Wahrheit noch nie gekommen.

»Der Einzige, der hier Dreck am Stecken hat, sind doch Sie!«, ereiferte sich Paul. »Sie haben ein kleines Mädchen entführt, und dafür werden Sie sich verantworten müssen!«

»Das werde ich«, sagte Herr Martin. »Ich werde die volle

Verantwortung für mein Handeln übernehmen. Aber was ist mit euch? Mir dir und deinem Freund hier?« Er deutete mit einer Kopfbewegung auf Jonathan. »Wann übernehmt ihr die Verantwortung für das, was ihr getan habt?«

Paul und Jonathan wechselten einen Blick, der Anton nicht entging, den er aber nicht deuten konnte.

»Wir haben nichts getan«, beteuerte Paul, aber selbst in Antons Ohren klang das faul.

»Ach nein? Und was habt ihr an dem Tag, bevor Anna starb, bei Elrond im Stall gemacht? Und was an Annas Todestag im Wald?«

Wieder dieser Blick zwischen Paul und Jonathan.

»Ich war nie im Wald«, behauptete Paul, »und auch nie bei Elrond im Stall.« Doch während er das sagte, wendete er den Blick von Annas Vater ab und starrte auf den Boden.

»Aber natürlich warst du das.« Simon Martin drehte sich zu Jonathan um. »Und du auch!«

»Quatsch«, sagte Jonathan, klang aber nicht gerade überzeugend.

»Die ersten Male hast du Anna im Wald aufgelauert, weil du in sie verknallt warst«, fuhr Simon Martin fort und fixierte jetzt wieder Paul. »Aber sie hat dich abblitzen lassen, und das konntest du ihr nicht verzeihen. Danach warst du mit deinem Kumpel im Wald, um dich an ihr zu rächen.«

»Was reden Sie bloß für einen Schwachsinn«, entgegnete Paul. »Aber wo Sie schon glauben, alles so genau zu wissen: Anna war eine eingebildete Ziege, die hatte es noch nicht mal nötig, einem eine Antwort zu geben, wenn man sie freundlich was gefragt hat!«

»Du meinst, als du sie um ein Date gebeten hast?«

»Woher wissen Sie das?«

Herr Martin griff hinter sich auf die Küchentheke. Antons Blick schnellte zu Jonathan, der in diesem Augenblick die Pistole in seiner Hand wieder blitzschnell anhob. Doch Simon Martin griff nicht wie erwartet nach einem der Messer, sondern hielt ein dickes, in schwarzen Samt gebundenes Buch in den Händen, als er sich wieder zu ihnen umdrehte. Er strich fast zärtlich über den Einband. »Annas Tagebuch«, sagte er, »da steht alles drin. Alles.«

»Anna hat Tagebuch geführt?«, fragte Anton überrascht. »Davon hatte ich keine Ahnung!« Aber dafür hatte er jetzt eine Ahnung, woher Simon wusste, was in den letzten Monaten mit Anna geschehen war.

»Es tröstet mich, dass du auch nicht alles wusstest, Anton«, sagte Herr Martin. »Und du übrigens auch nicht«, wandte er sich dann wieder an Paul. »Oder wusstest du zum Beispiel, warum Anna dich einfach hat stehen lassen, als du sie gefragt hast, ob sie mit dir ins Kino gehen will?«

Paul schwieg.

»Sie musste sich entscheiden, ob sie dich vor den Kopf stößt oder ihre Freundin Manuela, die schon zu diesem Zeitpunkt in dich verliebt war. Wäre sie freundlicher zu dir gewesen, hätte sie dafür Manus Rache zu spüren bekommen. So war es deine. Offensichtlich hat sie die falsche Wahl getroffen.«

Paul war blass geworden. Er fühlte sich sichtlich unwohl, als er jetzt begriff, wie viel Annas Vater über ihn wusste. Oder vielleicht verstand er auch zum ersten Mal, dass er Anna Unrecht getan hatte?

Jonathan hatte sich besser unter Kontrolle. »Das beweist noch lange nicht, dass Paul oder ich im Wald waren!«, sagte er.

Simon lächelte seelenruhig, schlug das Buch in seinen Händen auf und fing an, darin zu blättern: »Donnerstag, 12. Dezember 2013 … Witzigerweise habe ich mitten im Wald Paul und Jonathan getroffen. Keine Ahnung, was die beiden da gemacht haben, dazu noch bei diesem nasskalten Wetter, und sie haben auch nur mit den Schultern gezuckt, als ich sie danach fragte …« Er musterte Paul aus zusammengekniffenen Augen, dann blätterte er weiter. »Freitag, 31. Oktober 2014 … Heute habe ich Charlie mit zum Ausritt genommen … Es war total schön im Wald, richtig herbstlich … und wir haben sogar wieder Paul und Jonathan an dem kleinen Bach getroffen! Mich würde echt mal interessieren, was die beiden im Wald suchen. Ich meine, die sind ja keine zehn mehr und bauen Staudämme oder so. Charlie hatte auch keine Idee, was die beiden im Wald wollen. Sie meinte dann, bestimmt wären sie wegen mir hier, es wüsste ja jeder in der Klasse, dass ich mit Elrond Ausritte im Wald mache, aber das war natürlich nur ein Scherz, um mich aufzuziehen.« Er klappte das Buch mit einem lauten Knall zu.

Anton zuckte bei dem plötzlichen Geräusch zusammen, und sein Blick huschte automatisch wieder zu Jonathans Waffe hinüber.

»Und?«, fragte Simon Martin grinsend. »Wollt ihr mir immer noch weismachen, ihr wärt nie im Wald gewesen?«

»Das beweist doch gar nichts«, nuschelte Jonathan. Aber er klang schon lange nicht mehr so selbstsicher. »Vielleicht waren wir mal da, um 'nen Staudamm am Fluss zu bauen, kann sein, aber daran kann ich mich nicht mehr erinnern.« Er grinste. »Du, Paul?«

Paul antwortete nicht.

»Und woher weißt du, dass Paul und Jonathan am Tag vor Annas Tod bei Elrond im Stall waren? Steht darüber auch was in Annas Tagebuch?«, erkundigte sich Anton. Langsam begann er zu ahnen, warum sich Simon auf Paul und Jonathan als Schuldige an Annas Tod konzentriert hatte. Irgendetwas hatten die beiden verbockt, was noch über das hinausging, was sie Anna in der Schule angetan hatten. Oder zumindest schien Simon davon überzeugt zu sein.

»Frag doch die beiden Pappnasen hier«, sagte Simon Martin und fixierte Paul. »Dir haben die Quälereien in der Schule nicht mehr gereicht, was? Und dann ist dir eingefallen, was Annas empfindlichster Punkt war: Elrond. Du wusstest, wenn du ihn triffst, triffst du auch Anna, stimmt's?«

»Haben Sie deshalb das alles hier gemacht?«, fragte Paul und deutete mit einem Kopfnicken auf Pina, die immer noch still auf dem Teppich saß und sich mit Barbie und Ken beschäftigte. Oder zumindest so tat als ob. »Haben Sie gedacht, Sie müssten mich an meinem empfindlichsten Punkt treffen, damit ich zugebe, an Annas Tod schuld zu sein?«

Simon Martin schaute Paul an, und es lag fast so etwas wie Anerkennung in seinem Blick. »Und?«, fragte er, »habe ich deinen empfindlichsten Punkt getroffen? Dann kannst du mir jetzt bestimmt auch sagen, wie es sich anfühlt, wenn man glaubt, einen ganz besonders wichtigen Menschen verloren zu haben, für den man sich verantwortlich fühlt?«

Paul sagte nichts. Aber Anton konnte sehen, wie seine Halsschlagader pulsierte.

»Aber das war nicht der Grund«, fuhr Simon Martin fort, »zumindest nicht der einzige. Ich wollte, dass mir endlich alle zuhören, dass ich allen sagen kann, was ich über die Umstände von Annas Tod weiß. Die ganze Welt soll wissen, was in Wahrheit geschehen ist. Und diejenigen, die Schuld tragen, sollen sich ihrer Verantwortung stellen. Das musste ich tun. Für Anna. Mit eurem Auftauchen hier habe ich allerdings nicht gerechnet. Ich dachte da eher an die Polizei und die Presse. So ist es aber natürlich noch viel besser.« Er lächelte zufrieden.

»Aber die Bullen haben Ihnen nicht geglaubt, weil Sie nämlich nichts beweisen können«, mischte sich Jonathan erneut ein. Er schien jetzt wieder etwas mehr Selbstbewusstsein zu besitzen. »Und deshalb wollten Sie alleine für Gerechtigkeit sorgen so wie die Leute vorm Haus des Pädos.«

Simon Martin zog fragend die Augenbrauen hoch.

»Das ganze Dorf glaubt, dein Freund Michael hätte Pina entführt«, erklärte Anton. »Vor Herrn Schirmers Haus stehen mindestens fünfzig Leute und sind kurz davor, ihn zu lynchen.«

In Simons Gesicht spiegelte sich Entsetzen. »Er hat doch gar nichts damit zu tun!«

»Das wissen die Leute aber nicht«, entgegnete Anton. »Hat Michael dir den Schlüssel zur Hütte gegeben? Weiß er, dass du hier bist?«

Simon Martin schüttelte langsam den Kopf. »Der Schlüssel steckte wie immer im Blumentopf vor der Tür. Ich wollte Michael da nicht mit reinziehen.« Er stieß harsch die Luft aus. »Dabei habe ich wohl die Dummheit der Leute unterschätzt.«

Für einen Augenblick breitete sich Schweigen zwischen ihnen aus, und man konnte nur die Geräusche hören, die Pina beim Spielen verursachte.

»Okay«, ergriff Simon Martin nach einer Weile wieder das Wort, und eine neue Entschlossenheit lag in seiner Stimme. »Wir machen uns jetzt alle zusammen zurück auf den Weg in die Stadt, ich nehme euch im Auto mit, dann gehen wir gemeinsam zur Polizei, und ihr macht dort eure Aussage.«

»Welche Aussage, Mann?« Auf Jonathans Wangen zeigten sich hektische rote Flecken. Er war kurz davor, die Nerven zu verlieren.

»Ihr erklärt der Polizei, dass ihr am Tag von Annas Tod im Wald gewesen seid und auf welche Weise ihr sie vor das Auto gehetzt habt«, forderte Simon.

Es war nicht Jonathan, der die Nerven verlor, sondern Paul: »Wir haben nichts gemacht, Mann, kapieren Sie das doch endlich!«, schrie er Simon an. »Wir haben nur dagestanden, und Anna ist voll hysterisch geworden, als sie uns gesehen hat. Sie hat uns angebrüllt, wir sollten es ja nicht wagen, auch nur einen Zentimeter näher zu kommen, und dann hat Jonathan einen Schritt nach vorne gemacht, auf den Gaul zu, und hat *Buh!* gesagt, weil es so lustig war, wie Anna uns gedroht hat, und da ist sie voll ausgerastet. Sie hat ausgesehen wie eine Wahnsinnige und ihrem Pferd die Hacken in die Flanken gestoßen, und der Gaul ist voll durchgegangen! Wir konnten gerade noch zur Seite springen, sonst hätte sie uns über den Haufen gerannt, Mann!«

Und nachdem nun ohnehin alles gesagt war, schien auch Jonathan keinen Grund mehr zu haben, sein Schweigen aufrechtzuerhalten: »Das war doch alles nicht ernst gemeint, es war doch nur Spaß!« Seine Stimme klang, als würde er jeden Augenblick anfangen zu heulen. »Wir hätten doch niemals gedacht, dass so was passiert! Anna war in der letzten Zeit voll komisch geworden, selbst Frau Heintze hat doch gemerkt, dass mit der was nicht stimmt. Aber Sie müssen uns glauben, das wollten wir nicht, niemals!«

Anton konnte richtig sehen, wie Simon jetzt in sich zusammensackte. Nachdem er sich wochenlang den Kopf zermartert hatte, wie die letzten Minuten im Leben seiner Tochter ausgesehen hatten, wich nun mit einem Mal alle Anspannung aus ihm wie aus einem Blasebalg, aus dem man die Luft herausdrückt. »Und was ist dann passiert?« Simons Stimme war kaum zu hören.

»Wir … wir waren nicht weit weg von der Straße«, erklärte Paul, und sein Gesicht war mit einem Mal weiß wie eine frisch getünchte Wand. »Wir haben uns noch beide angesehen und … und gelacht, als … als plötzlich das Pferd gewiehert hat, und dann hat es laut gekracht – oder vielleicht war es auch andersrum und zuerst hat es gekracht und das Pferd anschließend gewiehert, ich weiß es nicht mehr. Und dann war auf einmal alles total still. So still, wie es eigentlich gar nicht sein kann. Als hätte der Wald den Atem angehalten. Kein Vogelgezwitscher, kein Blätterrauschen, nichts. Wir haben direkt gewusst, was passiert war, ohne irgendetwas gesehen zu haben. Und dann sind wir einfach nur noch gerannt.«

»Und die Sache im Stall?«, fragte Simon, ohne Paul oder Jonathan anzublicken.

»Ich weiß echt nicht, was Sie meinen«, beteuerte Paul. Und diesmal hatte Anton das Gefühl, dass er die Wahrheit sagte. »Ich war niemals in dem Stall, in dem Anna ihr Pferd stehen hatte. Niemals! Ich schwöre!« Er streckte tatsächlich drei Finger in die Luft.

Anton fühlte sich leer und voll zugleich. Er hatte mit dem Schlimmsten gerechnet, und nun musste er feststellen, dass auch Pauls und Jonathans Geständnisse ihn nicht weiterbrachten, ihm nicht erklärten, warum Anna hatte sterben müssen.

Er hatte geglaubt, die beiden trügen an Annas Tod auf irgendeine Weise eine besondere Schuld. Und vielleicht war das sogar so. Aber vielleicht war es auch einfach nur der eine schlechte Scherz zu viel in einer Reihe von schlechten Scherzen gewesen. Und er würde niemals erfahren, ob Anna ihren Tod gewollt hatte, oder ob er einfach passiert war. Beides war möglich. Und vielleicht war sogar beides die Wahrheit.

Gab es den einen einzigen Schuldigen? Oder hatten sie alle zusammen Schuld: Paul, Jonathan, Manu, Nina, Frau Heintze, Chiara, Charlie, er selbst und Simon? Und all die anderen, die alles gesehen, aber immer weggeschaut hatten: Jakob, Finn, Thomas, Benny, Vera, Oskar … Keiner von ihnen hatte jemals etwas gesagt.

Und jetzt war es zu spät. Kein »Tut mir leid«, kein »Das habe ich nicht gewollt« konnten Anna wieder lebendig machen.

Anton forschte in den Gesichtern der anderen. Fühlten sie sich so, wie er sich fühlte?

Jonathan betrachtete die Waffe in seiner Hand, als überlegte er, wie sie dahin gekommen war. Pina saß regungslos auf dem Teppich, in der einen Hand Barbie, in der anderen Ken. Simon strich zärtlich über den Einband des schwarzen Buchs in seinen Händen, und Paul sah Anton mit versteinertem Gesicht an, als plötzlich der durchdringende Ton der Martinshörner die Stille durchbrach.

Dienstag, 14.04.2015

Meine Hände zittern immer noch, während ich das hier schreibe! Ich bekomme vor lauter Angst keine Luft mehr. Egal, wie schnell ich atme.
Ich war bei Elrond im Stall, nachdem ich heute wieder die Schule geschwänzt habe, und ich hatte schon so ein komisches Gefühl, als ich die Stallgasse runter zu Elronds Box gegangen bin. Dann stehe ich vor Elronds Abteil, und mir bleibt die Luft weg. Ich kann nicht mehr atmen, starre nur auf die Schmiererei an Elronds Stallwand.

PFERDE GENIESST MAN AM BESTEN ALS SAUERBRATEN

Und darunter der Reklamezettel eines Pferdemetzgers.
Sie waren bei Elrond! Sie waren in seinem Stall und haben mit blutroter Farbe diese Sauerei an die Wand geschmiert. Sie hätten meinem Pferd was antun können, sie können Elrond jederzeit was antun! Was soll ich nur machen? Ich könnte Elrond wieder nach Hause holen und hier in unserem Stall hinter dem Haus unterbringen, wo er auch gestanden hat, als ich ihn bekam. Aber dann wäre er wieder alleine, und genau deshalb haben wir ihn ja damals bei Leni untergestellt, damit er andere Pferde um sich hat.
Außerdem kann sich hier erst recht nachts jemand reinschleichen und ihm Gift unters Futter mischen oder was weiß ich was mit ihm machen! Was soll ich bloß tun? Ich kann keinen

klaren Gedanken fassen, mir ist so schlecht! Wird das denn nie mehr aufhören? Wird es immer und immer schlimmer werden? Aber was kann denn überhaupt noch schlimmer werden? Jetzt verstehe ich, dass es niemals aufhören wird. Sie werden niemals aufhören …

Ich habe Angst!

»Woher wusste die Polizei denn, dass ihr in diesem Waldhaus seid?«, fragte Lena nachdenklich. Bis zu diesem Augenblick hatte sie Anton zugehört, ohne ihn ein einziges Mal zu unterbrechen.

»Gar nicht«, erklärte Anton. »Die waren auf der Suche nach Pina und sind der einzigen Spur gefolgt, die sie hatten.«

»Spur?«

»Ja, die Blockhütte gehörte doch Michael Schirmer.«

»Diesem Pädo?«

»Er ist kein Pädo«, stellte Anton richtig.

»Ja, eben«, sagte Lena und runzelte die Stirn. »Weshalb haben sie dann dort nachgesehen?«

Anton zuckte die Schultern. »Keine Ahnung. Vielleicht haben sie gedacht, wenn so viele Leute schreien, der war's, dann muss da was dran sein. So funktioniert das doch, oder? So war es schließlich auch bei Anna. Erst behauptet nur einer, du wärst ein Haufen Scheiße, und wenn keiner was anderes sagt, dann glauben das nach und nach alle. Auf jeden Fall ist Herr Schirmer nach dieser Sache aus der Stadt weggezogen.«

»Und wer war nun für die Schmiererei in Elronds Stall verantwortlich?«

»Das hat man nie herausgefunden. Möglicherweise war es noch nicht einmal jemand aus unserer Klasse, sondern Kinder aus dem Ort.«

Lena legte ihren Kopf an seine Schulter. »Wie furchtbar«, sagte sie. »Warum hat denn nicht wenigstens *einer* was gesagt?«, überlegte sie laut. »Zumindest eure Lehrerin, diese Frau Hinz, die hätte doch was merken müssen!«

»Du meinst Frau Heintze? Die hat auch nur geglaubt, was dreißig Schüler sagen. Was nützt es da, wenn einer, noch dazu der Beschuldigte, etwas anderes behauptet?« Anton schüttelte den Kopf. »Nein, es hätte noch nicht mal was genützt, wenn einer auf Annas Seite gewesen wäre …«

»*Du* warst auf ihrer Seite.«

»Ja, und das hat es vielleicht noch schlimmer gemacht, dass Anna ausgerechnet mit mir befreundet war. Aber selbst wenn Charlie den Mut gehabt hätte, Anna in Schutz zu nehmen, hätte das nichts gebracht. Es müssen mehrere sagen, dass das aufhören soll. All die, die eigentlich nichts damit zu tun haben: Jakob, Vera, Finn, Thomas, Oskar und so weiter.«

»Und warum hat keiner von denen was gesagt?«

»Am Anfang hat es vielleicht keiner richtig mitbekommen oder es einfach nicht ernst genommen. Es macht ja nicht *peng* und alles ist anders, sondern es wird Stück für Stück schlimmer. Jeder gewöhnt sich dran. Und plötzlich ist es für die meisten irgendwie normal.« Anton seufzte. »Und Anna hatte sich ja tatsächlich verändert. Sie hat den anderen sozusagen im Nachhinein das Recht gegeben, sie scheiße zu finden. Keiner von denen hat sich Gedanken darüber gemacht, warum Anna anders geworden war, und dass das etwas mit ihrem Verhalten zu tun haben könnte. Ich glaube, keiner, der so was nicht selbst erlebt hat, kann sich vorstellen, was das mit dir macht, wenn die anderen dir jeden einzelnen gottverdammten Tag zu verstehen geben, dass sie dich zum Kotzen finden und dass du nicht dazugehörst. So was macht alles in dir kaputt, bis du selbst anfängst zu glauben, dass du scheiße bist. Schließlich sagen alle das Gleiche, sogar die Lehrer sagen, dass du schuld bist. Ich möchte denjenigen sehen, der da nicht anfängt, an sich selbst zu zweifeln.«

Lena entzog sich seinem Arm, bückte sich und hob ein Bonbonpapier auf, das der Wind auf Annas Grab geweht hatte. Dann arrangierte sie die Blumen neu, die Anton zuvor in die Vase gestellt hatte. Es waren violette Ranunkeln.

»Weißt du«, fuhr Anton fort, »am meisten ärgert es mich, dass Frau Heintze bis heute nicht zugeben will, dass sie einen Fehler gemacht hat. Sie hat nichts, aber auch gar nichts kapiert. Sie behauptet immer noch, Anna hätte massive Schwierigkeiten mit ihrer Selbstbeherrschung gehabt. Als wäre Anna das Problem gewesen, und nicht die anderen! Das regt mich tierisch auf!«

»Hast du deshalb die Schule gewechselt?«

Anton nickte. »Außerdem habe ich es nicht mehr ertragen, dauernd an alles erinnert zu werden. Es hat sich ja nicht wirklich was verändert. Nachdem Anna nicht mehr da war, haben Nina und Manu sich zerstritten, Nina ist jetzt mehr mit Chiara befreundet, und das ganze Gedisse ging mit neu verteilten Rollen von vorne los. Und dann der Anblick von Annas leerem Stuhl und Frau Heintzes Ausreden ...« Anton schüttelte den Kopf. »Ich wollte wieder nach vorne schauen, nicht mehr zurück.«

»Und jetzt? Ist das hier nicht auch eine Art Rückschau?«

»Klar, Anna ist doch ein Teil meines Lebens.« Antons Blick blieb an dem kleinen Foto hängen, das an dem Grabstein lehnte und eine lächelnde Anna auf Elrond zeigte. Es hatte lange gedauert, bis er seine Trauer hatte zulassen können. Die ersten Wochen nach Annas Tod waren wie im Rausch vergangen: Die

Sorge um Simon, Pinas Verschwinden und die Frage nach den wahren Todesumständen – das alles hatte ihn so sehr beschäftigt, dass für seine Gefühle kein Platz gewesen war. Getrauert hatte er erst sehr viel später. Und wenn Lena nicht gewesen wäre ...

»Und Annas Vater?« Lenas Stimme holte ihn aus seinen Gedanken.

»Simon? Der ist genauso ein Teil meines Lebens. Er bleibt noch eine Weile in diesem Therapiezentrum, nachdem er vor Kurzem aus dem Gefängnis entlassen wurde. Aber ich hoffe, dass die Zukunft ihm bald auch ohne Anna irgendwie lebenswert erscheint. – Auf jeden Fall hat er bekommen, was er wollte. Die Zeitungen waren wochenlang voll mit der Geschichte, und jeder Blickwinkel wurde beleuchtet: der Mob, der sich auf Michael Schirmer gestürzt hat, Pinas Entführung, Simons Verzweiflung, die Hintergründe zu Annas Tod, ihr ›Leidensweg‹, wie einer der Reporter es nannte, Jonathans Waffenbesitz ...«

Lena schwieg einen Augenblick nachdenklich. »Und dieser Jonathan«, fuhr sie dann fort, »der ist doch auch nicht mehr an deiner alten Schule?«

»Sein Vater hat ihn nach der Geschichte in ein Internat gesteckt. Ich glaube, es ist so eine Art Schule für Problemkinder.« Anton lachte bitter auf. »Dabei ist der Vater selbst das Problem, wenn du mich fragst.«

»Ich dachte, er hätte vielleicht auch irgendwie eine Strafe aufgebrummt bekommen, weil er mit der Waffe seines Vaters durch die Gegend gelatscht ist.«

»Er wurde zu Sozialstunden verdonnert, und Jonathans Vater musste eine Geldstrafe zahlen, weil er seine Waffen nicht ordnungsgemäß unter Verschluss gehalten hatte.«

»Aber das alles nutzt Anna nichts mehr.«

»Nein, für Anna kommt das alles zu spät.«

»Mussten sich Paul und Jonathan denn irgendwie dafür verantworten, dass sie Anna im Wald aufgelauert haben?«

Anton lachte höhnisch, dann schüttelte er den Kopf.

»Mobbing steht bei uns nicht im Strafgesetzbuch. Jedenfalls noch nicht. In Schweden, Frankreich oder Spanien hätten Paul und Jonathan wohl mit Konsequenzen rechnen müssen. Aber nicht bei uns in Deutschland.«

»Hast du dich nicht letztens noch mit Paul getroffen?«, wollte Lena wissen.

Anton nickte. »Ja, er hält mich ab und zu auf dem Laufenden, was in der alten Schule abgeht.«

»Ihr seid in diesem Kellerloch also irgendwie Freunde geworden, oder?«

Anton zuckte mit den Schultern. »Freunde ist ein zu großes Wort. Aber es stimmt schon, ich sehe ihn inzwischen mit anderen Augen. Und er mich wohl auch.«

Lena stellte sich auf Zehenspitzen und küsste Anton zärtlich auf die Lippen.

»Ich hätte Anna gern kennengelernt«, sagte sie, »ich glaube, wir hätten uns gut verstanden. Auf jeden Fall mögen wir den gleichen Jungen.« Sie lächelte.

Anton kämpfte gegen die Tränen an, die in ihm aufsteigen wollten. Er dachte an eine Zukunft, die es nicht mehr geben würde, in der er sich alle drei oder vier Monate mit Anna traf, um mit ihr über alte Zeiten zu quatschen und ihr von den neuesten Streichen seiner vier Kinder zu erzählen, die er gemeinsam mit seiner wunderschönen und supernetten Frau Lena hatte. Und während er Lena küsste, meinte er, Annas zufriedenes Lachen zu hören. »Siehst du«, sagte die Anna-Stimme in seinem Kopf, »ich habe recht gehabt.«

Lena lächelte ihn an, dann wandte sie den Kopf und blickte gedankenversunken auf das Grab.

»Schau mal!«, rief sie plötzlich und deutete mit dem Zeigefinger auf die Blumen, die sie mitgebracht hatten. »Zwei Schmetterlinge flattern um die Ranunkeln, als tanzten sie miteinander. Sieht das nicht wunderschön aus?«

Die Autorin

Astrid Frank, geboren 1966, verdiente ihr erstes eigenes Geld noch zu Schulzeiten als Tellerwäscherin in einer Krankenhausküche. Später studierte sie Biologie, Germanistik und Pädagogik, arbeitete bereits während des Studiums als Lektorin und Übersetzerin für mehrere deutsche Verlage und schreibt seit 1999 Geschichten für Kinder und Jugendliche. Sie lebt mit ihrer Familie in Köln.